tianhe

天　河

著 赫东军

重庆出版集团
重庆出版社

图书在版编目(CIP)数据

天河 / 赫东军著. 一重庆：重庆出版社, 2022.3
ISBN 978-7-229-16422-5

Ⅰ.①天… Ⅱ.①赫… Ⅲ.①长篇小说—中国—当代 Ⅳ.①I247.5

中国版本图书馆CIP数据核字(2021)第270101号

天河
TIANHE
赫东军 著

责任编辑：何 晶
责任校对：朱彦谚
装帧设计：刘沂鑫

重庆出版集团
重庆出版社 出版

重庆市南岸区南滨路162号1幢 邮编：400061 http://www.cqph.com
重庆出版社艺术设计有限公司制版
重庆市国丰印务有限责任公司印刷
重庆出版集团图书发行有限公司发行
E-MAIL:fxchu@cqph.com 邮购电话：023-61520646
全国新华书店经销

开本：890mm×1240mm 1/32 印张：11.25 字数：248千
2022年3月第1版 2022年3月第1次印刷
ISBN 978-7-229-16422-5
定价：52.00元

如有印装质量问题,请向本集团图书发行有限公司调换：023-61520678

版权所有 侵权必究

好像有股洞察一切的光亮,
使她能看到一切事物形壳之外的本质。

——加西亚·马尔克斯《百年孤独》

他将自己作为人的特征掩饰起来,最终让其消失;
于是他变成了石头、胡椒树、围墙、宁静:
变成了空间。

——奥克塔维奥·帕斯《墨西哥的面具》

第一章	1	还乡
第二章	57	清洗
第三章	119	认祖
第四章	187	疯狂
第五章	255	卖枪
第六章	325	远方

目录
contents

第一章
还 乡

·1·

高洁是在去天河镇的盘山小路上碰到外公的。高洁碰到外公的地方,离去天河镇的路口不过两三里路,离外公在天河镇的家也不过七八里之遥。然而就是这点距离,让本来想尽早落叶归根的外公,像一条丧家之犬一样有家不能归。碰到外公的时候,高洁正在匆匆赶往天河镇的马车上,而天空却开始越来越暗,可以明显感觉到乌云正在越积越多越来越重,时不时地还会有一声沉闷的响雷,一边吐着火舌一边从远处滚过来,轰隆隆轰隆隆地有些吓人。谁都晓得快要下雨了。马车跑出了好几里路都没有看到一个行人,高洁的心也早已插上了翅膀,扑啦啦一下就飞到了天河镇的外婆家。可偏偏就在这时马车却慢了下来。高洁从马车里往外探出脑袋,立刻有一股一股的风不停地随着路边摇摆的大树迎面扑来。大风含着水汽,给这炎热的下午带来了些许凉意。紧接着高洁看到前方风雨亭边停了几辆马车，走到面前时高洁才看清是三辆。三个马车夫打扮的男人正向各自的马车走去，他们得在暴雨来临时管好自己的马车，以免马受惊伤人，或损害车上的东西。五六个赤裸着上身的壮年汉子则丢下手里的棍棒，开始往身上披蓑衣，看样子暴雨来了他们也不会离开。后来高洁才晓得正是这些人奉命在这里拦截了外公。还有几个人则往风雨亭走去。在过去萍乡的山路上每隔上十里路就会有座风雨亭，这些风雨亭是乡里集资或是有钱的乡贤出资修建的，专门用来供赶路的行人歇息和避风雨。紧接着高洁就看到了大舅舅，就见大舅舅正小心而又执着地跟一个白胡子老人说着什么。

高洁没想到会在这里碰到大舅舅，激动得马上大叫了一声，大舅舅。

大舅舅没有听到，仍旧站在路边上小心劝说着那白胡子。高洁看到大舅舅稍微弓了一点背，显得有些低声下气地把白胡子往山道边上拉，像是刻意要掩饰什么似的，又像是想让开路好让马车过去。而白胡子则有些不管不顾，冲着大舅舅不停地大声嚷嚷。白胡子说出来的话高洁听不太清也不是很懂，也许是因为白胡子说得快，也可能是白胡子发音有些怪，在高洁听来有些像是天河镇的土话，又跟高洁那个从北平回来的老师说的话有些像。高洁不晓得那个白胡子就是外公，心里还在想这白胡子是谁呀，怎么敢这样跟大舅舅说话？要晓得大舅舅平时可就是个让人尊敬的人，天河镇的人对大舅舅都是很客气的。

大舅舅。

高洁一边叫着，一边让车夫赶紧把马车停下来。然而马车还没有停稳，心急的高洁就跳了下来，把正在争论什么的大舅舅和白胡子吓了一跳，很显然他们是也没想到高洁会从马车上突然跳下来。高洁那玲珑的嗓音，还吸引了那些正往身上披蓑衣的汉子。那些汉子都感到很是惊奇，因为高洁穿了件碎花的连衣裙，时髦又恰到好处地表现出了少女婀娜的身段。天河镇的女孩子还没有哪个是这样打扮的。看到高洁喊大舅舅，他们就晓得高洁来自安源煤矿，因为在天河镇只有高洁外婆家有亲戚在安源煤矿。那年代的安源煤矿是萍乡最繁华的地方，有"小香港"之称，人们的衣着打扮都相当时尚。

大舅舅。

大舅舅一直对高洁很好，所以高洁看到大舅舅就很高兴，便十分欣喜地又叫了一声。大舅舅这下听到了，但他很显然没想到会在这里看到高洁，脸上的表情就有些不自然。

高洁，你怎么来啦？爸爸妈妈呢？

大舅舅说着，又扭过头去往马车上看。

高洁就告诉大舅舅说，爸爸妈妈没来呢。

你妈妈也没来？大舅舅有些不相信地问。大舅舅觉得高洁爸爸可以不来，但妈妈却是一定要来的。

是啊。高洁又答。矿上有事呢，我爸爸妈妈都走不开。

唉，你妈妈怎么可以不来嘛？大舅舅有些埋怨道。

大舅舅是真的有些生高洁妈妈的气，现在外婆家乱成了一团糟，一向作为家里主心骨的高洁妈妈怎么可以不到场？

要知道这几天外婆他们就一直盼着高洁妈妈快点回来，要不然也不会急着让邻居去通知高洁妈妈了。

站在一旁的白胡子却突然很惊喜地指着高洁问道，你是高洁吧？

白胡子的声音有些疲惫，却又很洪亮爽朗，震得高洁耳朵里嗡嗡地响。

高洁望了白胡子一眼，是啊。

高洁的话音刚落，白胡子就哈哈笑着上前一把抱住了高洁。

高洁满脸都是难堪，因为从懂事起就没人这样拥抱她了，就连到美国留过学，喝了一肚子洋墨水的爸爸妈妈，也早都不再这样跟高洁表示亲热了。再说高洁都已经是满了十六岁的大姑娘了，在天河镇这么大的姑娘一般都可以嫁人了，是不会跟人家这样抱来抱去的，哪怕是自己的长辈也不行。

白胡子放开高洁，不待大舅舅介绍，就很高兴地大声告诉高洁，我是你外公。

高洁这才有些恍然大悟，原来这白胡子老人就是外公啊。不过刚才在外公怀里，高洁闻到他一身都是汗馊味，这会儿又从他敞开的衣服上看到有几道白色的汗渍。不晓得有几天没洗澡了？高洁一边在心里想着，一边往一旁躲了一步，有些求助似的望着大舅舅。

大舅舅以为高洁是不相信，便有些不自然地笑了一下，告诉高洁，是你外公。

高洁看到外公望着自己，眼睛里很期待地放着光，就觉得应该叫一声外公，但不晓得为什么却没有叫出声来，便只好望了望大舅舅，然后又有些马虎地跟外公笑了一下。高洁对外公非常陌生，似乎从小到大都没见过外公几面，因为外公常年四处漂泊，有时一两年才会回来一次，回来了也不晓得会住多久，有时候长达数月，有时候则是几天，不要说高洁了，就是高洁的两个舅舅，恐怕对外公也是陌生感十足。有时候高洁会在无意中听外婆、妈妈，或者大舅舅说到外公，他们似乎都弄不太清楚，外公为什么会喜欢一年四季不着家？外面有什么好的？出国留过洋的妈妈总是会这样说，因为她是真的晓得在外面奔波的辛苦。一家人都对外公颇有微词，大舅舅是晚辈，不敢过分骂自己的父亲，但外婆说起外公来总是会说外公不是人，在愤怒的时候还会骂，外公这个畜生肯定是叫哪个骚货缠住了脚。外婆总是觉得外公在外面肯定是有了女人，不然怎么就可以这样完全不顾家里？有时候妈妈觉得外婆骂得太难听了，就会劝说外婆，其实你心里还是喜欢我父亲的，不然当初那么多人到家里提亲你都不嫁，偏偏非要嫁给我父亲呢？如果你真是不喜欢，你怎么还跟他生了我们这几个孩子？外婆一家人中好像只有妈妈对外公怀有好感，会帮外公说好话，因为外公从来不重男轻女，妈妈告诉高洁，说她小时候外公总是抱着她到处玩，像捡了个宝贝似的整天笑嘻嘻的。天河镇的人从来没有人这样带女孩子的，他们都笑话外公这么做是把×当作卵来带，因为再怎么看得重、看得起，女孩长大了也是别人家的人。外公还反对外婆和家里那些老人叫妈妈缠脚。外公总是说脚大走四方，一个人如果只是在天河镇这么狗屁大的地方长大，然后就生老病死过一辈子是作不得用的。外婆却担心妈妈一个女孩子不缠脚，长大后会嫁不出去，总是说哪个大方人家会要一个大脚女人做儿媳妇呢？外公就叫外婆不要瞎操心，说世间姻缘天注定，肯定会有一个好男人等着妈妈的，如果真要是嫁不出去，他就养妈妈一辈子。妈妈说外公给她最大的帮助，是外公从小就鼓励她读书，长大后还把她送到美国去留学。真是应了那句话，脚大走四方。妈妈一直跟高洁说，她一个出生在天河镇，什么世面都没见过的乡下小女孩，先是能在家读私塾，后来又到萍乡到了北平读书，最后还能到美国留洋，完完全全都是外公教育的结果，可以说如果没有外公就不会有她如今的幸福生活。高洁小时候每次听妈妈说到这里总是会回应一句，好好好，我晓得你的意思，要是没有外公，你就不可能去美国留学，不去美国留学就碰不到我爸爸，碰不到我爸爸世界上就没有我了。可见从小时候起，高洁心里应该还是有些喜欢外公的，只是常年见不到外公一次，当然不可能一下子就消除那种陌生感了。

外公也没怎么在意高洁的态度，仍旧很欢喜地跟高洁说话，你长得跟你妈妈小时候一模一样，我一眼就看出来了。

如果是在小时候，谁要是说高洁像妈妈那高洁肯定会生气的，每当此时高洁总是会大声反对，我是跟我爸爸长得一模一样的。高洁小时候只觉得像爸爸才是漂亮的。小时候高洁总喜欢偎在爸爸怀里，或者出门去散步，或者听爸爸讲故事。爸爸属兔，高洁属羊，高洁就总是会缠着爸爸也要属兔，并且申明自己最喜欢的就是小白兔了。就是到了如今长大了，高洁也还是觉得自己要更像爸爸一些。但外公要这样说，高洁当然不好反对，却也没有附和，只好随他想怎么说就怎么说了。

　　这时候，远处忽然又响起了一阵轰隆隆的雷声，刚开始阴下来的天这会儿变得更暗了。天快要下雨了。不单是天河镇，就是整个萍乡，在夏日里差不多都是这样，往往从早上太阳刚出山时开始，就可以感觉到太阳炽热的温度，到了中午十一点到下午一点，太阳则是挂在空中一动也不动地直接暴晒，而到了下午三点左右，则又往往会下一阵突如其来的暴雨。这会儿眼看就要下雨了，送高洁来的马车夫就着急要赶紧下山，大舅舅再三挽留，说到家里坐坐，等雨停了再走不迟。但长年在外跑的马车夫却抬头看了看天，然后很有经验地觉得下山之前雨下不下来，如果这时不走那天黑前就赶不回萍乡了。大舅舅见马车夫高低要走，只得给了马车夫工钱，又嘱咐他路上要小心，山里的雨来得突然去得也快，不必要顶着雨赶路。

　　趁着这工夫，外公忽然拉着高洁的手往路边树荫下的马车走去。

　　高洁不晓得外公是什么意思，外公就跟高洁说，我带你去见一下你小外婆。

　　高洁看到外公胳膊上尽是红点，敞开衣服的胸膛上也有很多红点，有些地方都被外公抓破了，留下了好几道血红色的抓痕。高洁想不到是什么虫子咬的，又想可能是外公得了什么病。也许是很痒，外公一边牵着高洁走，一边不时地在身上刮。高洁就感到有些恶心，加上心里又不是很想见这个被外公称为小外婆的女人，因为外公有家不能回，以及外婆生气，都是因为外公带回来的这个女人。但高洁又好像没办法当面拒绝外公，就一边被外公拉着走，一边回头望着大舅舅，心里却提醒自己千万不能叫这个女人小外婆，否则让外婆晓得了肯定更要生气了。外婆一直都对高洁很好，高洁可不想站在外公这边，更不想对不起外婆。

这时大舅舅送走了马车夫，回头看到外公牵着高洁去见那个女人就想制止，很显然，外公的举动太出乎大舅舅的预料了，然而就在这时，外公却已经把高洁拉到了马车边，大舅舅不好把事做得太绝，只得赶紧跟过来以便见机行事。

外公带回来的那个女人显然早就在马车里看到了高洁，便赶紧从马车里下来迎接，见大舅舅也跟了过来，就抬眼朝大舅舅望去，想借机跟大舅舅亲近一下，但大舅舅只是跟她对视了一下，便马上把眼睛转到了高洁身上。外公和这个女人被困在这风雨亭里已经三天了，大舅舅对这个女人一直是不失尊敬也没有什么热情。但这个女人显然是见过大世面的人，不但对大舅舅这样的态度没有表示什么不满，就是对跟着外公在野外吃苦受累，有家不能回也没有一句抱怨，这会儿见外公这么喜欢高洁，就更是很快地把热情放到了高洁身上，不但夸高洁长得漂亮，还赶紧转身从马车里掏出带来的糖果叫高洁吃。高洁好像没理由拒绝她的热情便只得接下了糖果，不过却没有听她的话，把糖往嘴巴里送。高洁这会儿的态度，虽然不是要拒她千里之外，但也只是出于礼貌对她笑了笑。尽管如此，这个女人却忽然觉得，高洁也许是解决目前这个困局的钥匙，说不定能够帮助他们脱离苦海。

高洁好像也没有正眼看她一眼，却又分明看出这个女人皮肤很白，眼睛好像有些蓝。怎么会是蓝眼睛呢？这女人虽然不再年轻了，却明显要比外公小得多，比外婆也是要小上很多岁，好像跟高洁妈妈的年纪差不多大。高洁就想，难怪外婆一家会骂这个女人狐狸精了。一个在妓院里长大的女人，还是蓝眼睛，要不像是狐狸精都很难的。

高洁是从一个邻居的嘴巴里听说这个女人的。这个邻居从天河镇来萍乡办事，因受外婆和大舅舅之托，特地拐到安源煤矿来告诉高洁的爸爸妈妈。由于前些天学校已经放了暑假，这天刚好又是礼拜天，高洁和爸爸妈妈正好都在家。往年放暑假，高洁常常是不会在家的，不是跟同学一起跑到萍乡去看电影，就是待在学校排文明戏。高洁的老师是位从北平回来的学生，在北平读书时上街游过行，冲击过西方列强的大使馆，加上刚好学的又是戏剧，回到萍乡当了老师，除了喜欢跟学生讲些激进的爱国运动外，就是给学生排文明戏。

这个邻居一进门，就急急忙忙告诉高洁的妈妈，外公带着一个做过妓女的女人回来了。这个邻居还很夸张地说，不得了哇，整个天河镇像打翻了一桶蛤蟆，讲什么的都有，把你妈气得半死。这邻居没头没脑的几句话，把高洁的爸爸妈妈说得面面相觑。

高洁妈妈在外婆家里是长女，会读书留过洋见过大世面，如今又在安源煤矿做事。别说安源煤矿只是一座煤矿，但这座晚清时利用德国技术建造起来的煤矿，可造就了那年代江南最大的煤都，生产的煤占了全国煤产量的三分之二以上。而萍乡在当时也是座挺繁华的城市了，因为萍乡的北面有全国闻名的金山爆竹，南面则是有着小香港之称的安源煤矿，可以说安源煤矿就是萍乡最耀眼的"明珠"，这点就连生活在天河镇的乡下人也是晓得的，所以高洁一家能生活在安源煤矿那可是很了不得，是很让天河镇的乡邻们看得起的。就是这些原因，高洁家一年到头都是亲戚盈门，不但外婆家的人时不时地会来走亲戚，就是天河镇的乡邻乡亲们到了萍乡办事，比如说进点货赶个场之类，都喜欢拐到安源煤矿来高洁家坐坐，歇口气喝杯茶吃餐饭什么的，有些亲近些的还会要高洁的爸爸妈妈帮忙，以便能到井下打点零工赚点钱，即使做不了事，也要顺便在高洁家里住上一两个晚上。如今外婆家里出了这么大的事，无计可施的大舅舅他们，自然更是需要找妈妈拿主意了。所以当这位邻居出现在家门口时，高洁的爸爸妈妈，当然还包括高洁，都没有感到一丝意外。

你大弟弟要我跟你说一声。这邻居最后说道。这次无论如何都要请你们回去一下，我看你大弟弟是实在没一点办法可想了。

这邻居说完后就叹了口气，又很同情地看着高洁一家人。这邻居之所以是这副表情，是因为在天河镇的贺姓族人眼里，高洁的外公就是烂泥扶不上墙的笨蛋，说到外公就像说一个笑话一样。高洁从小就听说过很多遍了。他们说外公从小就不学好，捧着圣贤书就打瞌睡，问他为什么不想读嘛，他就嬉笑着胡说八道，说这些圣贤书上的每一页写的都是杀人，他还想喊几个人把祖宗留下的千年祠堂给拆了。不过他们也会说，外公虽然不喜欢读书，但人还是有些小聪明，比如外公制造出一只能坐一个人的大鸟，不用人摇橹也能在天河里游弋的小木船，还有不用马拉也可以在路上行走的马车。不过这些都是些能看却没什么用处的东西，比如那大鸟是飞起来过，但没飞多远就掉下来了，马车虽然不用马拉，但就跟快要死的人一样喘气喘个不停，结果没爬多远就不能动了，自然就把看热闹的人差点笑死了。还有更可笑的是，天河镇自古以来都是烧柴做饭，他却反对砍树当柴烧，还用莫名其妙的谎话吓唬人，说砍树最后会毁了天河镇。这如何吓得了天河镇的人？要晓得天河镇人自古以来就是砍树烧柴做饭，怎么几千年过来都没有毁掉？再说天河镇满山遍野都是树，虽然年年砍，但年年都会长，哪里会有砍完的一天？成了家的男人都晓得要死命赚钱，不要让老婆吃苦，还要把孩子养大，可外公却常年在外不落屋，据说到少林寺练过拳术，在九华山面过壁，在汉口造过枪炮，在上海办过工厂，在北京当过皇帝的老师，和新派人物一起闹过革命，革命失败后他逃到日本，暗杀过日本天皇，后来又到印度拜过佛祖，到德国研究过哲学，在英国伦敦用中医救过孤儿，在法国巴黎嫖过法国小妞，看看他做的这些都是什么事？真是没一件事值得一说。据说这次回来是告老还乡，讲再也不走了，可是回就回来哟，却又带了一个做过妓女的女人回来，明明晓得天河镇自古以来就是礼仪之地，从来就没有女人去做过妓女，这真是要作死啊，结果把外婆气得要吐血。老族长也骂他是鬼迷心窍大逆不道，于是就把他拦在天河镇路口处，要他先把带回来的女人送走，否则就不让他回天河镇，但外公却故意顶着干，非要把这女人带回家不可。于是就这么僵持着，到这天都第三天了，大舅舅觉得外公年纪也大了，这样拖下去身体肯定会吃不消，所以就趁这邻居来萍乡进货托他带口信，一定要高洁爸爸妈妈亲自去一趟天河镇。

送走邻居后，一家三口便坐在桌子边商量，可商量来商量去，最后还是决定让高洁一个人去。高洁不愿意，你们大人都管不了，我一个小孩去了又有什么用？

爸爸就教了高洁说，大舅舅叫人来送信，如果家里不去一个人肯定不行，但我跟你妈妈就是去了也解决不了，因为不管是站在外婆这边，还是外公这边都不行，所以只有你去才最合适。

如果外婆和大舅舅问你们怎么不来，我怎么回答？高洁又问。

妈妈说，如果外婆和大舅舅他们问起，你就说爸爸妈妈煤矿上有事，实在走不开。

高洁还有些犹豫，爸爸就笑着说，现在刚放暑假，你就当是去外婆家玩几天，过完这个暑假你不是要去北平读书吗？到时候再想玩也没时间了。

高洁就白了爸爸一眼说，北平还去个屁呀，都让日本鬼子占领了。

·2·

一阵雷声又轰隆隆地吐着火舌向头顶砸来，高洁情不自禁地抬头望了一下远处的山顶，明显可以看到乌云好像越来越重，正有些承受不起似的开始从不远处的山顶上往下坠。看到雨好像马上就要下了，马车夫和那几个已经披好了蓑衣的汉子便都往风雨亭挤去。风雨亭本来就不大，让这几个汉子一挤，竟然就占了大半个空间。高洁也想去风雨亭里躲雨，但见风雨亭里差不多无处落脚了就有些犹豫。到哪里去躲雨呢？高洁又往四周看了看，荒郊野外的，看不到一处房屋，显然没一个合适躲雨的地方。

外公也抬头看了看天，告诉那个女人说，就要下雨了，你先带高洁到马车里去躲一下。

那女人"嗯"了一声，就伸出手来牵高洁的手，但高洁装着没听见，也没有去接那女人伸过来的手。高洁是不怎么愿意和那个女人一起待在马车里的，要是让外婆晓得了肯定会生气的。

那女人好像也感觉到了高洁的心思，就把伸出来的手恰到好处地拐去拉了一下外公，仍不失热情地跟高洁和外公说，雨还没下呢，马车里空间小，挤在里面空气不好，都是汗臭味，等雨下了，你们再进来也不迟。

那女人一边跟外公说着，一边又冲大舅舅和高洁有些抱歉似的笑了笑。

外公觉得这女人说得有道理，就表示赞同道，也是。

女人接着说道，我先进去收拾一下，在马车里睡了几天几夜，弄得乱糟糟的。

说完，也不管高洁他们是什么意思，就自顾自地爬上马车坐了进去。

外公以为高洁是担心马车挤不下，就跟高洁笑道，你放心耶，等下下雨了，我们四个人都可以挤进去，如果实在挤不下，把另外两辆马车上的箱子移一下，也就可以坐人了。

说着，又跟大舅舅解释道，这次回来我特地租了辆大点儿的马车，走这么远的路，大点儿的马车要舒服些。

大舅舅也抬头看了看天空，觉得这雨一时半会儿还下不下来。在山里，六月天的暴雨就是这样，听着雷声大蛮吓人，但要真正下雨，却不晓得要到什么时候。心里又不想让高洁跟那个女人太过亲近，便决定趁雨还没有下下来，赶紧带着高洁回家。

高洁，我们还是回家吧。大舅舅有些犹豫地望着高洁说。趁着这雨还没下下来。

好呀好呀。高洁有些兴奋地答应着，脚下就开始起步往前走，好像怕谁会阻拦似的。

傻瓜吧。外公果然大声地对高洁嚷嚷。等雨停了再走也不迟啊。

说着，又跟大舅舅说，回家也不急在这一下。

大舅舅有些犹豫不决，但高洁已经起步了，就没想再停下来，不过她还是回头望了一下大舅舅，如果大舅舅还不动身的话，也许高洁就要催了。这会儿大舅舅也开始起步了，只是还想最后劝一下外公，这才会有所迟疑。其实大舅舅还是有些心疼外公的，外公毕竟年纪大了，在外面风餐露宿都几天了，这样下去真是会吃不消的。

你自己想好一下哦。大舅舅还想跟外公商量一下。哪里还想在这鬼地方安家不是？

外公本来还有些心疼高洁，想让大舅舅等雨停了再走，这会儿听大舅舅说出这么没人情味的话来，火轰地一下就上来了，也不顾高洁在场，指着大舅舅的鼻子就又发起了牛脾气，还不都是你这个没良心的畜生，作不得一点用，害我在这荒郊野外受苦。

大舅舅也恼火起来，真是没见过外公这样固执的人，就只晓得站在自己的立场想事，从来也不体贴一下他做儿子的难处，既然多说没一点屁用，大舅舅就懒得再费口舌，便硬起心肠，头也不回地往天河镇大步走去。

高洁见状，赶紧小跑了几步跟了上去。

外公就在他们身后，指着大舅舅的背影骂道，你回去告诉老族长和你妈，如果不让我带着她一起回家我就死在这里，就让他们把我打死在这里，反正我年纪一大把了，什么福也都享过了，就是死也死得了。

高洁回头看到外公正跳起来骂，忽然觉得外公好可怜。

又看到那几个穿蓑衣的汉子都好开心地笑了起来，高洁觉得他们笑起来的样子极恶心。其中一个说外公道，我们如何会打你？我们才不会打你呢，如果不是老族长有令，我们才不会做这个恶人呢。

大概往前走了半里多路，高洁跟着大舅舅拐进了山路旁边的樟树林。这是一片原始茂密的樟树林，在两座大山中间长了几千年，俨然一座天然的屏障。樟树林里不但一棵棵巨大的樟树相互交错，樟树之间枝蔓与杂草丛生，一眼望过去只能听到鸟鸣，根本就看不到有路可走。路过的行人只要稍不注意，就会一直沿着山路往前走，结果自然是越走就离天河镇越远了。这可能就是天河镇几千年来一直能够自成一统的原因之一吧？高洁记得跟着妈妈回过几次天河镇，但每次再来时，却又会找不到路。这天出门前，妈妈又百般叮嘱高洁，过了风雨亭就千万要提醒自己，要记得在樟树林里找进天河镇的小路，而特地请来送高洁的马车夫也去过天河镇多次，可以算是有些熟门熟路，不然爸爸妈妈还真是不太放心让高洁一个人出门的。

高洁，你跟着我走。

大舅舅说着，从路边捡起一根木棍，迈步就往路旁的樟树林里走。

高洁看了很是惊奇，因为前面根本就没有路可走。然而大舅舅用手里的木棍扒开了地面上的落叶，这才可以看到有条弯来弯去的小道。樟树林里有点暗，高洁有些看不太清楚，走起来有些高一脚低一脚。大舅舅就转身拉着高洁的手。两个人忽而左拐忽而右拐，还得小心脚下的石头和杂草，因为一不小心就可能跌跤。高洁回头时突然发现，他们刚刚走过的路消失不见了，就好奇怪地告诉大舅舅，路不见啦。

大舅舅这才想起来跟高洁解释，是这样，樟树林里时时都有风，而落叶又被风吹着走，所以当我们走过之后，路就被落叶重新覆盖了，就好像是消失了一样。

高洁"哦"了一声，然后继续跟着大舅舅往前走。这样跌跌撞撞地往前走过百多米，就在高洁怀疑是不是走错路时，前面却忽然豁然开朗。原始茂密的樟树林不见了，呈现在眼前的是一望无际的桃树林。桃树林里有一条蜿蜒的山间小路，与一条名叫天河的河流自西向东相伴而行，河水清澈而平缓，一眼就能看到鱼儿在水中嬉戏。如果在桃花盛开的季节里，这一路就都是落英缤纷。高洁记得小时候有两次去天河镇，都恰好碰到桃花盛开，好多桃花从桃树上袅袅娜娜地飘下来，每次走在布满桃花的山路上，让从小就喜欢鲜花的高洁欣喜不已。高洁小时候总是会兴奋地尖叫着，去追逐一朵朵顺风飘逝的桃花。追到天河边时，自然就能看到天河水面上也飘有很多桃花。高洁就会很有兴致地跑到天河边，蹲下去捧一把清澈凉爽的天河水洗脸。这时候的天河水，除了可以洗去行人一路的风尘和汗水，还有一股沁人心脾的新鲜花香。

赏花是需要好天气和好心情的。可这会儿高洁因为暴雨将至而少了很多兴致，只是一个劲地跟着大舅舅匆匆地往天河镇赶。大舅舅除了在樟树林里要时不时提醒高洁小心外，一路上都是心事沉沉地低着头，也没有跟高洁怎么说话。高洁也因为心里某些莫名的忧郁，而知趣地没有开口。在转过一个弯后，天河上面出现了一只乌篷船，船上的捕鱼人此刻身上已经披好了蓑衣，正从船舱里搬出缆绳往岸边扔，欲套在一块巨石上固定好船，以便船不至于被即将来临的暴风雨吹走。

这只乌篷船和捕鱼的人都是老族长安排在此的，碰到有外人闯入时就可以鸣锣预警。除预警之外，当然也可以带路，免得闯入者困死在桃花林里。但由于多年来真正能够闯入天河镇的人屈指可数，很多时候这乌篷船和捕鱼的人就成了摆设，但又的的确确不能少，因为世事难料，什么事都是不怕一万只怕万一吧。由于族里给的工钱不多，这捕鱼的人就会在空闲的时候撒几网，捞些天河里的鱼提回去卖给天河镇的族人，算是一些格外的补贴。这捕鱼的人虽然在天河镇也有间茅草房，但却是没家没老婆没儿女的单身汉，孤身一人的好处不过是撒上几网，不但餐餐能吃饱饭，就是一天的酒钱也基本上有了保证。

快下雨啦。捕鱼的人见到大舅舅就热情地招呼道。

在天河镇邻里关系都挺和谐，所以大舅舅便赶紧抬起头来也笑着答道，是啊。

说完，大舅舅还为自己刚才没看到捕鱼的人而解释起来，你莫怪啊，刚才想事了。

没得事。捕鱼的人当然不会见怪。还是为你父亲的事吧？

是啊，真是差点被他气死了。大舅舅叹着气停下脚步，跟在身后的高洁便也停了下来。

捕鱼的人看到高洁便眼睛一亮，呵，家里来客人了？

是啊，我外甥女。大舅舅就回头指着高洁跟他解释。就是安源煤矿那个姐姐的小孩呀。

捕鱼的人就热情地相邀，到船上来吧，等停了雨再走。

连高洁都看出这乌篷船太小，挤三个人躲雨恐怕不行，果然大舅舅又抬头看了看天，觉得雨一时半会儿也下不下来，不哩，屋里还有急事要做。

捕鱼的人做事也很干脆，就说，那就拿两条鱼去吃吧。

说完，就弯腰从船舱里拿了两条活蹦乱跳的鱼扔了过来。

高洁看到鱼用草绳拴好了嘴巴，只要提起来走就是了。

大舅舅就叫道，这怎么要得？

你不要以为我是讨你的好。捕鱼的人指着高洁说。我是送给这位小姐吃的。

大舅舅急着要走，就提起鱼来说，等会儿到屋里来拿钱。

不得来拿。捕鱼的人生怕会被误会，就赶紧声明道。我都说了是送给这小姐吃的。

大舅舅就哈哈笑了起来，高洁也朝捕鱼的人笑了笑，以表示感谢。之后，两个人这才急急忙忙地跟捕鱼的人告辞走了。

刚刚看到都还在山顶上的乌云，这会儿却快要坠到半山腰了。高洁跟大舅舅还没有走到两里路，雨就被老天突然从半空中倒了下来，沙沙沙地打得桃树东倒西歪地直叫唤，间或还夹杂着几声轰隆隆的响雷。

高洁本能地跑了起来，因为一路上都是矮小的桃树林，根本没有躲雨的地方。

下雨了。在超过大舅舅身边的时候，高洁叫道。快跑。

大舅舅在天河镇虽然是个有钱的绅士，农忙时家里也会请几个长工，却也是天天下地做农活的，碰到这么大的雨也是常有的事，所以下这点雨在他看来根本不算是什么，这会儿看到高洁这样慌乱，就担心高洁会因为下雨路滑而跌跤，就赶紧出声提醒高洁要小心。暴雨在桃树林上溅起了厚厚的一层水雾，不远处都是迷茫一片。高洁看大舅舅不慌不忙的，又看到路确实有些滑，还有就是担心万一碰到蛇什么的，觉得还是跟在大舅舅身边稳妥些，就跟在大舅舅身后大踏步地往前赶。大舅舅担心淋坏了高洁，就脱下衣服披在高洁头上。由于一路上都是酷暑难耐，这会儿让凉爽的雨一淋，高洁反而感到舒服起来。

高洁跟着大舅舅高一脚低一脚地走着，一会儿左拐一会儿又右拐，两个人就这样急急地走着，在走了差不多半个时辰之后，就看到了外婆家的房子。在离外婆家还有一段路的时候，高洁忽然跑了起来，刚跑上外婆家门口的石板阶梯，就取下披在头顶上的衣服，用力往立在屋檐下晾衣服的竹杠上一丢，湿漉漉的衣服在竹杠上晃了两下，然后啪的一下掉在了地上，把一心想马上见到外婆的高洁吓了一跳。高洁有心想捡起衣服来，但看到大舅舅就在身后，就朝大舅舅不好意思地吐了一下舌头，然后继续往家里跑去。

别着急！大舅舅赶紧叫高洁小心路滑。因为外婆门口的台阶上都还是水。大舅舅的话音刚落，高洁就已经灵巧地跳上了门坎。大舅舅觉得高洁都长成大姑娘了，却还像小时候那样顽皮可爱,就呵呵笑了起来,又弯腰把衣服捡了起来。

外婆家的门坎是一整块大理石制成的,有半米多高两米多长,高洁小时候特别喜欢坐在这厚厚的门坎上玩,因为在炎热的夏日里坐在门坎上,可以感觉到小屁股凉滋滋的,舒服极了。不过这会儿高洁没在门坎上玩,而是立即又蹦了下去,嘴巴里不停地喊道,外婆,外婆。

外婆此时正和大舅妈、小舅妈坐在厅屋里说事,突然见到高洁自然是高兴得不得了,赶忙都围了过来,就见高洁的连衣裙已经裹在了身上,露出了高洁那袅娜的少女身段,湿漉漉的头发也是一绺一绺,软塌塌地搭在额头上,还直往下掉水。外婆看到高洁浑身湿透了,又很是心疼,就责怪起高洁来,怎么湿成这样?像刚从河里爬上来一样。

顶着雨走过来的呀。高洁有些自豪地告诉外婆,那神情就像做了一件了不起的事情。

外婆有些吃惊地叫道,这就不得了。

没关系了。高洁有些不好意思地笑着安慰外婆,又分别叫了声大舅妈和小舅妈。

这么大的雨,怎么也不晓得去躲一下?

大舅妈说着,又责怪大舅舅道,高洁人小,不懂事可以理解,但你是这么大个人了啊?要是把高洁淋坏了,我看你如何跟姐姐、姐夫交代。

大舅舅也有点后悔,但为了让外婆她们放宽心,便还是硬着头皮解释,一路上都没有躲雨的地方。

小舅妈则赶紧跑到厨房里拿了条干毛巾,过来就要给高洁擦身子。高洁觉得自己已经不是小孩子了，哪里还好意思让小舅妈侍候自己？就赶紧从小舅妈手里接过毛巾，一边侧着头擦头发，一边不无得意地说，让雨淋一下极舒服。

外婆却晓得高洁从小就体质弱，动不动就感冒，就有些忧心忡忡地责怪大舅舅，怎么不等下完了雨再回来。

大舅舅想想也有些后悔，便懊恼地解释道，都是在路口跟父亲讲多了事气昏了头，结果耽误了一些时间，不过动身时我看了看天，觉得这雨一时半会儿下不下来，没想到这次没看准，刚走到半路雨就下了起来。

高洁不想让大舅舅总受埋怨，这会儿见说到了外公，便有意地插话道，外婆，我几久都没有看到外公了，这次见到都有些不认识了，但外公也没怪我，看到我却极喜欢，还用力拥抱了我一下，哎呀呀，不过我闻到外公一身臭死了，不晓得有多少天没洗澡了。

高洁说着，呵呵地笑了起来。

外婆就"哦"了一声，虽然面上没动声色，但心里却疼了一下。

还有外公长了一身红点子。高洁继续说道。总是一边跟我讲事，一边在身上死命刮。

外婆脸色都白了，忙看着大舅舅，意思是怎么回事，大舅舅却不想让外婆担心，就很随意地说，可能是蚊子咬的吧，不太要紧的。

高洁仍没心没肺地继续说道，外公倒是对我真是好，很担心我会淋雨，就要我到马车里去躲雨，但我没去，那个狐狸精看到外公这么说了，就也假心假意地要牵着我过去，但我没理她，我才不想跟她一起挤在马车里。

外婆忽然听高洁也是骂外公带回来的女人狐狸精，就有些怔住了。虽然外婆一家人说起那个女人都是骂她狐狸精，但这会儿从高洁嘴巴里说出来，外婆听起来却感觉是那样刺耳。大舅舅在一旁笑着说，那个狐狸精对高洁很是讨好，但高洁对她一直是不理不睬的。

两个舅妈也为高洁这么小就这么懂事，晓得站在外婆一边而高兴。外婆却没有把话题继续下去，而是让小舅妈带高洁去换衣服，又跟高洁说，千万要小心不要感冒了。

高洁虽然不觉得淋一下雨就会感冒，却又觉得穿着湿裙子不舒服，而且让厅屋里的穿堂风一吹，也确实感到有些凉意，就乖乖地跟着小舅妈进了里屋。

小舅妈二十出头，那年结婚的时候也就跟高洁现在这般大。这也没什么好奇怪的，乡下的女孩子结婚都特别早。小舅妈个子也跟高洁差不多，只是身材要比高洁丰满不少。所以高洁穿上小舅妈的衣服，长短看上去倒是挺合适，却又显得宽绰不少，走起路来就有些迎风摆动。等高洁换好衣服出来，外婆正好在听大舅舅讲外公的事。

外婆见到高洁就问，你爸爸妈妈怎么没来？

高洁就按出门时妈妈的交代说，我爸爸妈妈也很想来的，只是矿上实在是有事走不开。

外婆"哦"了一声，半晌又问，你出门时妈妈跟你说了什么吗？

也没有说什么。高洁想了一下说。只是让我不要顽皮，要听外婆和舅舅舅妈的话。

外婆又"哦"了一声，又半晌没说话。

大舅舅有些不相信地跟外婆说，也不晓得会有什么事，会忙得这样走不开。

大舅妈也附和道，家里碰到这么大的事都不拢边，实在是有些过分。

高洁觉得大舅妈明显有挑拨的意味，因为大舅妈一直觉得外婆对高洁妈妈比对他们要好，不过高洁却装着什么也不懂，把想法放在心里没有说出来，而是故意向大舅舅问起了表弟到哪里去了，好久没看到他了，我想跟他一起去玩。

大舅舅也是刚进屋，哪里会晓得？便问大舅妈，大舅妈说到表弟就没有好生气了，他还有哪里去？还不是出门耍去了。这个畜生每天只晓得耍，一天到晚不落屋。

外婆看了高洁一眼，晓得高洁从小就精灵古怪，别看高洁此时不做声，其实心里什么都明白，而大舅妈就是一个话篓子，一打开就会说个没完没了，而且会越说越难听，就算是高洁当面不发作，只是把话传回去了，还不晓得会扯出一个多大的麻烦来，外婆便及时制止了大舅妈。

我倒是可以理解你姐姐。外婆说。她一个女人家在矿上做事，肯定是不容易的，忙完公家的事还要做家务，哪里会有时间？不像我们在乡下，只要做些家务事就可以了。

话虽然是这样说，但外婆大概也可以推算出女儿女婿的心理，一个是父亲，一个是母亲，你让人家如何表态？真是说什么都不对，弄得不好还会两边都不讨好。这样想着，外婆又安置小舅妈，你等下给高洁做碗姜汤，还要烧锅滚水，让高洁发下汗，洗个滚水澡，高洁从小就体质弱，淋了这场雨非感冒不可。

滚水是天河镇的方言，就是热水的意思。

高洁听外婆这样说，感觉一来就麻烦小舅妈不好，赶紧声明没必要，但外婆没搭理高洁，继续又对大舅妈安置道，你等下做饭时做几个好菜，这几天大家都累到了，正好高洁来了，晚上一家人就好好聚一下餐。

大舅妈却觉得这几天差不多要累成狗了，真的是动都不想动一下，再说高洁还只是一个小孩子，又不是什么重要客人，根本就没必要扯开场面，特地去做什么好菜，如果是高洁爸爸妈妈来了那还另当别论。不过她心里虽然这样想，却又不好明确反对，便只是嘴巴里"嗯"了一下，人却仍然站着没有动弹。倒是小舅妈勤快，赶紧转身进了厨房，给高洁烧滚水做姜汤去了。看到小舅妈这么主动，大舅妈心里又有些看不下去，觉得小舅妈这样卖乖实在是让人讨厌。

夏日里的暴雨来得快去得也快，好像几分钟前还是暴风骤雨的，这会儿却很快说停就停了下来。天空就像一块被洗干净了的布料，重新又变得清新和亮堂起来，刚刚还不晓得躲到哪里去了的太阳，这会儿又挂在了西边的山顶上。外婆连招呼也不跟家人打，就心事重重地往屋外走去。

你这是要去哪里？大舅舅觉得有些奇怪，就望着外婆问。

外婆头也没回，只是挥了挥手说，我出去一下，一会儿就回来。

外婆想去祠堂找老族长商量一下，但走到大门口时，外婆忽然又犹豫起来。外婆平常也是个心高气傲的女人，不到万不得已是不会去跟人家说小话的，特别是为了外公去找老族长说。如果让外公晓得了，那肯定是要生气骂人的。但外婆这时候已经没一点办法可想了，觉得就是被外公骂死也得去，于是还是迈步往台阶下走。

下了台阶就是外婆家的晒谷坪。这晒谷坪只是用石灰泥土伴着沙石简单地抹平了，虽然还不是很平整，平时却也能做个很大的晒场，用来晒稻谷，以及一些衣物、被子、书籍，更多时候则是孩子们玩耍游戏的乐园。这会儿是大雨初晴，坪上凹凸不平的地方还有些积水，却没有妨碍孩子们在坪上疯玩。坪的另一边则是五六棵参天的大樟树，有些顽皮的孩子则爬到樟树上去玩耍。

坪里一个邻居正在抓她的女儿回来洗澡，而她女儿却还想跟小伙伴们再多玩一下。女孩虽然人小，但人小鬼大，又很灵活，邻居几下都已经抓住了她女儿，竟然又被她女儿小扭着身子逃跑了。母女俩你抓我跑，惹得外婆笑眯眯地望着，这邻居是个寡妇,老公已死去多年,却一直没有再嫁。寡妇最后终于抓到了女儿,就一边笑着,一边用力扯着女儿的小手往家门口走,而她的女儿则一边奋力挣扎着,一边尖叫着想再玩一下,惹得外婆呵呵笑了起来。

寡妇看到外婆笑,就跟女儿说,你看哦,婆婆都笑话你了。

说完,又问外婆道,你这是要去哪里?

外婆当然不会告诉寡妇她去做什么,只是笑着看她们母女俩,看样子这也是个烈货哟。

烈货是天河镇方言,意思是指女人性格刚烈,不过在讲小女孩时,则更多是说笑呢。

是呀。寡妇顺着外婆的话笑道。这么烈,长大了如何嫁得出去?

寡妇在家门口已经放好一只脚盆和一只桶,脚盆里盛满了洗澡的温水,桶里则放好了大半桶已经化开了的茶枯水。茶枯是用油茶籽榨完油之后的渣子做成的,圆圆的一块,有寸把厚,就像一块大大的圆饼,所以天河镇的人就把它叫茶枯饼。有钱的人家有时候会把茶枯饼丢到田里当肥料用,更多的人则是用茶枯来洗头。要用的时候也很简单,只要从茶枯饼上敲下一块放在水里煮,待茶枯化开后就可以用了。不过男孩子是不会用茶枯水洗头的,因为男孩子头发短,用茶枯水洗就太奢侈太浪费了。而女孩子用茶枯水洗头后,满头都是油茶的香气,用手随意一握,就满手都是油光铮亮的青丝,轻轻一梳,则能看到青青的头皮和分明的发根,会显得十分清爽。

寡妇把女儿抱到茶枯水前开始给女儿洗头，女儿却立刻尖叫着哭了起来，原来是茶枯水进了她女儿的眼眶里，刺激到了眼睛。寡妇只好一边用脚盆里的温水洗女儿的眼睛，一边对外婆抱歉似的笑了笑。

外婆跟寡妇挥了挥手，想说句话却又没有说出来，便深深地叹了一口气。

外婆不晓得自己的决定是否妥当。

走过晒谷坪，外婆向前走上了一条山间小路，小路的一边是爬满了各种植被的山坡，另一边自然也爬满了各种植被，只不过是缓缓的下坡，两边坡上长了各种大大小小的树，当然桃树是最多的。沿着小道走了四五十米，外婆又来到了一个较为宽敞的地方，零零散散地住有六户人家，有户人家大门洞开，一个花白头发的男人正坐在脚盆里洗澡，另一户人家的男人则打着赤膊坐在门口抽水烟。在天河镇男人小孩都是在屋外洗澡，只有女人洗澡才会在屋后背人的地方。两个男人聊得正起劲，他们聊的正是这几天在天河镇传得纷纷扬扬的高洁外公的事情，没想到会突然看到外婆正好路过，自然就赶紧停住了嘴。他们可不想给外婆一个在背后议论别人的不好印象，就都有些讨好似的往外婆这边看过来。外婆这会儿心里有事，又不想看老男人干瘪的身体，就想装着没看见一样走过去，但两个男人都情不自禁地跟外婆笑了一下，抽烟的男人还站起来打起了招呼，你这是去哪里啊？

外婆只好扭过头来跟他俩笑了笑，就算是打过招呼了。外婆忽然想笑，因为那白头发男人洗澡的姿势看上去有些好笑，当然外婆最终还是忍住了。只见这白头发男人右手举得高高的，好像生怕右手会浸到水里去一样，左手拿着毛巾正用劲地擦着身体，肩膀、腋下、前胸、大腿、裆下，甚至后背都要一一擦到。

天河镇的人基本上都是这样洗，除非不得已，一般是不能把右手弄湿的。右手高贵，用来跟老族长握手，左手低贱，只能用来做事，像洗脸吃饭外出劳作，当然还包括擦屁股。外婆平常也是这样举着右手洗，这会儿却突然发现这样是多么地可笑。那白头发的男人看着外婆面带微笑，还以为外婆是以礼待人，又哪里晓得外婆其实是在笑话他呢？那白头发的男人觉得自己一边坐在脚盆里洗澡，一边跟外婆说话不礼貌，就干脆爬起来站在了脚盆里。他见外婆的眼光有点躲闪，忽然想起了点什么，就把手巾随便在腰间围了一下。

你们一家商量一下啊。白头发男人小时候曾经跟外公玩得好，觉得外公这样有家归不得很是可怜，就跟外婆大声建议道。我看你们还是请老族长法外开下恩，让你家老头子回来算了。

他就是再做得不对。那抽烟的男人也说。但毕竟还是你家老头子，都几天几夜了，总是这样也不是只猴。

"也不是只猴"是天河镇方言，意思是"不是办法"。

这两个人的话让外婆感觉有些刺耳，好像外公不能回家是外婆在作怪似的。外婆虽然心里觉得很是委屈，但又无法跟他们多解释，只好诺诺地往前走。外婆可是个很要面子的人，而且这个家在天河镇可是数一数二的，虽然外公平时有些靠不住，但她自己却是里里外外一把手，在天河镇可是个受人尊敬的角色，儿女也很作得用，很给她挣了面子。外婆本来就是去祠堂里找老族长的，这两个男人的话虽然有些不中听，却也因此坚定了外婆的决心。

如果再不想办法让老头子回家来，那全家人肯定是会被口水淹死去。

对于外婆和家人来说，这也是目前面临的最大的事了。

转过两个山坳，祠堂就在前面。这祠堂是天河镇最重要的建筑，还是祖先最初移民到天河镇时兴建起来的。由于年代久远，而显得有些简单古朴，不过祠堂里存放着贺氏家族历代祖宗的牌位，包括祭祀祖先、祈祷风调雨顺在内的一切重大活动都是在祠堂里进行的。祠堂的后院是老族长的卧室。老族长本来可以不住在祠堂里，族里完全有财力给他单独建一套住宅，但老族长怕麻烦，又一辈子节俭惯了，他说自己单身一人，住在祠堂里方便，也正好可以跟老祖宗住在一起。老族长平时话不多，却是一言九鼎，于是族人就只好遂他的心。而祠堂的左边则是一个能坐一百零八位学生的学堂，正面墙上挂着的是孔圣先师的画像。天河镇之所以自古以来能被公认为礼仪之地，就是因为每个人都在孔圣人门下读过书。这一切都使得祠堂十分神圣，哪怕是一丁点也不能冒犯的。

祠堂的大门永远是打开的，外婆走进去也很是轻车熟路，因为除了自己家里，祠堂就是来得最多的地方了。外婆来到后院老族长住的地方，老族长已经从椅子上站起来迎接了。老族长总是能提前知道哪个要来，又有什么事，外婆一点儿也不怀疑老族长能未卜先知，因为这已经在天河镇传了近百年，老辈人都知道。外婆见老族长很是和蔼可亲地伸过手来，就赶紧急走几步，上前握住了老族长那慈父般的大手，一股热流立刻从老族长那边传过来，流过外婆的手臂来到了心房。想到这几天在家里受到的委屈，乡邻的不理解，以及老族长始终的关怀，外婆就有些热泪盈眶。外婆想回去后无论如何都不能洗手，要让老族长的温暖和关心在身上多停留几日。外婆还想刻意地跟老族长说一声，自己跟天河镇的每个人一样，右手也只是用来保留老族长的温暖的。但外婆又没有说出来，因为老族长心如明镜，一眼就可以看到人的内心深处，何况还经常会在夜深人静的时候光顾每个人的梦境，在天河镇哪里会有老族长不晓得的事情呢？

老族长松开外婆的手，转身回到椅子上坐好，很和蔼地问，你都想好了？

想好了。说着，外婆抬起头来仰望着老族长，发现老族长还跟过去一样清瘦矮小，从眼睛里看不出一点光，但做起事来却总是有使不完的精力。外婆想着自己从记事起，看到的老族长就是这副模样，仿佛从来就没有变老过。老族长今年多大年纪了？外婆从来没有想过这个问题。恐怕最少有一百多岁了吧？可能两百岁也有了。外婆忽然记起来自己的妈妈也曾经说过，她从小到大再从青年到老年，就没见老族长变老过。

你是如何打算？老族长又问。

尽管心里已经有了打算，但外婆还是犹豫了一下，因为外婆心里还没底，但想到老族长肯定迟早都会晓得，外婆就还是说了出来。

我也不晓得我这想法对不对。

外婆一边有些难堪地搓着双手，一边望着老族长说。

老族长坐在椅子没做声，外婆就只好硬着头皮接着说下去。外婆望着老族长说，虽然我老公一年四季难得在家，但他毕竟是我老公，我都跟他生了三个孩子了，您老晓得是一个女儿两个儿子，虽然别人在我面前一提起他，我心里的火就会呼的一下烧起来，但他再不好，也是我孩子的父亲，您老也晓得我现在家庭还是搞得不错的，孩子也蛮有出息，但我这家却好像总是少了一点什么似的，一个家也不像个家。

说到这里，外婆不晓得自己还该不该说下去，就又抬头看了看老族长，老族长的表情仍是不置可否。外婆等了一会儿，看老族长没有制止的意思，就又大着胆子接着说道，我的孩子他们也不都说，可能是怕我伤心吧，但我晓得他们心里还是想他的，父亲不在家，就是小孩子在一块玩都是要受欺负的，现在他们都长大了，想我当年一把屎一把尿地把他们一个个拉扯大，您老肯定晓得，我经常是一个人躲在屋里哭啊。

外婆说到这里又眼泪涟涟起来，今天我外孙女来了，就是我那个在安源煤矿做事的女儿呀，就是那个到美国留过洋的女儿，您老肯定还记得，我这外孙女就是她的女儿，以前也来过天河镇几次，今年都十六岁多了，长得都要比我高了。

说到高洁，外婆心里就有了一丝开心，脸上也有了些笑容，本来我是想女儿女婿回来的，但他们都说工作忙，实在走不开，但哪里是工作忙哦，我晓得他们是为难啊，一边是我这个母亲，一边是他们的父亲，叫他们如何说嘛？说哪个都不是，都讲不得哦。

　　说到这里，外婆情不自禁地叹了一口气，我外孙女无意之中跟我说了一句话，说她外公拥抱她的时候一身臭气，全身都是红点子，不晓得为什么，我听到这里心都要烂了，为什么会这样啊？本来我应该高兴才是啊，他终于有报应了呀，可我确实是心疼他了，我晓得自己的心，您老想他年纪也这么大了，风餐露宿几天几夜，肯定是不死也要脱层皮的。

　　外婆想到外公受了这么多苦又要哭了，却因为看不出老族长是什么表情，而没有流出泪水来。外婆晓得老族长心里不愿意的，这几天来外婆已经完全了解了老族长的心思，就叹了口气，接着说道，虽然对我们家人来说，他是我的老公，是我孩子的父亲，但我也晓得他根本就不像是天河镇的人，天河镇人的礼义廉耻他都没有，或者说他都成心看不起，他根本就无法融入天河镇，但怎么办呢？

　　外婆说到这里终于狠了狠心，继续说道，这事责任在我一个人，当时我要是不嫁他就什么事也没有了，我记得当时您老还特地找我说了，这样的男人是靠不住的，但我当时不知怎么了，就是鬼迷了心窍，所以我是自作自受，怪不得别人，现在他要回来，还带了一个女人回来，既然他完全不顾我这么多年来一个人拖儿带女，上有老下有小支撑着这个家，既然他心里没了我这个人，那我走好了，离开这个家，我明天一早就搬到水磨房里去吃斋念佛，老天要惩罚就惩罚我一个人好了，反正我这辈子就是受苦的命。

你这是何苦呢。老族长终于开口说了一句话。我早就跟你说过了，最好的办法就是让他走，萍乡也好，大上海也好，随他到哪里去。

不知为什么外婆心里涌上一股失望，外婆哭了起来，您老不晓得我心里有几苦，我本来想今晚就搬到水磨房里去的，但我外孙女来了，我极喜欢她呀，所以我要好好陪她一个晚上才去。

看到外婆哭了，老族长又不说话了。

我还想好了。外婆继续说道。为了让他学好，让他晓得他之所以能够回家，这个家是付出了很大代价的，我准备把家里最好的十亩水田，还有那座水磨房拿出来做族产，以减轻他的罪孽。

外婆可怜巴巴地望着老族长，可老族长仍然在沉思什么。外婆担心老族长不肯答应，就又加码道，要不这样，我们家还拿出五千块大洋，捐给学堂用，去教育族里的孩子，都要晓得礼义廉耻。

外婆心想如果再不行，家里就不会再拿出什么像样的东西了，毕竟家里还是要留点田产的，一家人还是要比较体面地生活呀，而且孙子长大也是要讨老婆的，所以倾家荡产是万万不行的。

老族长终于说话了，你既然早都打算好了，那就这样办吧。

老族长说着，很少有地叹了口气，只是外婆说话时有些激动，而没有注意到。

你千万不要以为我是个不近人情的人。老族长很诚恳地望着外婆说道。我这几天也是想了很久，根本的原因还是你老公不容于天河镇啊，你根本就想象不到他这样一回来，还不晓得会给天河镇带来几大几的麻烦。

外婆听老族长这样说，生怕他会改变主意，就赶紧喊了一声老族长，你就放心吧，我一定会警告他，要他千万要安分守己。

老族长叹着气说，只希望你把家里的十亩水田和水磨房献出来，能使他警醒一下。

外婆一个人抹着眼泪走出祠堂，西边的山顶上有几缕阳光射到了外婆的头上。因为要下山了，也由于下午经过了暴雨的冲洗，这时的太阳已经没了六月天的暑气，随着风吹过来的阳光，甚至还带有一丝丝的湿气。

外婆回头望了望祠堂，老族长此时没有站在祠堂门口。老族长一般情况是不会起身送人出祠堂门的，何况是外婆这样一个扶不上墙的女人。外婆在天河镇活了大辈子，自然早就晓得老族长是一个怎么样的人。但外婆并没有责怪老族长，外婆怎么敢责怪老族长呢？整个天河镇，除了自己家里那个老不死的敢对老族长不敬外，老族长可是天河镇的主心骨啊。在天河镇哪个要是敢责怪老族长，那可是要遭天打雷劈的。外婆忽然又怔住了。外婆以为自己看错了，就抬手擦了擦眼睛，擦去了眼中的泪花，没错，自己看到的没错，祠堂的墙壁真的有好几个地方开裂了，好几处地方开着深深裂纹，就像一个掉光了牙齿的老人，正在咧着嘴巴阴险地笑着。

外婆忽然想起外公多年前说要把这祠堂拆了，竟也感觉到这祠堂真是太破了，恐怕真的要推倒重建才好。但外婆很快又清醒过来，吓得浑身都有些打抖，赶紧拱起双手，朝祠堂作了几个揖，然后苍白着脸，匆匆地往家里走去。

·4·

外公是在第二天的中午回到天河镇的。一路上外公一扫这些天的晦气，变得神采飞扬起来，不时兴奋地指着桃树林和天河，一一跟自己带回来的女人做介绍，碰到正在天河上捕鱼的人还主动打了招呼，却连人家表情有些尴尬都没有注意到。倒是外公带回来的女人好像还没有从恐惧中回过神来，除了有时不得不配合外公聊几句外，一路上都没有怎么说话。大舅舅则只顾埋头向前赶着牛车，显得有些心事沉沉，因为外公突然带着这样一个女人回家，让他丢尽了脸面，抬不起头来。虽然天河镇自古以来也有英雄不问出身的说法，但那说的是男人，对一个女人来说，似乎还是贞洁高于一切，有一个妓女出身的长辈，终究会是晚辈心里永远的痛，只不过大舅舅这时候不方便多说而已。大舅舅这会儿只求外公不要多事就阿弥陀佛了。最后还是外公带回来的女人似乎看出了大舅舅的不耐烦，就让外公不要总是说话。

　　好在路不是很远，似乎也不是很久就拐到了外婆家门口。大舅舅的本意是悄悄接了外公到家就好，最好不要闹出什么响动来，因为这又不是外公衣锦还乡，实在是没有什么值得庆贺的，所以连一个帮忙的邻居都没有叫，就想自己一个人吃点苦。然而让他没想到的是，家门口的坪里却有几个老人正站在一起聊天，竟然都是外公小时候的玩伴。也不晓得他们是特地约好来的，还是偶然碰到了一起。外公就很高兴地跟他们招手致意，还掏出带回来的外国香烟一一散给他们，并热情地要给他们点上火。他们的表情虽然有点冷，好像有意要跟外公拉开点距离似的，不过出于礼貌还是接了过去，却又只是放在鼻子下闻了闻，然后夹在耳朵上。外公却执意要给他们点上，于是他们就点上了。抽了几口后他们就笑了，就开玩笑说自己这回是开了洋荤，不过又说自己没有这份粮，还是习惯吃天河镇的水烟筒。他们一边说着，一边看了看在一旁站着的女人。外公就不怕丑地跟他们介绍自己带回来的女人。

　　大舅舅真是有些难堪，却又实在是有口难言，只好装作没看到，只顾带着两个迎上来的舅妈一起，开始从车上往下搬外公带回来的箱子。小舅妈是外公从林子里捡回来的，从小就跟外公有天然的亲，就跑过去牵外公的手。大舅舅不敢说外公，就让小舅妈先过来做事，有话以后再说。小舅妈想想也是，就赶紧跑过来，提起一只箱子就往屋里走。外公带回来的女人见状，也赶紧丢下那几个老人过来帮忙，却见高洁一边咳着嗽，一边走过来也想帮忙，就赶紧拦着高洁不让动手。大舅舅和两个舅妈虽然正搬的搬抬的抬，却也赶紧出声叫高洁在一旁歇着。大舅妈见外公没事一样只顾着聊天，就大声喊儿子赶紧从屋里滚出来搬东西。高洁的表弟也不晓得在不在家，反正大舅妈喊了好几声都没有看到人影。外公那几个儿时的玩伴见状便借口回去吃饭告辞了，外公走到高洁这边来，见高洁声音沙哑就有些心疼。

感冒了吧？

高洁还没有回答，外公又责怪起大舅舅来，我说了停了雨再走，你就是不听。

高洁怕大舅舅生气，就赶紧跟外公笑了笑，解释道，是我要走的。

大舅舅没有空搭腔，只是埋头从车上卸下箱子，然后往肩膀上一扔，扛起来就往屋里走。几个人从三辆车下了大大小小七八个箱子。有四五个箱子还很重，也不晓得里面装了什么，外公没说，大舅舅和两个舅妈也不好问，担心外公和那个女人会以为他们有什么图谋。好在大舅舅和两个舅妈都是天天在田间劳作惯了的人，浑身上下都有几斤蛮力，外公和那个女人虽然有些疲倦不堪，却也在旁边搭了把手，这才聚全家之力，把箱子都搬到了二楼那间专门腾出来给外公和那个女人住的房间里。

大舅舅看看日头已近中午，又想到外公他俩这几天住在野外，肯定是没吃好睡好，就让大舅妈赶紧去做饭。大舅妈开始没有马上接话，后来虽然说了声就去做，却又说时间还早不要着急。大舅舅见她总是不起身去厨房，就知道她有些不乐意，也晓得她是想让小舅妈去做，但小舅妈只是弟媳妇，他这个做兄长的又如何能去支使呢？便只好在心里生闷气。而大舅妈心里也确实是很生气，因为为了能让外公平安回家，家里已经捐出去了这么多田和钱，要晓得这么多钱都是她一点一滴，省吃俭用才攒下来的啊，外婆倒好，没一句商量，说捐就捐了，就好比她天天起早贪黑，一点一点地捡狗屎，累死累活捡了十天半个月，好不容易快捡到一筐了，却被人家一耙子就扒去了，心里那个气呀还没法讲。

　　大舅妈是大舅舅明媒正娶过来的，娘家在天河镇也算是大户人家，跟老族长还有点瓜皮搭柳树的亲戚关系，就因为这个原因，大舅妈有些时候会理直气壮地有意或者无意地不把别人放在眼里。而小舅妈是外公在樟树林里捡回来的，不要说大户人家了，也不要说是老族长的亲戚了，就是自己的亲生父母是哪里的，娘家又在哪里都不晓得。不过像小舅妈这样的孩子懂事早，自然早就练就了一副看眼色行事的本事，加上从小手脚就很是勤快，这会儿看到大舅妈不愿起身，就赶紧起身要进厨房去做饭。

　　外公却拦住小舅妈说，吃饭先不急，还是先麻烦你用蕲艾烧锅滚水，我们两个要好好洗个澡，这几天是真作孽啊，没洗一个澡，一身是又臭又痒。

　　外公说的蕲艾，是一种能散发出香气的草本植物，可以入药，点燃后又能驱蚊蝇，夏日里天河镇的人喜欢用它来烧水洗澡，以清除身上的异味和瘙痒。外公虽然离开天河镇多年，但这是从小就形成的习惯和经验，自然会一直记得。

小舅妈到厨房找了一下，发现家里蕲艾早就用完了，就急急忙忙地跑到屋外的山坡上，采了一大把回来。蕲艾这种植物在天河镇满山遍野都是，平常人家一般平时都会准备一些，但也有不少人家会在要用时，再到房前屋后去采。一会儿工夫，小舅妈就用清水把采回来的蕲艾一一洗净了，然后又几下把长的蕲艾折成一节一节，再胡乱捆扎了一下后丢进锅里，再往锅里加满清水一块儿熬。

大舅妈看到小舅妈这样会来事卖乖，只好也跟着进了厨房做起饭来。不过大舅妈心里的气还没有消，就不自觉地利用切菜的机会把案板切得咚咚响。

其实大舅妈是错怪了小舅妈。小舅妈对外公这样好，是因为外公是她最亲的人。十多年前外公第一次看到她时，她正不晓得害怕地坐在一只死去多时的母狐狸旁边。外公看她的模样最多像是四五岁的样子，浑身上下脏兮兮的，几乎是赤裸着身体，见到外公不哭不笑，好像也不晓得害怕，倒是眼睛亮亮的，亮得外公都有些心疼。外公蹲下来，问她家在哪里，爸爸妈妈在哪里，怎么到这荒山野岭来了，也不晓得她是听懂了还是没听懂，反正她都没有开口说话，以致外公还以为她不是个聋子就是个哑巴。而她对外公倒是很亲近，外公走她就跟着走，外公停她也跟着停下来。外公看她可怜巴巴的，就把她抱回了家。据说她来到外婆家时，什么东西也没有，就手里挽了一个小小的包裹，里面包了一件小小的皮子。外公和外婆就想可能是哪家富贵人家的孩子，只是怎么也想不透她是怎么到了樟树林中的，有心探探她的口风，她又实在是说不清楚。她虽然什么也不懂，却天生好像对那皮子十分看重，不是带在身边就是藏得好好的。想到这皮子是她带来的唯一信物，万一她家里人找来了多少可以做个凭据，外婆自然也就会帮她保管好，每年都会叫她拿出来晒一晒，结果就发现这皮子是件狐狸的皮。至于为什么是件狐狸皮，而不是一般人家用的羊皮，或者老虎皮什么的就不晓得了。外婆也只是偶尔跟外公说到过，不过两个人都没有多想。

　　为了让外公他们早点洗到热水澡，小舅妈不停地往灶里加柴火，由于火烧得旺旺的，很快就烧开了满满一锅蕲艾水。小舅妈把蕲艾水分成两桶，又提到屋后女人洗澡的地方，然后告诉外公蕲艾水已经烧好了。外公见他带回来的女人没有用蕲艾水洗过澡，就招呼她到里屋准备好换洗衣物，好等蕲艾水凉下来后一起去洗澡。小舅妈见这会儿没事可做，便又从大舅妈手里抢过锅铲，手脚麻利地炒起菜来。大舅妈自然就落得清闲，干脆就放开手脚让她去做，心里却还想，你要卖乖就让你卖到底，看老头子能格外给你什么好处。

　　外公他们洗好了澡，清清爽爽地走了出来。外公像换了一个人一样，明显精神焕发起来，而外公带回来的女人虽然没化妆，却因为是天生长得好，不但身材苗条还长发齐腰，天河镇的女人从来没有这么打扮的。不要说大舅舅和大舅妈，就是高洁和表弟，也都看出这女人是个绝色美人来了。大舅舅心想，难怪外公生死要把她带回家来了。大舅妈则在心里暗暗地骂这女人是个骚货。

又过了一会儿，小舅妈把饭菜也做好了。一碗天河镇溪水里产的小河虾和小河鱼，一碗青椒小炒肉，一碗红辣椒煎鸡蛋，一碗煎灯笼大辣椒，三碗自家种的叶子菜，一碗葱花紫菜汤，一碗霉豆腐，这些都是临时炒的，只有一碗腊肉昨晚就蒸好了，因为腊肉这碗菜比较难做，如果不早点做好临时就会来不及。虽然这不是正式的欢迎餐，但小舅妈还是花了不少心思，因为外公这次是隔了几年才回来，而且外公带回来的女人也是第一次来家里，虽然为了这个女人家里闹得一团糟，几乎成了天河镇的笑话，但因为是外公带回来的，又是外公心爱的女人，所以小舅妈心里对她并不怎么反感。为了显示自己的孝心，小舅妈还格外为外公煎了两个荷包蛋，煎得两面金黄灿色，一端上桌来就香气扑鼻，让人口水直流。

高洁表弟看到荷包蛋就伸手要去夹，但被小舅妈一下拦住了，那里不是有煎鸡蛋吗？

说着，小舅妈赶紧把装荷包蛋的碗端到了外公前面，生怕一不留心荷包蛋就被抢走了。

让他吃。外公呵呵笑了起来，很慈祥地给表弟夹了一个荷包蛋说。他喜欢吃就让他吃。

但小舅妈却竖起眉毛有些严肃地说表弟道，不准吃哦。

表弟虽然有些顽皮，但在这正式场合还是不敢乱动的。

小舅妈就把那碗红辣椒煎鸡蛋端到表弟面前，说，你吃这碗鸡蛋吧，要懂事哦。

说着，又跟外公说，这几天你肯定累坏了，赶紧把荷包蛋吃了吧，就吃净的。

在天河镇，人们对待尊敬的客人或者老人，喜欢格外给他们煎两个荷包蛋，条件好些的人家，时间允许的话还会把猪肉切碎后做成肉饼，再加两个鸡蛋去蒸，吃饭的时候，还一定要让他们先吃完荷包蛋，或者肉饼之后再吃饭，这就是所谓吃净的。天河镇人觉得这样吃鸡蛋吃肉饼，才更有营养更能提神。

尽管这是天河镇的待客之道，大舅妈平时也会这样做，但这会儿却看不得小舅妈三番五次拦住自己的儿子，自己的儿子虽然是有些不懂事，但毕竟他还是个孩子呀，你一个大人当什么真见什么气？你要在外公面前讨欢心可以理解，但你顺便多煎一个就不行吗？我们大人无所谓，可小孩子正是长身体需要营养的时候啊。好吧。大舅妈转念又想，正好可以看一下外公是不是懂事，是不是大人有大量，是不是值得她这个后辈尊敬。还好外公的表现让大舅妈比较满意，因为外公仍旧夹了一个荷包蛋给了表弟，当时表弟正在一旁眼巴巴地看着碗里鸡蛋。要晓得外婆家虽然是天河镇数一数二的大户人家，但鸡蛋也不是随便就可以吃到的。外公又把另一个荷包蛋夹给了高洁，高洁毕竟大了几岁，便高低不肯要，说桌上还有碗红辣椒煎鸡蛋呢。表弟见高洁不吃，就有些不敢动筷子，望望大舅舅又望望大舅妈。大舅舅还没有说话，大舅妈就说，是公公给你的，公公喜欢你呢，你就吃了吧。

吃吧，吃吧。

外公说着，又见高洁高低不肯要，就顺手把鸡蛋给了那女人，那女人也没礼让一下，接过来就往嘴里送。大舅妈看在眼里，就觉得这女人真是没教养，还好奇怪外公怎么会喜欢这样一个没教养的女人，却不曾想到那女人是故意不推辞的，她就是要大家都看到外公对她的爱护，要大家都晓得她在外公心里是很有地位的。小舅妈见外公一个荷包蛋也没吃到，心里就有些后悔，早晓得会这样的话，还不如多煎两个。

外公是在第二天吃午饭时，才晓得外婆搬到水磨房里去住了。头天吃中饭和晚饭时，外公都没看到外婆的影子，就晓得这次真的是把外婆惹火了，但外公自以为是地认为外婆还会像过去那样，生几天闷气就会好了。因此睡足了的外公又重新精神抖擞起来，看到高洁没在桌子上吃饭，就问了一下高洁在哪里，怎么不下来吃饭？

高洁那天淋了雨感冒了。大舅舅告诉外公道。正在她二楼的房里迷痴瞌睡。

外公就责怪大舅舅不懂事，我当时说了你不要带高洁走，高洁如何能跟你比？你是一个大男人，吃得几大碗饭，担得几百斤，风里来雨里去都无所谓，高洁是个城里的女孩子，平时娇生惯养的，哪里吃过这个苦？可你倒好，就是不信，高低要带高洁走，怎么样？就感冒了吧？

大舅舅心里也觉得自己那天没照顾好高洁，让外公这么一说，也只有唯唯诺诺地听着。

外公说完就要上楼去看高洁，大舅舅赶紧拦了，高洁一晚上都没睡好，就让她多睡一会儿。

吃了药吗？外公有些心疼地问。

大舅舅说，求了一下樟树娘娘，还请老族长看了一下，吃了老族长拿的药。

没想到外公听到老族长几个字就叫了起来，他晓得个屁哟。

虽然早就晓得外公对老族长不敬，但外公的话还是把大舅舅和两个舅妈吓得面面相觑。

我们带回来的感冒药还有吧？外公问坐在身边的女人。等下拿些出来让高洁起来吃了。

那女人自然是赶紧答应下来，吃过饭我就去拿。

趁这机会，小舅妈赶紧给外公装了碗饭端过来。外公晓得高洁只是感冒不要紧，这才放心地端起饭碗来。可吃了几口饭后，外公又把注意力放到了表弟身上，因为表弟用筷子夹菜时的样子实在是有些别扭，外公就很疑惑地跟表弟说，你长这么大了，还不会用筷子夹菜？用右手夹一下看看。

表弟换成右手后，吃饭夹菜要自然得多，外公见了就好生奇怪。

你又不是左撇子，怎么用左手吃饭呢？是好玩吗？

表弟就看了看大舅妈，又看了一下大舅舅，不敢说话了。外公这才发现大舅舅和两个舅妈都是用左手吃饭。大舅舅他们虽然用得很是熟练，但要仔细分辨，也还是可以看出他们本来不是左撇子的，而且外公好像记得大舅舅小时候也是用右手吃饭的，只是不晓得从什么时候起变成左撇子了。

大舅妈觉得外公有些讨人嫌，又看到表弟还在用右手，就厉声说道，好好吃你的饭。

小舅妈怕桌上起冲突，就和风细雨地跟表弟说，我开始也用不惯，慢慢就习惯了。

外公带回来的女人早就看出大舅妈是个厉害角色，心想以后要在这个家里长住，肯定是不能轻易跟她起冲突的，便也赶紧说外公，你吃饭就是哦，哪里有话这么多？真是人老了话就多。

外公半天没说话，大舅舅看出了外公的难堪，就装着很随意地笑了笑，你不晓得吧，天河镇的人吃饭做事都是左手呢，习惯了就好了，来来来，吃饭。

外公犹豫了半天，还是望着大舅妈说道，有句话我也许不该说，但憋在心里我又会很难受，对孩子的教育，我还是觉得顺其自然好些，像他是天生的左撇子还好，可他不是左撇子呀，干吗非得让他用左手呢？我不晓得你们是什么感受，说实话，我看到他这样心里真是难受得很。

你是不晓得哦。大舅妈装出几分笑脸对外公说。你长年在外，一年四季也不回来一次，就不晓得天河镇的规矩了，在天河镇除了迫不得已，吃饭做事都得用左手，我们都是这样子做的。

说着，大舅妈又接着骂表弟，你是畜生不是？你就是只猪是只狗，也早就教得变了呀。

表弟嘴巴一瘪，委屈地哭了。

小舅妈赶紧哄表弟，不要哭了。

大舅舅觉得大舅妈有些过分，就说大舅妈，说这么大声做什么？传出去好听啊。

外公让大舅妈这么一激，心里的火也轰的一下冲了上来，是哪个猪狗不如的家伙定了这样的规矩？我从小就是在天河镇长大的，怎么就没听说过这样的规矩？

外公话音刚落，就见大舅舅和两个舅妈的脸霎地变得煞白，就连还未成年的表弟也像是被吓了一大跳。小舅妈赶紧起身到大门口看了一下，回来有些庆幸地跟大舅舅和大舅妈小声说，还好外面没得人听到。

大舅舅于是摆出一副家长的样子命令道，都吃饭，谁都不许再说了。

但大舅妈却觉得如果这样发展下去，一家人迟早会被外公害死，有些话是非说出来不可，就不顾大舅舅的警告对外公说，你晓得为了让你回来，我们尽了多大的力吗？我们捐出了家里最好的十亩水田，再加上一座水磨房做族产，最后还拿出了五千块大洋给学堂，另外还有婆婆为了你气得都搬到草房子里吃斋去了，你是长辈，按道理我不该说你，但你要是不改改你的脾气，什么都只顾按你自己的脾气来，那我们一家老小迟早是要被你害死的。

外公这才晓得家里出了这么大的事，想着自己被莫名其妙地拦在山路上这么多天，不由得火冒三丈，瞪着眼睛说，我回自己的家我惹着谁了？我自己的家我都回不得吗？天下哪有这样的王法？

大舅妈觉得外公只会说大话，就有些不客气地说外公道，你不要说这些没用的话好不好？在天河镇，老族长就是王法，老族长要是不让你回来，你就回不来，有本事你背块石头打天哟？

老子怕他个鸟。外公天生就是个不信邪的人。

那女人从来没见过外公发这么大的火，也吓得不知如何是好。

大舅舅生怕外公闹出什么事来，就扑通一下跪到了外公面前。

求求你，过几天安生日子好不好？大舅舅跟外公说着，几乎要哭了。

外公被大舅舅这一跪吓了一跳，你这是做什么？快起来。

但大舅舅并没有听外公的话站起来，而是接着说道，我晓得你长年在外漂泊，受了很多苦，我作为你的儿子也没办法孝敬你，现在你回来了就享你的清福，你看你的孙子都长这么大了，让他在你的床边尽尽孝不好吗？你要再这样闹下去，这个家迟早会被你拆散了去。

· 5 ·

感冒从小就像高洁的影子，稍不注意就会出现在高洁的身边。高洁从小就有些体质弱，只要天气稍微变凉，只要忘记加件衣服保暖，不要几个时辰，高洁就会感到鼻子堵了，接着是流清鼻涕，再严重点就是嗓子痛，沙哑得发不出声音来，然后是浑身没劲，就连头也懒得抬，到最后是眼睛也睁不开了，只能躺在床上想睡觉。经常感冒的好处，是让高洁久病成医，每逢感冒了，而爸爸妈妈又不在家，就自己到药店里去抓几付药，或者熬碗姜汤喝了，然后乖乖地躺到床上去发身汗。嗓子痛了，就不吃辛辣的食物，蒸些梨子冰糖水喝。如果发烧了，又碰到爸爸妈妈不在家，高洁就会自己弄块湿毛巾敷在额头上。高洁从小就野得很，流点清鼻涕什么的，仍旧在屋外跟小伙伴们疯跑玩游戏，只有得了重感冒后躺在床上不能动，才会像个淑女文文静静的。高洁年纪小不懂事，好像从来没把感冒当回事，也不晓得爸爸妈妈如何宝贝她。每逢高洁感冒在床，爸爸都是心疼得要命，常常是几天几晚不睡觉地在床前守候。高洁也是奇怪，不管怎么不舒服，也不管怎么样闹，只要在爸爸怀里就能安稳地睡觉，所以不论寒暑，只要高洁感冒了，爸爸都是抱着高洁睡觉。本来这次高洁晓得应该是等暴雨停了再走，但高洁不喜欢闻外公身上的汗臭味，也不愿意跟那个狐狸精一起挤在一辆马车里，还有一个原因就是，高洁和大舅舅都判断失误了，以为这雨得等他们差不多到了外婆家才会下。下雨的时候高洁刚从萍乡赶来，一路暴晒之后任凭暴雨淋在身上，凉凉的真是舒服极了。直到进了外婆家的大门，高洁感觉到鼻子有点堵时就已经晚了。但高洁还是没当回事，而是跟过去在家一样，让小舅妈煮了一碗姜汤自己喝了，然后早早地躺到床上去发汗。高洁看到外婆有些担心的眼神，还安慰外婆说，发下汗自己就好了，明天起床后仍旧是活蹦乱跳的。然而就连高洁自己都没有想到，这次发过汗后不但没有好转，反而更加严重了。更可怕的是高洁做了一晚的噩梦，总是梦到一个青衣男子举着把刀追杀她，吓得高洁赶紧闭上眼睛，还把盖在身上的毯子拉上来盖住了自己的脸，似乎这样一躲，就可以躲开这青衣男子的追杀。

大舅舅他们去接外公的时候，外婆带着高洁先去拜了樟树娘娘。樟树娘娘就是一棵千年古樟树，据说早已得道成仙。在天河镇，每当小孩生了病，或者是受到了惊吓，大人便都会带着小孩，来到这千年古樟下面拜一下娘娘，求樟树娘娘保佑。高洁学着外婆的样子，给樟树娘娘上了三根香，然后又很虔诚地跪下去拜了三拜。

外婆告诉高洁说，你许个愿，等下你不要开口，老族长就可以讲出你是许了什么愿。

高洁是上过新式学堂的学生，学科学都学了好几年了，哪里还会相信这些迷信的东西？之所以跟着外婆到樟树娘娘面前来，又是烧香又是下跪的，完全是看到外婆因为自己感冒了如此着急，想让外婆早点安下心来。

外婆看到高洁不知许什么愿，便跟高洁说，你就许求樟树娘娘保佑你快点好起来。

拜完樟树娘娘后，外婆带着高洁来到祠堂拜见老族长。高洁在没见到老族长时还有些期待，因为从外婆和两个舅妈的言谈中，高洁觉得老族长有些神秘，而且本领高强，没想到一见面高洁却吓得捂着嘴巴叫了一声。原来高洁发现这神秘的老族长，竟然就是在梦里要追杀自己的那个青衣男人。尽管老族长这时候坐在大椅子上没动，但高洁还是一眼就认出来了。

外婆见高洁脸色有点苍白，以为高洁有什么事就赶紧问，怎么了？

高洁哪里敢说？就赶紧摇了摇头，没什么。

外婆就想这祠堂里光线阴暗，正在生病的高洁可能是"阳光"有些低。在天河镇生病的人会被认为"阳光低"，病得越重"阳光"越低，而"阳光"低的人可以见到鬼怪。而祠堂里因为放了列祖列宗牌位，不说鬼魂云集却也是阴气太重，说实话也只有老族长镇得住不在乎。外婆这会儿见高洁有些害怕，倒也不惊慌，而是一把抓住高洁的手来到老族长面前，让高洁跪下去拜老族长。高洁还来不及不愿意，就被外婆按了下去。高洁只得按外婆的样子朝老族长拜了几拜。

老族长。外婆有些大声地朝老族长喊道。

高洁拜完后也不经外婆同意自己就站了起来。

老族长仍旧没说话，不过在看了高洁一眼后，又把目光转到了外婆身上。

外婆也不管老族长是不是听清楚了，只顾跟老族长介绍起高洁来，老族长，你晓得么？这刚拜你的是我外孙女，叫高洁，你还记得么？就是我那个留过洋的大女儿生的呀，当时还蛮难为您老看得起，自她到萍乡读书时起，一直到她留洋，你都让族里给了这么多钱。我这外孙女你也见过的，小时候在我这里做过客呢，只是有几年没来了，您老可能不认得了，哎呀，真是老话讲得好，女大十八变哦，她刚来时我一下都没认出来。

老族长坐在椅子上没动,也看不出什么表情。

高洁有些做不得用。外婆笑了笑,接着跟老族长说道。她平时有些娇生惯养,不像我们山里的孩子,风里来雨里去地搞惯了,这不,来的时候淋了场雨,就感冒了,本不想麻烦您老,给她熬碗姜汤吃一下就是,没想到这感冒还蛮顽固,就只好来麻烦您老了。

说着,外婆把高洁扯到老族长面前,来,让老族长看一下。

说着,外婆牵着高洁的右手递给老族长,老族长这才把右手伸过来托住高洁的右手。高洁发现老族长的手冰凉的,不过高洁没想到,紧接着忽然有一股热流顺着手掌传了过来。高洁忍不住浑身抖了几下,就像是被安源煤矿井下的电打了一下一样。

外婆还在望着老族长不停地说,我就这个外孙女,麻烦您老千万千万要保佑她咧,那天淋了雨,吃了碗姜汤后感冒不但没好,这两天好像还严重了,又呕又泻,还一天到晚迷痴瞌睡,老族长这一回就麻烦您老了,可千万要保佑她快点好哦。

外婆说着朝老族长拱了拱双手,像是给老族长作了两个揖。

老族长松开高洁的手,跟外婆说,你这个外孙女呀,蛮聪明,可惜是只野猫脚,这个可能跟她妈妈蛮像,脚大走四方,本事有,胆子也蛮大,但也蛮容易惹是非,若是生成一个男孩子就蛮好,生成一个女孩子你就要费点心了,多管才能管得住。

　　说着，老族长站起来，从香炉里包了一包香灰递给外婆。

　　外婆不晓得老族长怎么会这样讲，也不敢细问，就接连"哦"了几声，忙一一答应下来。

　　从祠堂出来，外婆有些心事沉沉，因为她实在有些想不通老族长为什么会这样讲高洁，而高洁还因为感冒没好有些迷迷糊糊，两个人就牵着手，一路无话往外婆家这边回来。快到家时，外婆就想小孩子的事也管不得这么多，便只是安置高洁道，这几天记得不要洗右手，无论做什么事都不要用右手，特别是拉了屎不要用右手擦屁股，要记得啊。

　　那不会脏死了？高洁很惊奇地叫道。再说我不是左撇子，做什么事都是用右手的。

　　高洁又想到外公想纠正表弟夹菜的事，觉得天河镇人用左手做事真是莫名其妙。

　　外婆有心跟高洁解释一下，但又想几句话跟高洁也讲不清楚，而且就是讲了高洁也不会信，便胡乱地说道，你就按我说的做，这样的话，你的感冒就好得快些。

　　高洁忽然记起妈妈曾经说过老族长能够到别人的梦里来，却又不晓得是真是假，便跟外婆说，我昨晚做了一晚噩梦，梦到一个青衣男人要杀我，我刚才看到老族长时吓到了，感觉老族长蛮像在梦里要杀我的那个青衣男人。

　　呸呸呸。外婆忽然朝地上连吐了三口口水，觉得高洁不可能得罪老族长，因为高洁这么久都没有来了，怎么可能刚来天河镇就得罪了老族长呢？反过来一想，又觉得老族长不可能对一个小孩子下手，就安慰高洁道，没事的，不就是做了个梦么，保证你今晚就不会做噩梦了。

高洁也没用心听，却忽然感觉肚子疼，想到自己拉肚子还没好，就赶紧往厕所里跑。等上完厕所出来，忽然发现自己忘记了外婆的交代，是拿右手擦的屁股，就大声跟外婆笑道，外婆，我不记得用左手擦屁股了。

外婆正想着外公马上要回来了，就有些马虎地跟高洁说，算了，你也不是天河镇的人，没得这么讲究。

高洁看到时间还早，就又回到楼上自己的房间里继续睡觉。这样一连睡了两天三晚，高洁果然没再做噩梦。这天上午，高洁醒来时感觉头不再重了，开口说话声音也清脆起来，下床后步子也感觉轻了许多。高洁就晓得感冒好了。小舅妈见高洁起了床，就打了盆热水端上来，让高洁洗了把脸。说煮好面条后叫高洁下楼去吃，可是小舅妈煮好面条后却又端上楼来，里面还特地放了两个荷包蛋和一些咸菜辣椒。高洁这几天才吃了点稀饭，这会儿却忽然感到饿了，饿得肚皮都贴到了后背上，这会儿望着一大碗热气腾腾的面条和红红的尖辣椒，顿时胃口大开，三两下就把面条吃了个精光，把小肚子胀得鼓鼓的。吃饱喝足后，高洁就从里屋来到阁楼上透透新鲜空气，却看到外公正立在楼梯上，往大门顶上安装座钟，门口的晒谷坪上，则站了不少看热闹的孩子和几个大人。

在天河镇不要说小孩，就是大人也没人晓得座钟这种东西。天河镇的人区分时间不是以小时，而是以时辰来计算，他们对时间的判断，都是依据与生俱来的经验，以及太阳在什么位置，再加上公鸡打鸣等自然现象。高洁虽然没见过这么巨大的座钟，但高洁还是晓得这是时钟的。高洁生活的萍乡是一座城市，安源煤矿也住有不少白皮肤高鼻梁的德国工程师，就是高洁爸爸都会时不时掏出一块怀表来看看时间。

表弟站在坪里望着这座钟十分好奇，就大声喊外公，公公，这是什么东西哦？

外公没理睬人们对这座钟的指指点点和叽叽喳喳，而是一门心思地安装。大舅妈看到外面站了些大人，就从家里搬出几张长凳子让他们坐。他们问大舅妈外公这是在做什么，大舅妈一个没见过什么世面的妇道人家又如何晓得？外公这会儿已经安装好了，又用钥匙上好弦，就见座钟开始嘀嗒嘀嗒一格一格地走了起来。外公为了试验一下座钟的效果，就把时钟调到最近的十点，于是这座钟便当当当地接连敲了起来。

当。一种从来没有过的声音在山谷里响起，瞬间传到了整个天河镇。

当。声音传过草木的头顶，草木纷纷往一边倒，就连高大的樟树也开始喧哗起来。

当。大舅舅和几个正在田里劳作的人，都惊讶地直起腰，抬起头来往这边望过来。

当。人们都不知道是怎么回事，都惊讶地从屋里跑出来。

当。声音悠扬响亮，几乎整个天河镇的人都听到了。

当。外公觉得效果很好，就呵呵笑了起来。

当。这是天河镇人第一次听到时钟的声音，都不晓得是怎么回事，不禁面面相觑。

当。小舅妈正在屋里收拾东西，就听见这突如其来的响声接二连三地响起，震得楼板上的灰尘直往下落，顿时吓得慌乱起来，赶紧跑出来喊，这是搞什么？楼板都会震垮去。但看到是外公在装座钟就没再说话。

当。高洁觉得钟声清脆，十分动听，就朝外公笑道，外公，蛮好听呀。

当。除了正在祠堂里的老族长，没有哪个注意到了，隔了两三里远的祠堂屋顶，被震下了不少成百上千年的灰尘，开始还是一点点往下掉，后来是一片片往下掉，于是祠堂里开始尘土弥漫了起来。

外公掏出怀表，又调好了座钟，然后回头告诉人们，这座钟是从英国带回来的，好精密。

说着又高声跟高洁说，你晓得这座钟吗？

在安源有啊。高洁也大声说道。不过你这座声音好听多了，清脆而且悠扬。

喜欢吗？外公又问。

高洁则非常欣喜地答道，我好喜欢。

说罢，两个人有些旁若无人地呵呵笑了起来。

有邻居问这钟有什么用，外公就从楼梯上下来，详细跟邻居解释，告诉他们这钟是用来报时的，一点的时候敲一下，两点就敲两下，十二点就敲十二下。邻居们都觉得这座钟好看不中用，因为他们早都晓得时辰了，根本用不着这座钟来报什么时，然后都摇摇头回去了。

第二章
清　洗

・6・

　　最早发现祠堂屋顶往下掉灰的是镇长。那天镇长是踩着九点钟声的脚步走进祠堂的。每天这个时辰镇长都会前来祠堂拜见老族长。平时这个时辰老族长都应该已经安排妥当了，但这天老族长却不知为什么还在洗梳，镇长没有急事，也不好打扰。老族长已是高龄，本来早就习惯了早睡早起，每天都是九点上床睡觉，三四点钟起床，随便去几个人梦里走走，了解一下人们的所思所想。老族长明明知道自己德高望重，身份地位都明摆在那里，天河镇的人不敢也不会在他面前说谎话，但他还是觉得人在夜深疲惫时最不设防，在睡梦里才最真实，而要了解到天河镇人最真实的想法，到人们的梦里去才是捷径。像高洁到天河镇那天晚上，老族长就到高洁梦里去了一下，外公带着女人回来，老族长也尝试了几次，外公似乎不会做梦，倒是外公带回来的女人每次都会做梦。但老族长对高洁和外公带回来的女人不感兴趣，老族长有些在意的还是外公这个老熟人，只是几次尝试而不得，让老族长乱了分寸，以至于这天没能准时接待镇长。

镇长虽然是万般聪明，却也猜不到老族长内心深处的疑虑，自然就更谈不上帮老族长分担一点了，这会儿他站在祠堂里恭候，正好是有些闲来没事，甚至还有点无聊，天河镇有句俗话，说等人就总是会觉得久，如果等的不是老族长，镇长早就不耐烦地冲了进去。当然此刻镇长自然是很耐烦的了，于是就鼓着眼睛顺便四处看看，结果看到有一束碗口粗的太阳光从窗户外面斜斜地照射进来，接着又突然发现这束阳光里灰尘弥漫。哪里来的这么多灰尘？这可是镇长第一次发现如此多的灰尘，所以非常惊异。怎么可能会有这么多灰尘？镇长就抬起头来四处看，试图找出这些灰尘来自哪里，不料想竟然就有灰尘主动扑进镇长的眼睛里。镇长的眼睛本来就小，即使他死死地盯着你，哪怕眼睛扑闪着火花，但几米开外就完全看不到他的黑眼珠，所以这些灰尘竟然能够穿透眼皮上的睫毛和细细的眼缝，倒也算是个奇迹。镇长只好伸手去擦眼睛，结果眼泪都出来了，却也没有把灰尘清理出来。镇长想用清水洗一下眼睛，可又清楚附近都没有山泉水，有心走远点，却又担心老族长洗梳完了会找，祠堂里倒是有股泉水，冬暖夏凉，且一年四季都不干涸，但那是特供老族长的，自己贸然进去洗眼睛也不好，于是只好眼泪巴沙地站在那里等。

镇长是国民政府任命的天河镇最大的官，却为何对老族长如此恭敬？以至每天这个时候都主动来祠堂里给老族长做请示？原来老族长虽然不是政府任命的官，但却是天河镇里最有权威和最受尊敬的人，家族里那些年纪大，甚至辈分最高的人，跟老族长讲话都得主动放低声音，甚至走路都不敢跟他并排，必须得稍微落后两三步才行。虽然说在天河镇政府任命的最大的官是镇长，但单单因为老族长觉得有些不合适，就接连被换掉了四十八任。有一句话说得好，老族长只要随便翻翻手，天河镇就要炸了锅，老族长只要动了怒，那天河镇就要天翻地覆。以前老族长不管大事小事总是事必躬亲，好像对所有天河镇的人都不放心一样，不过最近这几年可能是老族长年纪大了，好像也想通了，就把日常事务完全交给了这一任镇长处理，他自己则只思考那些别人无法操心费力的事，比如关系到天河镇命运和未来等等的大事。他不但每天白天都是沉思默想念念有词，就是晚上到人们梦里巡视也是任劳任怨。让老族长操心费力的事情真是很多，经常让老族长累得吐血，有几次差点把心都吐了出来。

就拿天河镇人的房屋建筑来说吧，自古以来人们砌屋都不是很讲究，像羊拉的屎一样这里一堆那里一坨，硬是把一个美丽的地方弄得非常不堪，让老族长十分痛心疾首。思来想去之后，老族长决定彻底改变这种状况，号召人们把房屋统一都建到山上去。说心里话，是有很多人不愿意，但是碍于老族长的面子，或者说不敢反抗老族长的意见，同时也被老族长幻想的美好未来所吸引，于是就响应了老族长的号召，在树林里建起了自己的家园。然而让人没想到的是，高山密林里有野兽出没，还经常发生野兽伤人的事，勉强坚持了一些年份，老族长最后又号召人们把房屋建在大树上。建在大树上虽然避开了伤人的野兽，还可以与百鸟为伴，每天清晨都在小鸟的歌声中醒来，但房屋太过于简陋，关键是出入实在是不方便，特别是那些年纪大的人，每天都要爬上爬下，实在是太危险了，甚至还发生过多起镇民在睡梦中从树上掉下来摔死的事。老族长思前想后，就号召人们在天河上造船，让人们吃住都在船上，这样不但吃鱼洗澡方便，还因为船都挨在一起，人们也可以在船上随意走动，能让人互相亲近，不过最后也由于经常有人掉入天河里淹死而作罢。老族长只好让人们把房屋都建在平地里，却又没想到因为占了耕地，而影响了农作物的耕种与收成，有一年竟然饿死了好几千人，还因为人们饥饿而无力掩埋，而致使死人的臭气几年不散。爱民如子的老族长，又只好痛心疾首地号召人们把房屋建到了山上，却由于经常发生泥石流，以致房屋倒塌无数、人员伤亡无数，但老族长觉得这虽然不是最好，却是最恰当的选择。因此在差不多一百年的时间里，天河镇的人们响应族长的号召，把房屋在各处轮流建了一遍，最后连摸着石头过河的老族长，自己都不晓得应该如何建造房屋才好。然而就在这一百年里，除了高洁外公会偶尔站出来吹毛求疵，竟然没有任何不同的意见，老族长的权威不但没有降低，反而见长了很多，甚至到了不容置疑的地步。好在天河镇的人们已经习惯了沉默不语，似乎也确实没有丝毫怨言，因为他们继续把老族长的每一句话都奉为圣旨。镇长看到前四十八任镇长说换就换了，自然是更加审时度势，每天早上到祠堂里来向老族长请示，事事以老族长为中心，取得老族长的首肯之后再行事，只是在做事的过程加入自己的一些想法，将事情办得锦上添花。老族长虽然当面没有说，但天河镇的人们还是可以感觉得到，因而对镇长那也是相当地尊重。

老族长虽然位高权重，却也是心慈仁厚之人，知道镇长已在外等候，就三两下洗梳完了事，镇长这才进来相见。老族长是何等人，一眼就看到镇长眼泪巴沙的像是刚刚哭过，就关切地问，你这是怎么了？

镇长不想老族长担心，就说没什么，再说本来也没什么，眼睛里进了点灰算什么事？

老族长却有些不相信，接着又问道，你眼睛都红了。

镇长就"哦"了一声，跟老族长笑了笑说，没事，刚才眼睛里进了点灰。

听说是灰尘的事，老族长就叹了口气。

要知道老族长平时是不怎么叹气的，这自然就引起了镇长的关切。

老族长，怎么了？镇长赶紧问道。

你讲起灰尘的事哦，你是没注意哟，这几日祠堂里天天都是这样子。

镇长听老族长说自己没注意，就担心老族长是在骂自己，便赶紧凑上前去。

哎呀，还真是没注意到。

说完，又小心地问，这是几时几的事哟？老族长。

我还是仔细观察了一下，就是这个钟声响起，就会有灰尘从天花板上跌下来，就是从那天起，每次钟声敲响，都可以看得到，这钟敲得少，只是敲个一两下，还不是蛮明显，要是敲了八九十下，这灰就多了，特别是敲了十一下十二下，这就不得了哇，整个祠堂里是灰尘弥漫，眼睛都睁不开。

镇长有些急了，觉得自己有些失职，就想立马把这责任转到高洁外公身上去。

昨晚我在外面走走。老族长接着说道。就看到钟声敲响时，连祠堂门口那几棵樟树上都有灰跌下来，跌点灰都不要紧哦，又跌不死人了，关键我就是有些担心这钟总是敲这么响的话，会不会把房屋顶震松了。

镇长就有些小心地跟老族长说，开始听到这钟声就觉得有些吵，尤其是晚上吵得人睡不着，却也没想到会这么不吉利，要不我等下去跟他们讲一声，要他们把那破钟取了下来，不然这样搞下去，也不是只猴呀。

不好吧？老族长有些犹疑。

这有什么不好？

镇长不以为然地说完后，感觉老族长好生奇怪，因为在天河镇，不要说老族长，就是他这个镇长，如果开了口，哪里还有做不到的事？

镇长又接着跟老族长说道，放心吧，这事交给我就是。

老族长连忙朝镇长摇了摇手，这老家伙也不好惹。

镇长忍不住就笑了起来，想不通老族长怎么就变得如此小心翼翼了。

你是不晓得。老族长就说镇长道。你当镇长有几久几？我告诉你，这老家伙跟我斗了一辈子，又到全国各地转了一圈回来，据说还到了蛮多外国，一回来就在门顶上安了一口钟，每日敲啊敲的，你以为他会有这么简单么？

镇长觉得老族长真是太谨慎了，就想请老族长放宽心，但老族长却说，还是不要着急。

说着，又跟镇长说，这事先放一下，你讲一下其他的事。

镇长就怔了一下，好像不记得要来跟老族长讲什么了。

老族长见镇长发呆，就微微笑着说道，我上次跟你讲的肥料呀，那事你想怎么做？

镇长本来这天只是来请安的，这会儿见老族长忽然问起就赶紧"哦"了一声，露出有点恍然大悟的样子，赔笑着说道，你那天讲到肥料这事，我就想这是件大事，所以一有空就到乡邻屋里去了解情况，目前去了十多家调查吧，只是还没有走完，我想多走几家，走上个二三十家吧，认真听取一下乡邻们的意见，看看他们到底是怎么想的，我想这样更具有代表性，然后我再好好想想，拿出一个可行性方案后再来跟你做一次作古认真的汇报。

老族长前几天跟镇长讲的肥料的事，是因为有次他在半夜到人家梦里去发现了问题。本来老族长只是例行性地走走，却没想到在很多人的梦里看到他们对给家族田产施肥有看法。这种情况老族长以前也碰到过，不过那时人数比较少，有时候甚至只是个别人，而且意见也没有这么激烈，但这回老族长觉得问题有些严重。因为族里的公共财产中以田产为多，除了每年要请人春种和秋收外，还需要大量的肥料。以往需要施肥时，因为族里牲畜所产的肥料不够用，不足的部分则由族里出钱到人们家里去买，结果弄得一碗水端不平，因为没卖出肥料的人家，觉得受到了轻视而生闷气，为什么买他们的不买我的？甚至还有人指责镇长，说他利用手中的权力，用大价钱到自己亲属，或者跟他玩得好的朋友家里去买，而那些卖了肥料的人家也喊冤，说价钱太低，自己根本就没赚到什么钱，说自己更多的只是尽了义务，并为别人都没尽义务，只是自己一个人尽义务而闷闷不乐。老族长见此事已经引起了公愤，而且还把矛头指向了镇长，觉得如果不及时处理，或者处理不好，可能会影响官员跟百姓的鱼水关系，于是就要镇长去调查一下，看到底怎么搞才能符合大多数人的意愿。老族长也知道让所有人都百分之百的满意也不可能，因此只要镇长能让大多数老百姓满意就行了。

老族长这会儿听镇长这样说，虽然不觉得镇长是在推诿，却也知道镇长心里有些不舒服，别以为当了镇长就只是享受，这点老族长感同身受，起码要为镇里和整个家族多操点心费点力，没有功劳也有些苦劳吧，但如今被人们说成利用手中的权力为亲朋好友谋利，换了谁心里都会有些不舒服的。

我看这样吧。老族长不想为难镇长，就主动给他出主意道。这么多年来，我一直想解决好这个问题，却没找到一个最佳的办法，以前的做法是每家每户都捐一些肥料出来，应该说这办法很好，因为肥料多了就会产粮多，而粮食多了就能养活更多的人，就有财力让人去读圣贤书，整个家族就会人丁兴旺，精神富足，这是站得高看得远的人都能了解的，而对于那些目光短浅的人来说，起码也可以看到公平两个字，会让人服气，但后来为什么不实行了呢？这是因为不是每个人都会那么纯洁，这也可以理解，五只手指都会有长短，每个人的相貌也不尽相同，哪里能让所有人的思想都那么纯洁。就会有人搞些小聪明，虽然也跟人家一样捐了一担屎尿，但却往桶里灌了半桶水，甚至三分之二的水，更坏的是学好不易学坏却容易得多，结果耍小聪明的人越来越多，施到田里的肥料质量如何就可想而知了。

镇长跟着老族长叹了一口气道，以后就开始拿钱到人家屋里去买吧。

是呀。老族长说着，微微笑了一下。拿钱买肥料好，肥料价钱就会好，喜欢耍小聪明的人不敢耍了，往桶里掺水的自然也没有了，不然的话，不但肥料卖不出去，还会被全族人鄙视，人都是要面子的，更关键的是，卖了肥料的人都可以拿到现钱，这当然是好事了。

镇长没说话，心里却想这样也有坏处，别的不说，自己就被人冤枉利用权力谋利。

这么做的坏处是把人都往钱眼里面引。老族长苦笑着说。更关键的是，族人的奉献精神没有了，这是让我最忧虑的，最痛心疾首的，现在什么都要钱，没得钱就什么也办不了。

老族长说到这里，镇长也想感慨一下为民谋福利不易，但老族长没等他说出口，就自顾自地说道，我看这样吧，先搞一个拾粪日，就是每家每户都出一个人在拾粪日这天，出去捡些狗屎牛粪等肥料捐给族里，对了，就让小孩子参加，大人就不要凑这个热闹了，这样做的好处是既解决了不公平的问题，还在族里提倡了奉献精神，特别是对下一代的教育，让孩子们从小就牢固树立天下为公的思想。

老族长。镇长见老族长的考量如此高屋建瓴，就有些兴奋，也建议起来。如果大人不参与，怕捐的肥料可能会不够。

老族长就想了一下，最后拍板，号召由孩子独立去完成，不提倡家长代劳。为什么是不提倡，而不是反对家长代劳，这是老族长考虑到了天河镇的实际情况，因为有的家庭没有孩子，而有的家庭虽然有孩子，但孩子太小或者孩子体弱多病，无法承担这样的任务。

对于老族长最后的决定，镇长真是佩服得五体投地，情不自禁地竖起大拇指赞道，老族长，你做事真是高屋建瓴，目光也特别敏锐啊。

· 7 ·

一大早高洁的表弟就挨了一餐打。出手打表弟的是大舅舅。别看大舅舅平时在外面温文尔雅谨言慎行，但在家里却是个要求十分严格的父亲。大舅舅觉得要穷养儿子富养女，因为女儿迟早是要嫁到别人家去的，在家和在父母面前，只有那么短短的十几年时间，如果长大后嫁个老公不争气，那这辈子还不晓得要吃多少苦，所以从小就要善待要富养。而养个儿子就完全不同了，因为儿子总有一天要成为家里的顶梁柱，祖宗的血脉得靠儿子来传承，几辈子积累起来的家产，也得要儿子来发扬光大。大舅舅信奉不打不成器、不打不成材，圣人说子不教父之过恐怕就是这个道理。为了以后不让别人在背后指指点点说三道四，尽管表弟是他唯一的儿子，而且还处在似懂非懂的年纪。十岁啊，能懂得多少，用天河镇的话来讲，这人还是一条虫，但大舅舅管教起表弟来却毫不手软，表弟稍微没做好，他就是打字上前。表弟平常挨打，外婆和小舅妈都会上前阻拦，特别是爱子心切的大舅妈还会跟大舅舅争吵几句，但这回表弟挨打小舅妈没有拢边，就是大舅妈都站在一边说，要狠狠地打一餐，不然要上了天去。大舅妈虽然有些心疼，但心里却明白，如果这时候都不打，等长大了就会管不了，而管不了就会打短命。而且大舅舅要嘛不管，但一旦管了就不允许别人插手，所以大舅妈也不敢多说什么。

所以表弟挨这餐打怪不得哪个，要怪就只能怪他自己，怪他招惹了老族长。

由于这是天河镇历史上第一个拾粪日，又是老族长亲自倡导，族里从上到下当然都高度重视，特别是镇长多次组织召开了长辈人会议、年轻人会议和全体家长会议，还挨家挨户地进行动员，除了针对每一个参加拾粪日活动的孩子，进行面对面的谈话外,也顺便确定一下哪家的孩子可以独立完成任务,哪家的家长需要代劳,最后在广泛讨论的基础上,还制定了奖惩方案,对超额完成任务的孩子和家庭进行精神奖励,反之则要进行批评教育,确保达到后进赶先进,先进更先进的最佳效果。除了统一分发了小铲子和装粪的筐子外,镇长还组织读过书和毛笔字写得好的人,提前几天在每户人家用石灰刷白了的墙上写上了宣传标语。不过由于各人擅长的字体不一样,加上毛笔也有大小之分,所以宣传标语就显得大小不一五花八门。尽管如此,天河镇里所有的家庭都动员了起来,虽然老族长强调关键并不在捡了多少,但每个家庭都不肯自家的孩子落后,落后的孩子肯定会成为别人的笑柄的,而且全家都会很没有面子,都会受到全族人嘲笑。于是有些孩子笨鸟先飞,一过半夜十二点就拿着小铲子,背着粪筐出了门,还有些更聪明的家长和孩子,从几天前就开始只吃饭不拉屎,以便在拾粪日那天拉出足够分量的屎,以便孩子能够超额完成任务。

然而直到镇长敲了三遍挂在祠堂屋檐上的钟,这表明拾粪日活动正式拉开了序幕,可高洁的表弟还赖在床上不起来。其实大舅舅一大早出门去田里锄草时就叫醒了表弟,但等大舅舅锄完草回到家里时,表弟仍然还赖在床上。大舅舅就有些生气,说太阳都晒到了屁股上,就让大舅妈去叫表弟,但大舅妈却还想让表弟再睡一会儿,觉得小孩子只有睡足了才能长身体。大舅妈跟大舅舅说表弟作孽,眼睛都睁不开。大舅舅就告诉大舅妈,他一路上看到许多孩子都在捡,有些都捡了满满一筐粪回来。大舅妈却有些不以为然地说，没捡到也没什么关系，从自己家里挑担猪粪去就足够了。

两个人正说着，镇长已经敲响了挂在祠堂屋檐上的钟，大舅舅有些鄙视大舅妈，就懒得再理她，直接走到表弟房间叫表弟起床，但表弟说还要眯一下，后来又说马上就起来。大舅舅就转身出去吃早饭，可是直到第三次钟声传来，仍然不见表弟起床出来，大舅舅就气得把碗一放，往表弟房间而来。大舅妈见状生怕表弟挨打，便也赶紧起身跟了进来，正见到大舅舅一把掀掉了盖在表弟身上的床单。

你是想死不是？大舅舅发怒道。

表弟赶紧往床里躲了半米，说，我不想去捡。

为什么？

太臭了。

大舅舅压住火气说道，这是肥料呀。

说着，大舅舅还试图说服表弟，肥料是好东西，没有肥料，田里的禾都没有长。

我不去。表弟坚持说道。

如果是平时表弟说不去，大舅舅也会随他去，但这是老族长亲自倡导的拾粪啊，不去怎么行？大舅舅看到表弟这么不懂事，就又有些火了，你看看别人家，跟你差不多大的孩子都在外面捡去了，你倒好，还在床上躺尸。

大舅妈见状就赶紧去扯表弟，快些起来。

表弟见大舅妈在一边护着，突然发了狂似的用脚去踹大舅妈的手，尖叫道，哪个婊子崽，竟敢让老子去捡狗屎！

真是大逆不道了，这要是传了出去怎么得了，大舅舅气得浑身发起抖来。

可表弟还不晓得危险，仍旧叫道，嫌死他了。

大舅妈听了也吓得脸色苍白。

大舅舅忽然从门角落里操起一块竹篾板，把表弟按床上就是一顿猛抽，只打得表弟满床打滚鬼哭狼嚎。大舅舅一边打一边骂，你这个畜生，看你还敢不敢骂，看你还敢不敢，看你还敢不敢？

一向疼爱表弟的大舅妈也说要打，不然就会上天去，这还得了？

一见表弟挨打了，正在吃饭的高洁和小舅妈赶紧跑了过来。同在桌子上吃饭的外公和他带回来的女人却只是互相看了一眼，虽然觉得大舅舅这样动手没必要，但有了上次吃饭多嘴的教训这会儿也不便多说什么，因为他们都觉得大舅妈是个很厉害的女人，自己回到家乡不久，实在没必要跟她弄成敌人一样。

这边表弟被打痛了，也被大舅舅这阵势吓坏了，赶紧捂着屁股在床上翻滚起来。

但大舅舅仍没有停手，而是继续挥舞着手里的竹篾板。大舅妈开始还不敢管，但这会儿见大舅舅下手这么狠，就赶紧拦住了大舅舅，你就不怕把他打死了？

小舅妈也赶紧上前护着表弟，要大舅舅停手，不要打了不要打了，毕竟还是个小孩子。

打死算了。大舅舅虽然停了手，却仍然十分恼怒。这没用的东西，留着就是个祸根。

大舅妈就朝大舅舅怒道，真要是打死了，看你怎么后悔？

大舅舅把竹篾板往屋角落里一丢，转身从高洁身边回到厅屋里，自己到桌旁吃饭去了。

大舅舅这时看到邻居寡妇家的女儿有些怯生生地出现在屋门口，心想这小女孩子来得正好，因为她喜欢跟高洁表弟一起玩，总是跟在他身后哥哥长哥哥短的。大舅舅就有些高兴地问她，吃饭了吗？

吃了。小女孩子脆生生答道。

大舅舅又问，去拾了粪吗？

还没有呢？

跟哥哥一起去捡好吧？

好呀。小女孩子点着头说。

这小女孩子似乎天生跟外婆一家很亲，有事没事就跑来外婆家，嘴巴特别甜。外婆和两个舅妈都很喜欢这聪明伶俐的小丫头，碰到家里吃什么都会给她一份，有时候天暗了寡妇还在地里劳作，或者还在山上砍柴，外婆一家都会留小姑娘在家里把饭吃了。外婆她们都觉得一个寡妇拉扯孩子不容易，再说给这孩子吃几口也不至于就把家里吃穷了。而这时候她出现在大门口，就是想跟高洁表弟一起去拾粪的，她出门的时候寡妇就安置了她，有高洁表弟同行也好有个照应。如果是平时，她早就在外婆家里冲上冲下了，这会儿正好碰到高洁表弟挨打，便吓得站在门口不敢进来了。

大舅舅就鼓励她说，去吧，叫哥哥带你去。

受到大舅舅的鼓励,小女孩子胆子大了起来,进屋往高洁表弟住的屋子走去。来到屋门口时又有些迟疑起来,小舅妈先看到她就上前拉着她的小手,两个人一起进去,见到高洁表弟仍在哭,小舅妈就说,快不要哭了,让人家笑话呢。

说着,小舅妈见表弟仍然没停,就拉着小女孩的手说,你去劝哥哥不要哭了。

小女孩好像还没有回过神来,仍然没有说话,却也没有离开的意思。

大舅妈就问小女孩,你去捡了粪吗?

还没有。小女孩老老实实地答道。

大舅妈就有些高兴地问道,等下跟哥哥一起去捡吧。

好呀。小女孩说着,还点了点头。

大舅妈就把表弟扯了起来,劝表弟道,快点去吃饭,等下带妹妹去捡些粪回来。

也不知是不是看到小女孩在场而不好意思,反正表弟没再哭了,而是从床上爬了起来。

快去洗个脸。

说着,大舅妈又想去拉表弟的手,但表弟推开大舅妈,就往外走。

小舅妈见状就跟表弟说,你先去吃饭,我去打水给你洗脸。

说着,就往厨房走去。

大舅舅看到大舅妈和小舅妈这么宠着表弟,就冲小舅妈说,不要理他,让他自己去洗。

大舅妈心里窝着火，就说大舅舅道，你就不能少说两句不是？

表弟脾气也很倔，不但不搭理大舅妈他们，也不洗脸吃饭，就连上衣也没穿，而是直接走到厅屋一角去拿粪筐，然后提着捡狗屎的小铲子，背着粪筐就出了门。寡妇的女儿见状赶紧跟了上去。

拿两个红薯去吃。大舅舅赶紧朝表弟喊道。等下会饿呀。

表弟仍然没有搭理，脚步也没有停下来。

大舅妈就赶紧从桌子上拿了两个蒸熟了的红薯追上去，眼看追不到表弟，就顺手把红薯塞给了寡妇的女儿，叮嘱道，你帮哥哥拿着，一会儿肚子饿了，你也吃一个。

寡妇的女儿有心不拿，但又推不掉，只得拿着，然后赶紧跑着追了上去。

大舅妈看到表弟一边走，一边还摸着屁股，就很是心疼，回头说大舅舅道，你也太狠心了，打这么重。

这时小舅妈也拿着毛巾赶过来让表弟洗脸，见状就说，怎么脸都不洗了？

大舅舅却看不得大舅妈这么惯着表弟，觉得表弟这个样子不学好的话，那长大以后真是要无法无天的，想到后果这么严重，就忍不住对着表弟的背影骂道，你今天试试看，不给我捡满一筐粪就不要回来。

大舅舅的话音还没有落下，高洁的表弟就已经跑远了，三拐两拐就没了踪影，只看到寡妇的女儿撒开腿一路小跑，粪筐从肩膀上落下来，便只好用手挽着继续追赶，一会儿也没有了踪影。大舅妈却仍然好像看到表弟在一边走路一边摸着屁股，就又忍不住埋怨起大舅舅来。

你脾气越来越臭了。大舅妈望着大舅舅说。

大舅舅不想理她，就转身往屋里走。

大舅妈就跟着大舅舅身后也走进屋里来，嘴巴里继续说道，我真是没想到你打起人来这么狠。

大舅舅本来想坐到桌子边把饭吃完，却因为不想听她啰唆而干脆去了厨房。大舅妈没有跟进厨房去，而是来到桌子边坐下来准备吃饭，可满肚子的怨气还没有发泄完，就不顾旁人愿不愿意听，又数落起大舅舅来。

我是看着都不忍心啊。大舅妈说。哪里有这么狠的人哟？

小舅妈一看大舅妈拉开了场面，就知道一下子不会收场，虽然不怎么想听，却又不大好走开。这个时候最好是不要说话，便只好坐在桌子边吃边听。外公带回来的女人有心几口吃完碗里的饭，然后拉着外公离开，但外公却没有离开的意思，就只好坐着陪外公，于是几个人正好成了大舅妈的听众。这么一来，大舅妈就更有劲了。

这打起人来是……大舅妈说起话都有些哆嗦了。就跟是打仇人一样啊。

这时大舅舅从厨房里出来，看到大舅妈这样没完没了确实不好看，就说大舅妈道，你还有完没完啊。

你要是不改就是没完。大舅妈态度很坚决。

大舅舅本来已经快要消了的火又轰的一下上来了，说，我教育自己的儿子有什么错？

你还晓得他是你的儿子呀。大舅妈却有自己的道理。打这么狠？

那我问你，他今天这个样子还要不要教？

是要教，但不是你这样的教法。

说着，大舅妈双手一拍，指着大舅舅的鼻子说，你跟我说说看，哪个做父亲的教自己的儿子会下这么狠的手？跟仇人打架都不会像你这么狠。

你也不要说了。外公忽然说大舅妈道，说着转身又说起大舅舅来。孩子小，是要教，但不是你这样的教法，你想想你们几个小的时候，我打过你们一下吗？高洁也在这里，你也可以回去问问你妈妈，看我打过她吗？

我妈妈经常说。高洁说。外公你最喜欢她了。

外公点点头，算是肯定高洁说得没错，接着说大舅舅道，小孩子小，什么也不懂，是要教育，也不是不可以打，虽然我是反对打小孩的，但有时候气来了没地方出，打几下也不是什么了不起的事，但这也要看是什么事，像今天这事，他不愿去捡狗屎不去就是，又不是什么大事，你这样教法是有些过分。

大舅舅知道外公跟老族长长期不和，一直看不得老族长的做派，如果继续说下去，肯定话会越来越难听，这要是传出去了，后果就比自己儿子不去捡狗屎还要严重，就跟外公说，跟你说不清楚，田里还有事要做。

说着，大舅舅迈脚就要走，没想到大舅妈心里的气还没有消，见外公站在自己这边，就站起来拦着大舅舅不让走，大舅舅懒得理她，朝她吼道，告诉你，我还是那句话，他要是不给我捡几筐粪回来，看我不打断他的脚。

· 8 ·

大舅舅理直气壮说完几句话，就扛起锄头出了门。大舅舅心里还想，我是没有时间跟你们扯，我还有正事要做。本来从外婆家出来往左拐，有一条近路可以插到外婆家的田地里，但大舅舅犹豫了一下，却还是往右一拐往祠堂这边来了。当然往祠堂这边也可以到外婆家的田地里，只是这样一绕就要远两三里的路。拐过两个山口，大舅舅就看到祠堂门口的坪里，已经堆了一堆粪便，倒也不是很多，大舅舅心里便稍稍放了点心。

大舅舅还是放心不下拾粪日这事。

大舅舅看到粪堆旁边坐着那个捕鱼的人，就一边往脸上放了些笑容，一边朝他走去。

捕鱼的人平时就在离入口不远的小河里打鱼，主要的工作就是提醒那些闯入者，判断这些在无意之中闯入的人是否有危险。族里有事的时候，镇长就会安排捕鱼的人过来帮忙。毕竟天河镇地处高山密林之中，自古以来外人知道的本来就不多，无意之中的闯入者就更少了，因此捕鱼人的工作在很多时候就成了象征性的工作。镇长有几次都想把这项工作撤了，养着这么一个大活人纯粹是浪费族里的钱财，都是老族长考虑到这项工作自古就有，曾经也起过很大的作用，而且捕鱼人的工作也是继承他的先人，几百年来除了一条破船之外，也没有赚到一寸土地，镇长想让捕鱼人能够自己养活自己，那是说得好听，说得不好听些就是骗鬼。老族长本来就心善，加上他也不想做恶人，砸了捕鱼人几百年来几代人赖以生存的饭碗。更关键的是如今进出的人多了，不说高洁的外公长年在外奔波，就是高洁的外婆家也常常会到高洁家去走亲戚，到外面去进货的人，或者赶个场的也有不少，万一什么时候有个冒失鬼闯进来怎么办？因此捕鱼人这项工作自然还是不能少。有老族长的话在前头，但捕鱼人经常空闲也是事实，眼里容不得闲人的镇长，就安排他平时在河里打打鱼，族里有事时就过来帮忙。这天这么多家的孩子出去捡粪，自然就需要一个记录的人，否则就不知道哪家的孩子捡得多，哪家的捡得少。

捕鱼的人看到大舅舅来了，就赶忙站起来招呼道，你这是发了什么狠啊？

发狠是天河镇方言，意思是努力去谋事。在天河镇，高洁外婆一家除了外公有些不受待见之外，其他人还是很受族人尊重的，所以捕鱼的人见了大舅舅会这么热情地招呼。

想去田里锄下草，因为有点事就往这里拐了一下。

解释完了，大舅舅就看了看粪堆，主动问捕鱼的人道，这么早就捡了这么多粪了？

是啊，有些小孩子好早，我还没有来，就有些人在这里等了。

捕鱼的人说着把烟斗递过来，却又想起大舅舅是不抽烟的，就又笑着收了回去。

我是不记得你不抽烟了。捕鱼的人笑道。

大舅舅心里有事，便也没有跟着捕鱼的人话说，而是继续说孩子拾粪的事。

哦，看到好多小孩子天刚亮就出了门。

还有更早的。捕鱼的人呵呵笑道。我听他们说，有人怕捡不到，天还是墨黑的就出门了。

大舅舅想到表弟就不由得叹了口气说，人家的孩子就是要懂事些。

捕鱼的人就顺着大舅舅的话说，我刚才看到你家儿子了。

大舅舅还有些担心表弟会贪玩，就问，看到他们往哪边走了？

你儿子说他们会走远点。捕鱼的人说。他跟我说他起晚了。

他这家伙就是喜欢睡懒觉。

大舅舅有些气呼呼地说，心里却想还好知道是起晚了，不然就没有救了。

捕鱼的人却开起了玩笑，我看他带着个小姑娘，两个人蛮好样，以后讨来做儿媳妇吧？

大舅舅却没心思开玩笑，就苦笑了一下说，人还跟条蛇一样，就有这本事嘛？

说着,眯着眼睛看了下天空,看到太阳早已出山了,就说,不说笑了,我去田里锄下草。

　　大舅舅是个勤快人,到了田里很快就忘记了时间,结果快到中午时分才往回走。尽管如此,在可以抄近道的地方,大舅舅还是绕到祠堂这边来了,就看到粪已经堆成了一座小山。看来孩子们的干劲还是很足的。正好有几个孩子把拾来的粪倒下,然后互相招呼着回家去吃饭。大舅舅就问他们是不是看到了表弟,他们都说没有看到。大舅舅开始还想是表弟没有跟他们一路,就顺口问了捕鱼的人,没想到捕鱼的人也说没有看到他们的影子。

　　这个畜生。大舅舅脱口骂道。

　　想到表弟肯定是没去拾粪,大舅舅就火冒三丈,等他回来,看我不打断他的脚。

　　还是个小孩子呢。

　　捕鱼的人试图劝一下大舅舅,但大舅舅已经气冲冲地往家里走了。

　　大舅舅话说得理直气壮,是以为表弟躲在家里,结果进门才知道表弟还没回来,就想表弟到底还是去拾粪了,便又宽了点心,但又怎么到要吃午饭了还没有拾到一筐呢?正百思不得其解时,大舅妈迎上来问道,看到儿子了吗?

　　大舅妈这是有些急了,因为表弟这一走就是一上午,现在都快吃午饭了,却还没有看到他的身影。大舅舅不想说表弟,也不想扯拾粪的事,看到小舅妈已经炒好了菜,就放下锄头说,吃饭吧,早就肚子饿了。

说着，又跟高洁说，高洁，去叫外公他们下来吃饭。

高洁哪里又会上楼去？就坐在桌子边没动，扯着嗓子朝楼上喊，外公，吃饭啦。

外公先是答应了一声，一会儿就牵着女人从楼上下来了。小舅妈已经给他们装好了饭，正想帮高洁装饭，但高洁已经端着碗装了起来。大舅妈也给大舅舅装好了饭端上桌来。高洁本来想跟外公说说书法的事，因为这段时间外公开始指导她练书法，但看到大舅舅和大舅妈都黑着脸，小舅妈也只是埋头吃饭，就把已经快到嘴边的话又咽了下去。外公虽然有心活跃一下气氛，但看到自己带回来的女人连头也没抬，就没有一点意思地吃起饭来。一家人就这样各怀着心思，这饭吃得实在有些沉闷。

没过多久，大舅妈又忍不住指责大舅舅打表弟打得太重了。

大舅舅就有些火，都是你惯成这样，不然他敢偷懒？

大舅妈却觉得一个小孩子睡点懒觉很正常，就盯着大舅舅说，要不是你下手这么狠，他会到现在还不敢回家吃饭？

小舅妈虽然心里也很着急，但还是要大舅舅、大舅妈和外公他们不要担什么心，她觉得表弟肯定是因为贪玩，才不记得回家吃饭了，因为以前他也有过不记得回家吃饭的记录。大舅妈想到表弟出门时的样子，就觉得后果好像会很严重，并越想越害怕，最后竟然哭了起来。大舅舅本来没觉得有什么要紧，但让大舅妈这一闹，竟也有些疑神疑鬼起来。

你发神经吧？

大舅舅有些烦大舅妈,就端起碗走出了门,然后坐在门口的小板凳上吃了起来。一边吃一边望着祠堂那边回来的路,但又不是很确定,后来饭吃完了也没有把碗送回去,就这样拿着碗坐在小板凳上。一家人都吃完了饭,小舅妈过来拿碗去洗,大舅舅这才起身去了一趟厕所。但大舅舅好像还没有尿完,就突然从寡妇家里传来一阵痛哭声,意识到不好的大舅舅赶紧跑出来,一家人都不晓得出了什么事,都赶紧起身跑出门,就看到表弟满头大汗地站在坪里,而寡妇则伏在地上抱着女儿嚎啕大哭。大舅舅几步跑过去,一把将表弟搂在怀里,接连问了表弟几句,这才晓得寡妇女儿被毒蛇咬了。

原来表弟带着寡妇的女儿一路翻山越岭,但接连翻了好几座山,都没有找到多少牛粪狗粪。表弟又哪里晓得,天河镇就一块巴掌大的地方,虽然有些猪狗牛羊,但大多是别人家里养的,粪便自然也就大多都拉在家里了,即使牵出来吃草,一旦拉了屎,基本上也是捡回家里去的,那要捡到野猪野狗的粪便就要靠运气了。表弟只以为是出门太晚,都让别的小孩子捡去了,吓得他是连家也不敢回,就跟寡妇的女儿说,如果没捡到一筐粪他不回家了,寡妇的女儿虽然想跟着妈妈在一起,竟然也答应跟着他一起出走。为了安慰表弟,寡妇的女儿大方地掏出一块片糖分了一半给表弟。又累又渴的表弟也不讲客气,接过来片糖就含在了嘴里。就在这时有鸟从他们头上飞过,竟然把鸟屎拉到了他们身上,于是他俩都立刻想到了鸟粪。没有猪粪狗屎,但有鸟屎也是不错的。于是表弟就爬到一棵棵树上去掏,把鸟窝里的鸟粪连着草都掏了下来。而寡妇的女儿则在树下把表弟丢下来的鸟屎分成两份，分别放进两个人的筐里。有鸟儿见他俩实在是可怜，就纷纷飞到他俩的筐里去拉屎。表弟就跟小鸟说，求它们多叫些鸟儿来，寡妇的女儿也在一边帮腔，小鸟就飞去找了不少小鸟来，还引来了几头野猪野牛。野猪拉一泡屎不算多，但野牛拉一泡就有了大半筐。表弟和寡妇的女儿顿时喜笑颜开起来，正觉得两个人可以捡得前一二名时，一条五步蛇突然窜了出来咬伤了寡妇的女儿。表弟天天在山里跑，自然是知道五步蛇的毒性，立即背起寡妇的女儿往家里跑。一开始表弟一边背着她，一边还提着两只筐，到最后实在是坚持不住了，这才把两只筐丢在了路旁的草丛里。

　　大舅舅听到寡妇的女儿是被五步蛇咬伤的后就赶紧去救，却发现她已经毒发身亡了。寡妇顿时哭得满地打滚，又哭着说女孩特别喜欢吃片糖，但她因为没有多少钱，所以很少买给她吃，早晓得她这么命苦就该让她吃个饱，因为一块片糖也不需要多少钱，所以她好后悔呀，真是肠子都悔青了。寡妇如此伤心，真是哭得围过来的邻居一个个都是眼泪行行。

　　后来人越来越多，得到消息的镇长也很快赶了过来，一看到寡妇女儿的尸体都吓得倒退了三步，不但脸色铁青，还一个劲地连连称不可能，不可能，不可能。镇长又说，如果不是当面见到，真就是打死我，我都不敢相信。

　　过了半晌，镇长又接着说，从来就没有发生这样的事啊。

　　为什么镇长不敢相信？原来他亲眼看到老族长持剑作法，不但颁了禁山令，还施了锁蛇术，以确保孩子们的安全。什么是禁山令和锁蛇术？这东西真是十分玄妙，住在城里的人不要说见了，可能就是连听都没有听说过，但在穷山恶岭的天河镇却比较常见。因为每当大规模的进山劳作之前，老族长都要持剑作法，颁禁山令施锁蛇术，就是要将山里的毒蛇猛兽全部禁锢起来，而锁蛇术则是专门将蛇锁起来的法术，目的就是确保进山劳作的人们不受毒蛇猛兽的伤害。一般情况下，只要老族长颁了禁山令施了锁蛇术，毒蛇猛兽都会悄悄蛰伏躲藏起来，即使偶尔出现也不会伤人。如今却还是发生了毒蛇致人死亡的事，这叫人如何不恐惧？是天河镇偷偷来了一位挑战老族长的高人，破了老族长的法术？还是老族长本身的法力下降，以致颁了禁山令也没起丝毫作用？说实话，死几个人吓不倒镇长，因为生死有命富贵在天，但无论是来了高人，还是老族长法力下降了，这些对天河镇来说都不是好事。难道是高洁的外公在背后挑战？

　　大舅舅见镇长面色忽阴忽晴，一副不知所措的样子，就悄悄提醒他，是不是请老族长出面看看，看看是不是还有救？镇长第一个反应是没必要，因为人已经死了，老族长不会出来现丑，但镇长一念之间又改变了主意，觉得这事应该让老族长晓得，至于老族长愿不愿意救，是不是能救得活，那就是老族长自己的事了。镇长能管天管地但管不了老族长，就是老族长最后现了丑，那也是怪不得他的。这样想着，就赶紧一把将寡妇女儿的尸体抱起，跌跌撞撞地来到了祠堂门口，高声喊，老族长，老族长，不得了哇，不得了哇。

　　天河镇的乡里乡亲本来没想那么多，因为不过是死了个小孩而已，但这会儿让镇长这么一惊叫，都隐隐觉得大事不好。不一会儿，老族长从祠堂里走了出来。寡妇一见老族长就扑通一下跪了下来，抱着老族长的大腿大声哭道，你要给我做主啊，你要给我做主啊。

又哭道，老族长，求求你，求求你救一下我那可怜的女儿吧。

老族长先是很警觉地往人群中扫了一眼，确定不是有人在背后捣乱后，接着把已经失控的寡妇扶了起来，又问清了事情的来龙去脉之后，这才叫镇长去抓只雄鸡公来，又叫几个年轻人跟自己回到祠堂里，把作法的桌案抬了出来，接着老族长也拿了把木剑出来走到桌案前，只是稍微提醒了大家一下。

等会儿会有蛇来，大家不要惊慌，如果害怕的可以回避一下。

听老族长这样说，又看到老族长这副架势和排场，有些懂得一点的人就悄悄告诉身边的人，说老族长这是要施聚蛇术。从来没听说过聚蛇术的人一脸迷惘，这懂得一点的人就露出一副见多识广的神情告诉这人说，老族长这是要把天河镇附近山里的毒蛇，全部叫到祠堂门口来。大伙便有些吃惊和兴奋，顿时就嗡嗡嗡地交头接耳起来。把蛇叫来了又如何？但那几个懂得一点的人又不说了，不晓得是天机不可泄露，还是他自己也不晓得多少。在场的乡亲没有一个退场的，虽然也有人有些忐忑不安，但看到在场的乡亲都没有走，便也没有移动脚步，都眼巴巴地想亲眼看看老族长如何施展法术。

　　镇长从不远的人家抓来一只雄鸡公，帮老族长点燃香和明烛，将它们插在香案前，又倒了三杯上等的谷酒放在案上。然后便赶紧退到一旁站好。老族长先一刀杀了雄鸡，用喷出来的鸡血祭了天地，又从香案上撕下三张画了符的纸，在明烛上点燃了后，分别在三杯酒上放了三下，然后默想了一下自己的师父，请来已经去世多年的师父魂魄坐镇，这才念念有词，诵起咒语来。

　　没多久就闻见一阵腥风吹过，应声到场的是一条碗口粗的眼镜蛇。这眼镜蛇是天河镇的蛇王，它虽然被迫到场，却又好像并没有把老族长放在眼里，先是有些漫不经心地围着寡妇女儿的尸体转了一圈，然后忽地把身子立了起来，看着似乎比香案后的老族长还要高。围观的人吓得叫了起来，但老族长毫不慌乱，而是用木剑直指蛇王的头，嘴巴里仍是念念有词。于是人们又紧紧屏住呼吸。眼镜蛇对着老族长呼呼地吐着信子，竟然在嘴巴周围形成了一片毒雾，就见蛇头一伸一缩的，好像在寻找攻击的机会。老族长仍然念念有词地让木剑随着蛇头的伸缩而变化方向，好像有股杀气从木剑中射出，使得这蛇王不敢越雷池一步。僵持了近半个时辰没分出胜负，就在这关键时刻，高洁外公带回来的钟声突然响了。当—当—当，接连敲了十四下。当钟声响第一下时，眼镜蛇王明显怔了一下，斗志开始慢慢消退。当钟声敲完最后一响，眼镜蛇王突然俯下了身子，然后呼的一下没了身影。老族长用手擦了擦额头上的汗水，镇长是离老族长比较近的人，因而清楚地看到老族长已经全身湿透，便暗暗地在心里叫了一声好险。在场的乡里乡亲都松了一口气，但老族长却丝毫不敢松懈，趁着这空隙用木剑围着寡妇女儿的尸体划了一圈，然后在圈上飞快地插了三十三把张着双刃的剪刀。这种剪刀比平常家用的要大上近十倍，而且十分锋利，几十米开外的人即使是站在烈日下，也能感觉到这光闪闪的剪刀透着深深的寒意。

　　没过多久，就听见远处传来隐隐的闷雷声。大家便都踮起脚尖朝雷声那边看去，只见雷声来的那边灰尘弥漫，渐渐还遮住了半边天空。似乎没过多久，就看到毒蛇汇成的河流，呼啸着从远处涌到了祠堂门口。有的人吓得闭上了眼睛，有的人则闻不得蛇腥味，蹲在地上吐了起来。只有那些胆大的人看到那些奔涌而来的毒蛇，一条一条从张开的剪刀下滑过，然后又迅速离开。也不知过了几个时辰，就在太阳快要下山的时候，人们看到只有一条五步蛇没有动弹，这才发现这条五步蛇始终低着头。老族长虽然没有移步，但手中的木剑却一直剑指这条五步蛇，嘴巴里不停地念道：

　　天灵灵来地灵灵，把把金刀不容情。

　　西天去请唐三藏，南海岸上请观音。

　　……

　　这五步蛇斗不过老族长，只得不情愿地从一把剪刀口穿过来，慢慢移到寡妇女儿的尸体边后，竟然将嘴巴抵住留在尸体上的伤口。围观的人们都不知道是怎么回事，都张大嘴巴"啊"了一声，回头望着老族长，老族长神情凝重，没有任何动作，便又回头望向五步蛇，心里仍然是一片茫然。原来五步蛇在老族长法力的重压之下，竟然把寡妇女儿身体里的毒液全都吸了出来。之后五步蛇退了几步，低着头的样子像是做错了事的孩子，只是谁也没料到它这是以退为进，突然就见这五步蛇从旁边一把张开的剪刀中一闪而过。不过五步蛇虽快，但剪刀更快，在场的人谁也没有看清楚是怎么回事，只听到咔嚓一下，等大伙睁大眼睛看清楚时，才发现一把本来张开了双刃的剪刀已经闭合，而那五步蛇的蛇头已经从七寸处与蛇身分离。

就在大伙都目瞪口呆的时候，更不可思议的事发生了，寡妇那已经死去的女儿忽然坐了起来，看到身边围了这么多人有些不知所措。周围的人自然也是半天说不出话来，甚至没有一个人敢动一下身体。后来寡妇突然就大声哭了起来，也不知道是高兴得哭还是吓着了。

· 9 ·

镇长回到家里时老婆正在做晚饭，因为有事要跟老婆讲就帮着烧起火来。老婆这几天跟镇长在冷战，所以对镇长这看似讨好的行为视而不见，先是翻了几下正在炒的菜，往锅里加半勺水盖上锅盖，又抓起把早已洗净了的辣椒当当地切了起来。镇长顺手抓了一把茅草,三两下折成了一小捆,然后用火钳夹着送进了灶里。灶里的火本来都已经开始变灰了,但温度却还很高,干燥的茅草塞进去,一会儿就又冒出烟来,镇长便又抄起身边的吹火筒,伸进灶眼里,鼓起嘴巴一吹,茅草便轰地一下烧了起来,火光就把厨房里照亮了不少。

你等下去跟小姨子两公婆说一声。

镇长说着,也没有正眼看一下老婆,而是又顺手抓了把茅草折了起来。

老婆先是没做声,过了好一会儿都没听到镇长的声音,就忍不住问,说什么?

镇长眼见着灶里的火要暗了下来,就又把手里的茅草用火钳夹着塞了进去,由于灶里的茅草本来就没有烧完,因而火又大了起来,看着不需用吹火筒了,镇长这才接着说道,你去跟小姨子讲一下,要她两公婆得空的话,去祠堂搞一个卫生。

几多钱?老婆本来不想搭理他,但想到肯定会有钱赚就脱口而出道。

镇长有些不高兴了,抬眼望着老婆说道,你眼睛里怎么只有钱?

没钱哪个去做?

说着,老婆白了镇长一眼,但说话的神气却要明显小了不少。

镇长顿时火了,鼓着眼睛说老婆,我几时亏待过你娘家人不是?

老婆本来只是心里有点堵，并不是不想让妹妹妹夫去赚这钱，所以看到镇长发火了就不敢再表示什么不满了。

　　我跟你讲。镇长接着说道。做就做，不做拉倒，我也好去安排别人。

　　说完，镇长把吹火筒往旁边一丢，站起身来走了出去。

　　镇长是真的生气了。不过老婆只是惹镇长不开心的火苗。自从开展拾粪日活动，特别是看到老族长大战眼镜蛇王之后，不知为什么镇长心里总有些许淡淡的不安，不过镇长始终都没有把这不安说出来。镇长跟大多数天河镇人一样都习惯了沉默。沉默不语是天河镇人的美德。然而在夜深人静，或者独自一人的时候，镇长却会情不自禁地想起老族长面对眼镜蛇王时手里微微颤抖的木剑，以及浑身湿透的灰色长衫，更让镇长感到害怕的是，每天去祠堂里跟老族长请安，都会感觉到老族长不再像往常那样精神抖擞，而且眼睛里的光芒似乎也越来越弱，就像随时都可能熄灭的火苗一样。在害怕之余，镇长就会想自己应该主动去做些什么，因为只有这样才能让他心里安定下来。但去做些什么呢？这天镇长又看到祠堂里到处都弥漫着灰尘，于是决定将祠堂上上下下彻底打扫一下。

　　这本来是老族长早就决定了的事。

　　但是不是真的去打扫，当然还得老族长首肯。

　　当镇长征询老族长的意见时，老族长有些不满地说，不晓得哪里来的这么多灰？

　　说完，老族长还想回忆一下上一次打扫是什么时候，但想了好一会儿却没有想起来。老族长暗暗在心里叹了一口气，不知道是从什么时候起，自己的记忆变得如此差劲了，便决定不再去想。

你就叫几个泥瓦匠来做吧。老族长指示道。

镇长就笑了，老族长，你就放宽心吧，我来安排就是。

又继续说道，给祠堂里做事，这是好事，族里的人都会争着来做。

镇长真的觉得族人都会争着做，因为给祠堂里做事，是可以添福添寿的好事，何况还有不少钱。没想到回来一讲，老婆还这样不懂事，镇长当然心里就很不爽了。如果不是看在平时跟小姨子家里走得近，镇长真的是要安排其他族人去做了。

其实老婆还是很懂些事理的，特别是在对待她娘家人的时候。这不吃晚饭时，老婆特地给镇长炒了招财、油渣和黄豆三个下酒菜，还端了碗自家酿制的酒上桌。老婆娘家只有姐妹两个，妹妹虽然长得倒是蛮漂亮，却从小就体弱多病，长大后嫁了个老公又不学好，如今父母都不在了，她这个做姐姐的自然就要多帮助一下。其实她这个做姐姐的又能如何帮？还不是因为自己嫁了个当镇长的老公。镇里和家族里有活要做，镇长就会先想到小姨子两公婆，算钱的时候也确实没有小气过，总是要设法多算一点，总不会让小姨子吃亏。当然小姨子也会做人，时不时地会送些礼物过来，比如端午节送些粽子，中秋节送些月饼，过年时送些熏的腊肉，跟姐姐姐夫家走得很是亲近。

老婆招呼镇长上坐，然后就要出门，说是去跟妹妹妹夫说一声。

镇长就说，先吃饭，明天早上去讲也不迟。

但老婆还是坚持要去，早点去讲一声，免得妹夫出门去做工夫。

妹夫是手艺人，碰到活多的日子，经常是早出晚归。

镇长想想也是，就没有再坚持，而是交代老婆道，你跟小姨子讲一声，叫她尽管放心就是，工钱我会算好的，只是因为跟祠堂做事，祠堂里供奉的都是列祖列宗，老族长也住在后院，惊扰不得，所以这事就比不得别的事可以马虎，必须要百倍个小心。

老婆"嗯"了一声，我会跟他们讲。

眼看着老婆要出门了，镇长忽然想起还有几句话要交代，就又叫住了老婆。

你等一下，你跟小姨子讲，列祖列宗都看着，所以更要心诚，只要把事做好了，这工钱好说，告诉她都是自己人，我只会多算些，只是这些不要跟别人去讲，让别人知道了不好，肯定会讲我这是以权谋私。

老婆却觉得镇长胆子太小了，总是怕这怕那的，却也没有再多嘴，"嗯"了一声便出了门。

望着老婆的背影，镇长莫名地有些成就感，端起酒杯有滋有味地喝了一口。

第二天上午，镇长刚给老族长请完安出来，就看到小姨子夫妻两个已经到了祠堂门外，小姨子老公正在往竹竿捆扫把捆，小姨子则把一根已经捆好扫把的竹竿，斜靠在祠堂大门边的墙上，见了镇长就笑着叫了声姐夫，小姨子老公虽然有些木讷，但也冲着镇长往脸上放了些笑容。

怎么搞？镇长问小姨子。

小姨子就告诉镇长道，我是想先扫一下天花板和墙上的灰，再抹一下那些祖宗牌位。

镇长就"嗯"了一声，又安置小姨子两公婆道，瓦上的灰都要扫一下，不讲一百年吧，起码是几十年没打扫了，屋顶比我们屋里的要高，可能要搬人字梯来，还有就是中间几根柱子上上下下也都要仔细抹一下。

说着，镇长指着小姨子身边的木桶道，去提桶水来，把抹布打湿来抹，不然会跟没抹一样。

小姨子老公就点点头说，就去搬楼梯来。

小姨子却想了一下，脸上露出一丝为难的表情，镇长看到了就知道小姨子肯定是嫌任务重，还有就是担心钱不多，就说，你们两个就辛苦一下，花个两三天时间，钱我都会算好，放心。

小姨子有点不好意思，嘴巴里却道，跟祠堂里做事不讲钱，不讲钱。

钱肯定是要算给你们的。镇长说道。只是你们细致些，你也晓得，姐夫我也不是怕人家，我一个镇长怕个鸟哟？是吧，但是让别人来讲闲话就不好了，如果讲闲话的人多了，我以后也就不再照顾你了。

小姨子老公又捆好了竹竿，然后往祠堂的墙上一放，转身回去搬人字梯了。镇长还有别的事要劳心费力,就跟小姨子告辞走了。镇长虽然这样那样交代小姨子两公婆,但还是很放心的,因为他们两公婆一个有点呆,一个有点小气,但做事都是一把好手,也吃得苦,以前交代的事都没有塌过场。然而第二天还没到吃午饭的时间,小姨子就过来跟镇长讲这事他们不做了。

昨天镇长走后,小姨子就拿起竹竿,有些小心地进了祠堂,因为担心长长的竹竿撞倒了列祖列宗的牌位。她抬头往屋顶四周看了一下,结果一眼就看到整个屋顶没有一处干净的地方,全都布满了厚厚的灰尘,还有不少角落爬满了蜘蛛丝,特别是在放列祖列宗牌位的一个角落里竟然有一大张蜘蛛网,一只丑陋的黑蜘蛛还在旁若无人地织网,也不晓得有多少年没有打扫了。小姨子就有些郁闷,觉得这事没有几天扎实的时间是做不完的。尽管这样,眼睛里容不得沙子的小姨子还是把手里长长的竹竿伸过去,除了要小心别撞倒列祖列宗的牌位外,清除蜘蛛丝倒是不难,也只是几下的功夫就清除了蜘蛛丝,只是那只黑蜘蛛没地方逃,竟然就顺着竹竿往下溜,速度之快竟然一会儿就到了眼前,吓得小姨子把竹竿都丢了出去,就见蜘蛛迅速往屋角逃去,没多久就消失不见了。小姨子从来没有见过爬得这么迅速的蜘蛛,觉得这大的蜘蛛都要成精了,说不定还是哪只祖先变的。小姨子脑海里刚闪过这念头,就觉得浑身发软全身无力,脸也像张白纸一样。小姨子老公恰好扛着人字梯进来,小姨子就赶紧把这事跟老公说了。

老公也没怎么当回事，这会儿就想着快些做完事，好拿钱去给老婆抓药治病，当然也顺便给自己买些酒喝，就支起人字梯放在一边，又从屋外拿进另一根已经捆好了的扫把也打扫起屋顶来，没过多久，祠堂里有灰尘弥漫起来。

小姨子就觉得眼睛也睁不开了，还呛得咳起嗽来。

这样搞也不是只猴。小姨子说。

说是这样说，但小姨子两公婆还是没有停，因为不这样搞他们也没有别的办法，结果不到两个时辰就把祠堂里面打扫了一遍。然后两公婆回家做饭吃饭，就等满祠堂的灰尘都落下来，再把祠堂里里外外用抹布都抹一遍就可以大功告成。

下午镇长老婆做完了家里的活，特地过来看妹妹他们活做得怎样了。按理来说镇长老婆也没有什么不放心的，她晓得妹妹他们两公婆的为人，虽然看钱看得重些，但答应了的事还是会做好，其实她过来更多的还是想听妹妹两公婆说些好话，她心里也一直以妹妹两公婆的恩人自居。她当然是妹妹一家人的恩人，说得难听点如果没有她的帮助，这么多年来妹妹一家说不定早就饿死了。然而当她带着笑容像太阳降临人间一样来到祠堂时，不但没有得到妹妹的恭维，反而落下了埋怨。

没想到姐夫会寻件这样的事让我来做。妹妹好失望地说。

妹夫坐在人字梯上歇气，虽然没有说话，却可以看得出他心里还是很生气的。

原来小姨子两公婆吃过午饭就过来了，就想争取早点完工，然而就在他们已经抹了二十多个祖宗的牌位时，高洁外公带回来的钟响了。小姨子两公婆两个人除了觉得有些吵人，还都没有习惯听钟声，所以也不晓得响了多少下，就看到本来还算清爽的祠堂里面又开始往下掉灰尘，开始还好像有些讲客气，掉的灰尘不是很多，后来就弥漫起来，结果那二十几个已经抹干净了的祖宗牌位又返本还原，全都落满了灰尘。

不可能吧。

镇长老婆第一个反应是不相信，以为小姨子两公婆是找借口想多要些钱。

娘个×，看来这钱不是我们赚的。

说着，妹夫就从人字梯上跳了下来，镇长老婆就看到有灰尘从妹夫身上跌了下来，还真是连眉毛上都爬了不少灰尘。妹夫是个屎牯脾气，平时看起来话不多好讲话，但一发作起来就很难轻易收场。这不刚一落地他就要收拾东西回家。

小姨子却不想得罪姐姐姐夫，因为以后要仰仗姐姐姐夫的时候还很多，就苦笑了一下。

姐，不是讲钱少钱多，真的是灰尘总会往下跌，抹了就跟没抹一样的。

正说着，就听到有钟声传来，本来还没跌尽的灰尘就又开始往下跌。

由于是亲眼所见，镇长老婆也没有话好说，就答应回去跟镇长说一下。

镇长下午也抽空去祠堂看了一下，看到小姨子两公婆这么早就散了工，当时心里还有些奇怪，因为这不是小姨子两公婆的做派,这会儿听老婆一说才知道是怎么回事,就跟老婆说道,要不这样吧,明日你带着小姨子两公婆把这事做完。

我不想去。镇长老婆觉得有些跌面子就说道。

讲心里话,镇长也不想这样安排,毕竟是自己的老婆,总是出去做下力人做的事,不要说老婆有意见,就是镇长自己也觉得面子上不好看。但这也怪不得别人,因为族里一有事情要做,镇长总是会先安排自己家里人,所以有不少族人都有意见,只是大家都没有把丑话说出来。这点镇长心里自然也十分明白,说实话他平时也习惯了视而不见,有时候镇长心里还会想,怕他个鸟,自己堂堂一个镇长,安排自己小姨子做个事赚点小钱都不行吗?镇长也没有把族人可能有看法告诉老婆,老婆是个女人,头发长见识短,又哪里会晓得男人的心思?

镇长晓得老婆的心理,就说,小姨子他们已经快做完一半了,再去喊别人也不好。

其实镇长也动过这心思。他在回来的路上碰到了捕鱼的人,见他手里提了一笼鱼,笑嘻嘻地往家里走,镇长有些看不得他悠闲自得的样子,就要他明天去祠堂里帮下忙,跟小姨子两公婆一起把祠堂里打扫干净。没想到捕鱼人一点面子也不给,先是推说自己每日都是提心吊胆的,船上一下都不能离人,不然万一有坏人闯进来就不得了了,后又说自己只晓得捕鱼,做不得泥水匠木匠的事,万一搞坏了祠堂就只有死路一条了,最后没得办法,还实话实说自己不能坏了小姨子两公婆的好事,大家都是族里人,每日都是抬头不见低头见的，实在是得罪不起。镇长听他话里有话，却也不敢发作，免得多生事端，加上本来也没有想到打扫祠堂会这么难做，就随他去了。

可镇长老婆哪里晓得这些？所以还有些犹豫。

镇长就说，要不我跟老族长讲一声，这么难做的话，就再加些工钱。

妹妹他们两公婆确实是不想做了。镇长老婆仍旧说道。要不还是请别人做吧。

镇长就有些生气了，说，你去跟小姨子讲一声，如果他们这次不给我做完，没有一个善始善终，以后就不要想还有事做，我不得再理他们了，哪里有这样的事哦？有便宜就占，碰到点困难就躲，我跟你讲，为了照顾小姨子他们一家，族里已经有人背后在议论了。

镇长老婆见状只好答应第二天去做事，何况还加了工钱，妹妹两公婆应该没什么话说。

尽管安排妥当，但镇长心里还是没底，所以第二天下午一有空就来到祠堂，本来镇长是想看看祠堂打扫得怎么样了，必要的话也伸手帮着打扫一下，却没想到刚好碰到老婆用手里的竹竿把祠堂的屋顶戳了一个窟窿，还差点砸到了镇长的脑壳。看到几片瓦掉到地上摔得粉碎，镇长只觉得眼前一黑，吓得差点闭过气去。

可镇长老婆还没意识到后果会有多严重，她心里还窝着一股火。这股火先是由小姨子两公婆惹起来的，因为他们两公婆不想做，虽然最后还是来了，但那是被镇长老婆发火骂过来的。接着是在祠堂里做事忙出来的，镇长老婆听妹妹妹夫都说用扫把打扫没用，就先提来一桶水，又吩咐妹夫爬上人字梯，再让妹妹把抹布丢到水桶里打湿递给妹夫，由妹夫一块块瓦慢慢抹。镇长老婆开始还像做客一样，只是站在一旁指手画脚，后来看到这样的速度确实很慢，就拿着竹竿来帮忙，只是把捆好的扫把捅进水桶里打湿，再举起来去清洗屋顶的瓦。等忙了差不多一天，把祠堂里外都差不多清洗了一遍，不承想钟声一响，又可以看到有灰尘往下掉，只是没有那么多了而已。于是镇长老婆和妹妹妹夫又相互埋怨了起来，顺便也把镇长也搭上一起骂了起来。镇长老婆骂妹妹不识好歹，骂镇长瞎了眼弄来一件这样的事来害人，骂得心里的火越来越盛，手上动作自然也就越来越大，最后力量一下没控制好，竟然把祠堂的屋顶给戳了一个窟窿。要不是看到差点把镇长砸死，镇长老婆还不知道这祸有多大。

镇长压着嗓子骂道，要不是忍点气嘛，我一巴掌就要扇死你。

镇长老婆看到镇长一脸前所未有的紧张，才突然意识到自己真是闯了大祸，紧接着脸色惨白，腿一软，竟然一屁股坐到地板上起不来了。

镇长也顾不上把老婆扶起来，而是急忙把碎碎的瓦片捡起来放在一边，想起离祠堂不远处有人家在修房子，便又赶紧出门到修房子的人家搞来一桶拌好了的石灰浆。大家都是邻居，又是镇长亲自来要，虽然不知道镇长为什么要，人家也很大方地表示随便拿。妹夫是个泥水匠，见状也不要镇长盼咐，赶紧爬上人字梯，小心翼翼地把那个窟窿给补上了。之后四个人才各自心怀鬼胎地回了家。

虽然小姨子两公婆也跟镇长两公婆一样吓得要死，但他们更多地只是心疼镇长老婆，觉得镇长老婆真是背时，想不通她怎么就把祠堂的屋顶给戳了一个窟窿，可到家后仍旧是该吃的时候吃该睡的时候睡，镇长两公婆却是饭吃不下觉也睡不着。把祠堂戳了个窟窿，这可是犯了天河镇的大忌，必定会被全族人所唾弃。镇长老婆想不要说别的，就是每人吐一口口水，都可以把她活活淹死。而镇长还想到自己必定会受连累，这镇长恐怕是再也没有机会当了，就火冒三丈地把老婆按在地上狠狠扇了几个耳光，打得老婆脸肿得跟发了面的包子一样。平时镇长打老婆都会先关门，像这样把老婆按在地上扇耳光的时候不多，这是因为镇长两公婆都是有身份要脸面的人，都不会在别人面前丢人现眼。可这天镇长实在是气愤不已，在狠狠扇了耳光之后还不解恨，还一直骑在老婆身上用力卡她的脖子，只卡得老婆差不多要两眼翻白才放手。而镇长老婆由于又惊又吓，就是连死的心都有了，便由着镇长折磨。两个人都一夜没睡，不是不想睡而是不敢睡，他们都知道只要睡着了，老族长就可以进入他们的梦乡，从而知道祠堂屋顶被戳了一个窟窿。为了不让老族长知道，他们虽然疲惫不堪眼皮直打架，却也是直到天蒙蒙亮了才上床睡觉。尽管如此，镇长也只是眯了一下，就跟往日一样朝拜老族长去了。

来到祠堂后院，镇长忽然发现房子里出奇的安静，以至可以听到镇长自己怦怦的心跳，而且是越跳越急，让镇长有些喘不过气来。镇长有意识地调整了好一会儿呼吸，尽量让有些急促的呼吸平缓下来。这时有一束柔弱的光从墙壁上方的小方形窗户里斜斜地射进来，让本来就有些阴暗的屋里显得更加阴凉。镇长看到老族长在躺椅上静静地躺着，也不知道是醒着还是睡着了。镇长在门口立了半晌，就暗暗地想还是不要多事，这样想着就打算悄悄地退回去，然而就在镇长微微躬着腰欲往后退的时候，老族长身下的躺椅忽然动了一下。镇长立刻站住不动，果然就听到老族长的声音像手一样伸过来，一把抓住了镇长的心。

祠堂打扫得怎么样了？

打扫了蛮多次。镇长有些小心地说。先是用竹竿扫，但竹竿有些用不上劲，用大点劲嘛又担心把屋顶戳烂了，就从屋里背来了人字梯，站在人字梯上去扫，看上去是蛮干净了，结果钟声一响又是返本还原，于是再想办法，就是先把抹布打湿，然后爬到人字梯上去抹，小心抹了几次，但现在钟声一响还是会有些跌灰，只是比以前好得多了。

老族长听了没有接话。

镇长也不知道老族长心里想什么，又觉得不说话不好，就说，是不是把那座钟拆了。

老族长半晌才说，不好。

以前没有灰跌。镇长就有些不服气地说。现在也是，如果钟不响，也不得跌灰。

老族长看了镇长一眼说，灰总是从祠堂顶上跌下来的，钟声里面都没有带灰啊。

如果按镇长平常行事习惯，带人去拆了那座钟就是，但老族长是这样的态度，镇长也反对不得，只好说，那等下我再派些人去清扫。

老族长又没有接话，镇长就苦笑一下说，我累一点不要紧，就是钟声一响灰就往下跌烦人。

还是算了。老族长忽然说道。

镇长没接话，静等老族长指示。

过了半晌，老族长叹了口气说，这祠堂也确实建了蛮久了，你看其他房子哪座有这么久不倒？经历了千多年的风风雨雨啊，这样已经蛮好了，虽然有些往下跌灰，但我看再坚持个百把年是没有问题的，那钟声虽然蛮讨厌，但也只是弄些灰下来，想把这老祖宗留下的千年祠堂弄垮也是不可能的。

镇长自然不会多事，看老族长没什么要交代，就跟老族长告辞出来。

镇长回到屋里看到老婆正在打呼噜，就也上床睡觉。这一睡就睡到快吃晚饭的时候，吃过饭后又接着睡，倒是白天睡了一天的老婆却再也不敢合上眼睛。老婆开始还想提醒镇长也不要睡了，但镇长骂道要死卵朝天。想到确实是自己惹的祸，老婆就后悔得要死，于是忍不住哭了半夜。镇长被吵醒了，见状就破口大骂，现在哭有什么用？老婆是个菩萨心肠的女人，不可能像镇长那样要死卵朝天，她必须要保护好这个家，于是她决定不再睡觉了，因为只有她不睡觉，老族长就进不到她的梦里来，就不会晓得是她把祠堂的屋顶戳了一个窟窿，这个家就还在。

　　于是她一大早做好饭，侍候镇长和孩子们吃过，然后剁猪草喂猪，忙完后又做午饭，等镇长和孩子们吃过，这才抓紧时间睡觉。天一黑镇长和孩子们都上床睡觉了，她就在厨房里洗洗涮涮，比如洗好第二天要做饭的米，剁好第二天猪要吃的猪草，实在没事做了，就到邻居门口去纳凉聊天。夜深人静邻居都睡了，她就和衣躺在床上，在镇长如雷的鼾声中努力睁大眼睛。她也曾经拉着镇长一起说话，但被镇长凶过几次后就不再勉强了。

　　然而镇长老婆发现和衣躺在床上仍然会打瞌睡，于是她就开始在有月亮的晚上出门，梦游一般在天河镇里到处闲逛。她先后发现有邻居会在夜里梦游，看到过那户邻居家的门都没有关好，有几次她躲在别人的窗户下面，偷听过人家说梦话。甚至她还真的看到老族长穿着一身黑，从人家门缝里飘进去，半晌后又从人家窗户缝里飘出来。她站在原地一动不动也不呼吸，就想老族长这是到这家人的梦里去了。

　　后来镇长老婆除了看到老族长在人家里穿行有些害怕外，其他的，像人家梦游，说梦话呀什么她都觉得没有意思了，后来更是觉得非常无聊，再后来看到有邻居去田间，或者小溪边照黄鳝便觉得蛮好，不但可以打发漫漫长夜，还可以抓些黄鳝回来改善生活。

　　去田间照黄鳝就要用上松油灯。天河镇人都是用松油灯来照明，一到夜晚，家家户户都会亮起松油灯，燃烧的松油灯会发出一股松枝的香气。这种松油灯是用枯死的松树做成的。做这种松油灯，得先用些力气把松树的根部，也就是天河镇人说的松树篼挖出来，丢在烈日下去暴晒，待松树篼晒干后，把松树篼的外壳一一砍去，只留下密度大油脂高的松树心。使用的时候也很简单，只需要小心擦响一根火柴就可以点燃，而且即使在大风天，或者大雨中也不会轻易熄灭。

　　镇长老婆很快就发现，在夏日的夜晚点上松油灯去照黄鳝，是很有味道的事，因为白日里太阳暴晒，黄鳝都躲在凉爽的洞穴里休息，到了晚上才会陆续从洞穴里爬出来纳凉，而差不多到了半夜和清晨，外出的黄鳝是最多的。镇长老婆抓黄鳝是用两片竹片制成的剪刀。这种自制的剪刀七八十公分长，由于用篾刀精心刨得溜光，用起来十分顺手，只要稍微弯点腰，对着黄鳝的脖子轻轻一夹，夹住后再把黄鳝提起来，取下黄鳝后顺手丢进腰间挂着的竹笼里，就大功告成了。抓到黄鳝的时候自然是快乐的，但这种快乐稍纵即逝，更关键的是长时间不睡觉谁也受不了，加上总还有些担惊受怕，因而一段时间下来，镇长老婆身上的肉就全被吓跑了，成了一个骨头架子，每天晚上幽灵一般在天河镇上出没。

· 10 ·

　　高洁的房间就在座钟的左边，每天清晨都会在钟声中醒来。天河镇的人都说高洁外公带回来的钟太吵,镇长有几次甚至说吵得让他无法忍受。大舅舅和大舅妈担心引起众怒,就劝外公把这座钟拆了,外公跟天河镇人斗了快一辈子,哪里会答应?外公说我把钟安在我家里,关他们的鸟事。大舅舅很不满外公这样的态度,为此两个人还吵过几次嘴,就差没有相互拍桌子了。而高洁出人意料地站在外公这边。高洁说钟声清脆悠扬,真是好听得很。大舅妈有点不喜欢高洁这样插话,跟高洁说你一个小孩子不要乱说。高洁有点不开心了,说天河镇的人觉得烦,完全是心理原因,或者是没听习惯,像她生活的安源煤矿有不少德国工程师带来的座钟,每天也都会按时鸣钟,却很少会有人觉得烦,习惯了后还会因为没听到钟声觉得生活中少了点什么。大舅舅看到高洁是来走亲戚的分上就没有说她,因为高洁虽然是个女孩,但个性是蛮强的,更关键的是有什么话如果传到高洁父母耳朵里还可能会产生误解。高洁最后有些不服气地说,反倒是你们天河镇这里太安静了,安静得让人有些害怕。大舅舅后来没有跟高洁外公扯皮,并不是因为高洁反对,而是因为听到镇长不耐烦地说随高洁外公去,心想镇长都不追究了,也就懒得再跟高洁外公计较了。自从高洁外公说要回来起,家里就乱成了一锅粥,大舅舅做这高洁外公的儿子,只能罢罢罢,祈祷太平无事就好。高洁外公一门心思做学问,也不想多生事端,反倒是高洁觉得无聊起来,开始想要回家了。

　　外公劝高洁,有时间你就读书呀。

　　我带来的书都读完了。高洁噘了噘嘴说。

高洁来时带了一本正在读的沈从文的小说，还带了英语课本，本来想在外婆家补习一下，准备到北平考大学时用的。但现在北平被日本鬼子占了，估计去北平读书近期是不可能了。这样一来，读英语就没了动力，沈从文的小说却早就读完了。

外公就拿来几本书，递给高洁说，外公这里有几本书，都是些讲道理的书，你看看，肯定对你有帮助，你现在正是求知欲最旺盛的时候，应该多读书读杂书，对了，还有这两本是外公自己写的哦，你抽空翻翻。

高洁心情不太好，就只是"嗯"了一下，然后把书顺手就丢在了桌子上。

外公带回来的女人笑着跟高洁说，你外公就是喜欢写，天天写，也不知道他写些什么。

这话听上去虽然有些责怪的意味，但话里还是挺欣赏的，因为她每次说到外公时眼睛里全是崇拜的笑意。高洁听大舅妈和小舅妈背后议论过，她俩都搞不清楚这个年轻的女人图外公什么。

大舅妈看不起外公带回来的女人，便不屑地说，一个女孩子家，读这么多书干什么？

你以为都跟你一样粗俗。大舅舅就说大舅妈道。大舅舅以为大舅妈针对的是高洁，而高洁在大舅舅心里虽然还不是大人，却也早就不是三岁的小孩了，这个年龄段的孩子敏感，有很强的自尊心，一句不合就很可能吵架，即使高洁能把话藏在心里，但要是回去跟爸爸妈妈一说，就可能引起误会。

大舅舅接着说道，高洁爸爸妈妈都留了洋，高洁当然也是要留洋的，不读书怎么行？

没有我这个粗俗的女人侍候，你早就饿死了。大舅妈忽然生气地冲大舅舅说道。

大舅妈平时在家里就比较强势，经常会为了一点小事跟大舅舅吵，有时候还会顺带骂上孩子，或者话里有话地敲敲小舅妈，气急了的时候还敢跟外婆吵上几句。小舅妈自然是见得多了，见状生怕大舅妈又要跟大舅舅吵起来，就打岔道，高洁书也要看，但也要出去玩，一个人只晓得读书也不好。

说着，又对高洁表弟说，不要只晓得自己耍，要记得带你表姐一起去。

高洁表弟却不愿意跟女孩子一起玩，就说，我才不带她去。

跟他去玩？高洁当即有些不屑地反击道。是去捡狗屎吧。

吵嘴归吵嘴，高洁和表弟两个小孩子也没往心里去，当几天后表弟他们去砍柴时，从来没想过要跟表弟他们一起去砍柴的高洁忽然来了兴趣，就在表弟他们吃完早饭要出门时，高洁突然跟大舅妈说，我也想去砍柴。

没想到表弟竟然会嫌弃高洁，我是去砍柴晓得不？

我也是去砍柴。高洁鼓着眼睛瞪着表弟，有些生气地说。

你一个千金小姐能砍得了柴？表弟也鼓着眼睛冲高洁说，我可没工夫照顾你。

你要搞清楚了。高洁望着比自己矮了一个头的表弟叫道。到时候是我照顾你吧。

大舅妈就跟高洁说，你是来做客的嘛，哪里还能让你去砍柴？

是呀。正在桌子上收拾碗筷的小舅妈也劝高洁道。太阳这么晒，路又远，累死个人。

大舅妈和小舅妈这是担心万一把高洁累坏了，不好跟高洁爸爸妈妈交代。

才不会吔。高洁不以为然地说。我爸爸出门前告诉我了，到了外婆家要手脚勤快点，不要衣来伸手饭来张口，要抢着帮你们做点事，我毕竟也不是小孩子了，再说我天天读书也烦了，觉得还是到山里转转，看看山野里的风景，体验一下山里人的生活这样比较好。

大舅妈就跟小舅妈赞道，高洁爸爸妈妈是好教育，到底是读书人，就跟一般人不一样。

但表弟还是不肯，你是城里的大小姐，根本就没力气砍柴。

高洁本来见这么多人反对，心里有点打退堂鼓了，却见表弟这个样子就有些不服气，那我今天就砍柴给你看。

外公正好吃完了饭，见状就跟表弟说理道，你就带你表姐去一下，要是你今天得罪了你表姐，下次你到你表姐家里去，你说你表姐会带你去玩吗？

高洁，你不是喜欢跟着外公吗？大舅妈还想劝高洁。我看你还是在家里陪你外公好了。

小舅妈也笑着跟高洁说，我看你跟外公两个人蛮合得来，在一起总是有讲不完的话。

外公带回来的女人也想插话，外公就跟她们说，高洁一个小孩子，哪里可以跟我一样天天坐在屋子里？那还不把人闷坏去？依我看你们就让高洁见识一下，看看山里面到底是什么样子，不管高洁以后干什么，到美国去读书也好，还是跟她爸爸妈妈一样当工程师，开阔一下眼界，对高洁还是有好处的。

大舅妈就对外公说，高洁是来做客的，要是累坏了，就怕大姐和大姐夫责怪呀。

还不得了哦。外公望着高洁大声说道。高洁这么做不得用吗，砍一点柴就累坏了。

大舅妈见外公都这样说，就让表弟带高洁去。表弟虽然不再反对了，但嘴巴里还有些嘀嘀咕咕，高洁看到大家都站她这边，就得意地笑了起来，还故意跟表弟吐了一下舌头做了个鬼脸。

大舅妈心想高洁虽然个子长得像个大人，心里却还是个小孩子，就笑着跟高洁说，你就跟着表弟他们去山里转转，砍柴的事不要把蛮，能砍多少算多少，累了就歇。

说着，又回头安置表弟，注意照顾一下你表姐呀，不要只晓得低着脑壳做事。

同伴的人都到了坪里，寡妇的女儿就跑到屋门口来喊高洁表弟。表弟一边说着就来就来，一边小跑到大门角落里拿了把柴刀，也不跟高洁招呼就往外走。高洁有些急了，站起身来叫表弟道，你等我一下。

大舅妈见状就站起来骂表弟道，你这个畜生，同高洁的伴呀。

　　表弟头也没回,只顾一路小跑到门口,正在坪里跑来跑去的黑狗看到立刻跑上来,表弟就摸了摸黑狗的腋下。黑狗有表弟半身高。然后表弟朝其他小伙伴喊了一声,跑着出了门。高洁担心表弟他们跑远了正要跟出去,小舅妈突然喊高洁等一下。高洁不知道怎么回事,就停下来,只见小舅妈跑到厨房里拿了把轻便的柴刀出来。

　　小舅妈笑话高洁道,去砍柴怎么可以打空手?

　　高洁这才想起要带把柴刀,便笑着接过来试了试,觉得还是比较顺手的。

　　拿什么柴刀?大舅妈说小舅妈道。高洁也就是想去耍。

　　高洁也没有再理她们,立刻从家里冲了出去,遇到高高的门槛也没有停,而是一步就跳了出去,跑到小伙伴面前才停下来走。寡妇的女孩回头朝她笑了一下,几个男孩子也回头望着高洁笑,好像好稀奇一样。高洁见他们都是些跟表弟一般高的小孩子,就想他们这么小都可以去砍柴,自己这么大了自然更是没问题的。

　　一路上表弟他们都是边玩边走路,只有高洁感觉什么都好新鲜,看到有锦鸡突然窜进了路边的树林,或是蝴蝶在花丛中翩翩起舞,都会惹来高洁一连串大惊小怪。同行的伙伴虽然觉得高洁有些好笑,却也没把高洁当外人,他们晓得高洁是从城里来的,在他们眼里城里的孩子都是有些好笑的。他们会几下爬上高高的大树,从鸟窝里抓只小鸟给高洁玩,还不时地采些野果给高洁吃。他们晓得哪些野果子可以吃,哪些又因为有毒不能吃，哪些甜滋滋的，哪些又能酸掉牙齿，不像高洁只能凭野果子的颜色大概地分辨，比如红色的约莫会好吃点。

也不知在大山里走了多久，只知道翻了两座小山头，高洁感觉渴了累了，而且浑身都是汗。高洁看到表弟他们都趴在路边的溪水里喝水，就有些不相信地问表弟可不可以喝，表弟告诉高洁溪水很甜，高洁有点不相信，就问寡妇的女儿，寡妇的女儿正好也喝了，便也点着头说真的是很甜。高洁这才双手捧起溪水喝了几口，又用溪水洗了一把脸。

高洁想到走了这么远都还没砍一根柴，就问表弟，我们这是要到哪里去砍啊？

你跟着来就是了。表弟说着看了高洁一眼，站起来又继续往前走。

走了这么久都没砍一根，都没有劲了。高洁有些丧气地说。

表弟却回头跟高洁说，不想去了你就自己回去。

高洁当然不可能回去，只得硬着头皮跟着往前走。

一路上两旁的山坡间柴火多得是，高洁想不明白为什么不在这儿砍，最后实在是忍不住了，便又问表弟，这里到处都是柴火呀，为什么还要跑这么远去砍？

表弟觉得高洁真是什么也不懂，又有些烦高洁总是说这问那的，虽然心里有些后悔带高洁来了，但还是耐着烦指着路边的树，跟高洁解释道，这是松树，这是楠木，这是红豆杉，这些是樟树，这些都是不能砍的。

这也不能砍那也不能砍。高洁就很好奇了。那我们砍什么呢？

　　在高洁的印象中，木柴只要能烧就可以砍的。

　　表弟只得又告诉高洁，我们要砍那些长不成材的杂木。

　　高洁"哦"了一声，表示晓得了。

　　前面的山里有好多树都死掉了。表弟有些兴奋地说。是前年下大雪压死了的，甚至不用砍什么，就是光捡都可以捡上百担。

　　同行的伙伴听到表弟这么说，都高兴起来。

　　那是我发现的。表弟就很自豪地说，我只会带你们来，你们可别告诉别人。

　　高洁又应了几声，想到有现成的捡自然也是高兴的。

　　正走着，忽然听到走在后面的寡妇女儿哭了起来。寡妇女儿今年才八岁，伙伴们只好留下来等她。原来她人小走得慢，每当走在后面看不到同伴了心里就会害怕，表弟虽然有些不耐烦高洁，对寡妇女儿却照顾得很，就要同伴让她走在最前面，还从她手里接过柴刀。寡妇的女儿马上就笑了起来，蹦蹦跳跳地赶到前面带起路来。

　　可才拐过一个山坳，寡妇的女儿忽然又尖叫了起来，原来是路边有一条蛇挡住了去路。山里的孩子什么都见过，在女孩子面前又本能地想表现一下，当即就有几个同伴捡了根棍子捏在手里，马上朝蛇围了上去。蛇却没有恋战，而是很快就溜走了。高洁本来已经提起来的心又放了下来，但寡妇的女儿又不敢走前面了，于是表弟又走到了第一，寡妇的女儿紧跟在表弟的身后走第二。高洁觉得山里的孩子还是有些不一样，别看表弟虽然才十岁多，却也像个小大人一样了。

在拐过一个大弯后，忽然就看到好大一片郁郁葱葱的竹林。走进这片竹林后不久，高洁就感觉到有清凉的风徐徐吹来，而黑狗则马上跑到一个竹箦下，翘起一条后腿拉了点尿。就在这时，从竹林深处忽然传来几声啪啪啪的声音，不过这声音根本没在高洁心里停留多久，因为经过一路暴晒之后，高洁早已浑身是汗了，让竹林里凉爽的风一吹，顿时觉得好舒服，就像是从来没有这么舒服过。但刚拉完尿的黑狗却立刻警觉地竖起了两只耳朵，瞪着一双眼睛，直视着声音传来的地方，一会儿鼻子里还发出嗡嗡的声音。

表弟以为是有人跟他们开玩笑，就扯起嗓子大喊一声，呜呼。

除了山谷里传来表弟的回音外，竹林里并没有人回应，反而又有几声清清脆脆的声音，从竹林深处传来，啪啪啪啪啪啪。这下小伙伴们也都听到了，顿时紧张得汗毛都竖了起来，不敢乱动也没人再说话。只有黑狗冲着前面一阵狂吠，但黑狗勇敢的叫声，却立刻被接连而来的声音打断。啪啪啪啪啪啪，啪啪啪啪啪啪，啪啪啪啪啪啪。声音一阵接着一阵，一阵紧似一阵。啪啪啪啪啪啪，啪啪啪啪啪啪，啪啪啪啪啪啪。

是敲竹鬼。表弟紧张地叫道。

小伙伴们顿时紧张得乱了阵脚。

高洁虽然不晓得发生了什么事，但感觉这从竹林深处传来的，一阵紧过一阵的响声很怪异，似乎直接就往心里撞了进来，紧接着就像有阵冷风吹过，高洁全身的汗毛都倒竖了起来，只觉得背后凉飕飕的。

竹林里除了高洁他们外没有别人，怎么会有敲竹子的声音接连不断地响起？

不得了。寡妇的女儿突然带着哭音说。我们碰到了敲竹鬼。

原来山里人都晓得这是碰到了敲竹鬼。如果在平时说大白天碰到鬼高洁肯定是不信的，但这会儿却莫名其妙地浑身发软，不但软得站不住，就连话也有些说不出来了，只觉得自己像打摆子一样，浑身抖个不停。同行的小伙伴虽然也是很紧张，却又明显要沉着许多，不用吩咐，先是表弟挥起手中的柴刀，用刀背猛敲身边的竹子，紧接着其他小伙伴也纷纷举起刀背，或者是捡起棍子敲了起来。啪啪啪啪啪啪，啪啪啪啪啪啪，啪啪啪啪啪啪。整个山谷里顿时就被敲竹子的声音占满了。黑狗也毫不示弱，对着竹林深处又是一阵狂吠。

只有高洁不知所措地傻站在那里没动。

也不知敲了多久，竹林深处再也没有敲竹子的声音传来，表弟他们也都一动没动，山谷里又重新归于寂静。趁着这空当，小伙伴们也不用招呼，撒开双腿往前跑去，就连寡妇的女儿也冲了出去。高洁不晓得表弟他们为什么要跑，但还是下意识地跟在寡妇女儿的身后狂奔了起来。直到跑出了竹林，大伙才停了下来。

过了半晌，高洁才苍白着脸问表弟，刚才是怎么了？

刚才碰到敲竹鬼了,所以得敲着竹子跟它比赛,还好我们比赢了。表弟有些兴奋地告诉高洁,说完又到前面去看小伙伴是不是都跑出来了。

高洁又问寡妇的女儿,如果我们比输了呢?

那我们都要死了。寡妇的女儿说着,明显还心有余悸。

刚才虽然惊险无比,但山里人见得多了,也晓得敲竹鬼更多的是喜欢捉弄人,只要它感觉到赢不了人,就会悄然而去,这反而又给人们带来了胜利的喜悦,表弟他们马上又没事一样,嘻嘻哈哈蹦蹦跳跳起来。

表弟还开起了寡妇女儿的玩笑,刚才我看到你眼泪都出来了。

寡妇的女儿也不否认,只是红着脸望着表弟,却又很兴奋地说,还好我跟着你死命地跑,跑哇跑哇跑得我气出不来了。

高洁由于是第一次碰到,吓得一时半会儿没回过神来,想到自己个子最高年龄最大,竟然连寡妇的女儿都跑不过,不由得有些哑然失笑。又看到表弟都哈哈大笑,受到感染的高洁也有些得意起来,觉得到鬼门关走了这一遭真是惊险刺激,便也忍不住地跟表弟说,刚才真是把我吓得要死了。

于是大家又往前走,这样说说笑笑地又翻过一座山,这才来到了表弟说的砍柴的地方。走了这么远,大伙肚子早就饿了,表弟便带领男孩子去附近采野果子,高洁和寡妇的女儿则做伴留守。高洁本来就没吃多少早饭,经过这么一闹,早就饿得前胸贴后背,便找了一个稍平的树蔸坐了下来,有些娇气地叫道，哎哟哟，我是再也没力气走了。

寡妇的女儿却利用这空当开始寻找起枯树枝来。高洁望着周围都是荒山野林，担心寡妇的女儿走远了，把她自己一个人留在这里，就朝寡妇的女儿嚷，你也歇一下呀。

寡妇的女儿只好就近捡枯树枝，一边捡还一边笑话高洁，真做不得用，白白长了这么大。

高洁有些不好意思起来，找理由解释道，早上只吃了一碗稀饭和一个小小的红薯。

稀饭啊根本抵不得饱。寡妇的女儿有些粗俗地笑道。一泡尿就没有了。

如果是在萍乡，高洁肯定会觉得她的话有些刺耳，但在天河镇待了这么久，晓得山里人都是这样讲话，不会像读书人那样文绉绉的，所以她也没有见怪。两个人正说着话，表弟他们就采了很多野果子回来了。寡妇的女儿赶紧迎上去拿起两个山梨子，用手擦了两下就往嘴里送，然后一边吃一边去捡枯树枝。

你着什么急呀。表弟就说寡妇的女儿道。先吃饱了再捡呗。

寡妇的女儿却说，我手脚慢，等下你们都砍好了，我还是一点点。

表弟只好由着她去，走到高洁面前丢下一大捧野果子，告诉高洁有杨梅、有山葡萄、有山荔枝、有山梨子、有猕猴桃，还有野山楂、野柿子、野草莓和红豆果。高洁看着这么多野果子，高兴得哇哇直叫，便拣了两个大的颜色好看的，又拿起衣襟简单擦了两下就张开嘴巴咬，酸酸甜甜的很是可口，吃得高洁眉开眼笑合不拢嘴巴。

表弟他们吃饱了也休息够了，便拿起柴刀各自在附近找了一个地方砍起柴来。跟其他人急急地砍柴不同，表弟先砍好两根大拇指粗的红藤，告诉高洁这两根红藤是绑柴用的。高洁"哦"了两声，就看到表弟找了一片相对宽敞的草地把红藤放好，之后才专心地砍柴。表弟的运气好，一眼就看到一根七米多长的柞柴，立刻得意地叫了起来，哈哈，蛮久都没有砍到过柞柴了。

看下是不是真的。一个孩子怀疑地叫道。

我也看下。另一个孩子有些兴奋地说。

几个孩子都围上来，确认了一下确实是根柞柴，而且有七米多长，便感叹着散开去。

山里人都知道，一根柞柴比一根湿柴都要重，但经得烧，而且还不太容易找到。

就在表弟用力砍柴的时候，寡妇的女儿突然叫起来。

我的柴刀不晓得哪里去了。

表弟觉得寡妇的女儿就是事多，但还是回头跟她说，自己好生寻一下哦。

都寻了几遍了。寡妇的女儿说，声音里开始带着哭音了。

说着，又很无助地望着高洁说，你看到我的柴刀么？

高洁因为很累，就坐着没动，但还是有些奇怪地说道，刚才你明明拿在手里的。

是呀，刚刚都在的。寡妇的女儿说着，又担心得要哭了。

我妈妈肯定会打死我的。

表弟看到她这样子不能不管，就大声声明道，这根柞柴是我的啊，哪个也不能砍了。

因为柞柴确实难得，所以表弟得警告一下同伴，提醒他们不能砍这根柞柴的。

你放在哪儿了？表弟走过来问寡妇的女儿。你不要哭了，我帮你找就是。

寡妇的女儿赶紧擦了一把眼泪说，应该就在这一块，我刚跟你表姐一块吃东西来着。

表弟和寡妇的女儿一起细细地找了一遍，没有，又一起到她刚才捡柴的草丛中，也细细地找了一遍，也没有。寡妇的女儿觉得很可能再也找不到柴刀了，就又哭了起来，不得了，我妈妈要是知道了，肯定会打死我的。

表弟有些无奈地告诉寡妇的女儿说，你肯定是从竹林里跑出来时忘记拿了。

我记得很清楚，明明是拿了的。寡妇的女儿边想边说道。就是刚才都在这里。

高洁也做证道，我刚才都看到她拿着柴刀呢，就是吃野果子的时候就没看到了。

高洁说完，却突然发现自己的柴刀也不见了，便叫了起来，哎呀，我的柴刀也不见了。

于是大伙都拢上前来，个个弯着腰，在可能的地方细细地找了一遍，却仍然没有找到。大伙都想不通是什么原因，只好不想了，各自走到自己的地盘继续砍柴。表弟也觉得还是自己砍柴要紧，就跟寡妇的女儿说，这样吧，你自己先捡一些细柴，等我砍完了再帮你砍一些。

可寡妇的女儿仍在哭，没有了柴刀，我妈妈肯定会打死我的。

要不等到家你上我家去，我拿把柴刀给你就是了。

表弟一边跟她说着，一边向柞柴走去。

没有了柴刀，高洁只好和寡妇的女儿一起从附近捡柴，然后把捡来的柴火放到一起。这样捡了几个来回，高洁突然看到自己的柴刀，就在捡来的柴火堆里，更神奇的是寡妇女儿的那把，也在不远的地方。听到高洁惊喜的叫声，先是寡妇的女儿跑了过来，然后表弟他们也都跑了过来看。高洁感到好惊奇，因为刚才高洁跟表弟和寡妇的女儿他们找了好几遍，竟然会没有找到。让高洁更惊奇的是，表弟和寡妇的女儿他们都指着旁边的树林深处破口大骂起来，你这该死的藏物鬼，等我火大了，就到傩神老爷那里告你一状，让你这辈子都不得安生。

高洁这才晓得，在天河镇除了敲竹鬼外，还有一种专门喜欢捉弄人的鬼叫藏物鬼，特别喜欢在不经意间，把人们随手丢下的衣物藏起来，怎么也不让人们轻易找到，直到人们都快要急死了，才会把藏起来的衣物，重新拿出来放在人们容易看到的地方。

第三章
认　祖

・11・

国军第58军的贺师长要来认祖归宗的消息，几天前就传遍了整个天河镇。开始天河镇很多人都不相信，因为天河镇地处偏僻，周围好几百里都是荒山野岭，自古就很少与外界来往，据说有史可查的就是某朝来过一个迷路的渔夫。但这个消息千真万确，因为贺师长要来认祖归宗是镇长亲口说的。镇长在天河镇可是数一数二的角色，见过大世面，但这回心里也有些没底，因为镇长还有些弄不明白贺师长的认祖归宗，无论是对他个人，还是对整个天河镇到底是福还是祸。

国军第58军是滇军，来自遥远的云南，贺师长怎么就跟天河镇扯上了关系呢？这就要从这年所处的时局说起。此时正是国民政府对日开展长沙保卫战的关键时期，58军千里迢迢从云南赶过来，就是为了保护安源这个江南最大的煤矿。安源煤矿自古是萍乡的属地，煤炭资源丰富，而且萍乡还是长沙保卫战的外围，地理位置十分重要，而奉命与58军一起驻守萍乡的，还有国军第27军和第36军。由于民国以来政府加强了对天河镇的管辖，以至于镇长每隔一段时间都要去萍乡向县政府汇报工作，于是就在军民抗战联合会议上认识了贺师长。确切地说应该是贺师长主动找上了镇长。贺师长告诉镇长，他的祖上是天河镇人，据说至少是在好几百年前从天河镇出来，最后一路流落到了云南，他如今奉命驻扎在萍乡，就想趁战事还不是很紧张到天河镇来认祖归宗。镇长本来对贺师长来认祖归宗有些疑虑，因为从来没有听说过有族人离开过天河镇，族谱上也没有一点这方面的记载。要知道自古以来天河镇就与外界老死不相往来，因为祖宗有不与外界交往的遗训。虽然近百年来天河镇与外界有了一些交往，最著名的当然要数高洁外公了，除了自己常年在外人不人鬼不鬼地漂泊，还破天荒地把高洁的妈妈送到了萍乡鳌洲书院新式学堂读书，以致高洁的妈妈越走越远，最后还跑到了美国读书。但这种奇葩的人和事在天河镇是极少极少的。贺师长姓贺，确实与家族是同一个姓氏，而且言辞恳切，说到动情处还差点声泪俱下，看上去一点也不假。镇长被贺师长的真情打动，就赶紧回来跟老族长汇报。老族长本来非常排斥与外界交往，对族人不安心在天河镇生活，比如像高洁外公这样的，则更是打心眼里鄙视，不过老族长心里也十分清楚，对于贺师长这样手握重兵的兵痞，天河镇是根本无法拒绝的，何况贺师长还送给天河镇二十支长枪，这才勉强答应下来。认祖归宗的日期就定在这天，听贺师长的意思，他要带一个排的士兵，还要带支军乐队过来表演。想到老族长这几天一直略带忧郁的眼神，纵使是镇长这样见过世面的狠角色，也不得不有些忐忑不安了。

老族长最后说，既然答应了人家就要好生接待，不要跌了面子，让人家看不起。

这天镇长见过老族长出来，太阳已经从山头冒了出来，但由于是早晨，所以还是有些凉意。祠堂门口的坪里有几只鸡在低头吃食，几个小孩在玩耍，还有好几个勤快的妇人蹲在一旁忙着洗菜或者洗碗，因为有几十桌酒席要做。镇长拢了一下敞开着胸襟的衬衣，接着就看到坪的顶头摆了三张案板，三个屠夫没事一样坐在案板上歇气，心里就有股火噌地一下冲了上来，鼓着眼珠子看了一下四周，没有寻到管事的提调，就拉着脸对着屠夫走了过去。

三个屠夫没看到镇长过来，所以还是摆出一副旁若无人的样子，只顾说些无聊的话。

镇长看不得他们这个样子，直接过去就喝问，怎么还没给我去杀猪？

三个屠夫看到镇长不高兴，赶紧站起来跟镇长打招呼，还赔了几分笑容。

领头的屠夫就解释，提调还没交代呀。

如果是私人宴请，屠夫自然早就按规矩办了，但贺师长来认祖归宗是族里的大事，当然得听提调安排，而且因为这是族里的事，杀猪是没有报酬的，纯粹是出工出力，这也就怪不得三个屠夫忙里偷闲了。

镇长是火眼金睛，当然晓得他们的调调，自然是火冒三丈，厉声骂道，这还要讲不是？

镇长又接着骂道，你们也不看一下现在是什么时辰了？

领头的屠夫不敢做声了，旁边一个年轻的屠夫却说道，提调没讲，不晓得杀哪家的猪。

年轻屠夫是个学徒，还不晓得天高地厚，所以他的声音虽小，但话里明显却带了点争辩的意思，镇长当然就更光火了，因为是用族里的钱买，所以在几天前就跟猪的主人打好了招呼，并且钱都付了，可这不懂事的狗屁屠夫可好，居然还讲不晓得。

你不晓得你不晓得去问？你长个嘴巴做什么用的？吃屎的不是？

就去就去。

领头的屠夫赶紧满脸堆笑地说道，说完就带着两人找提调去了。

快些给我去把猪杀了。

说完，镇长还有些不放心，就朝他们的背影喊道，快点！晓得不？不要耽误我的大事。

骂走了屠夫，镇长正想宽一下心情，不料转身又看到了捕鱼的人，就见他正蹲在那群妇人堆里一边说笑一边洗菜，把那几个女人逗得哈哈大笑。镇长想着中午宴席上少不了整鱼就喊了他几声，没想到他正逗得那些女人起劲根本就没有听到，就在心里骂了句这只骚古，只晓得往女人堆里钻。但镇长边走边有点理解，毕竟捕鱼的人单身人一个，年近四十了还没有尝过女人的味道，喜欢跟女人拉拉扯扯也可以理解。镇长就走过去踢了捕鱼人的屁股一下。

正聊得起劲的捕鱼人回头一看是镇长，吓得赶紧站起来招呼，有什么事？

你的鱼呢？镇长现在只想着鱼，所以就直接问道。

捕鱼的人往厨子那里一指，镇长就看到为首的厨子正在调度，还有五六个厨子正在案板上剖鱼。老老实实的捕鱼人一边摸着脑壳一边跟镇长汇报道，一百二十条鱼都齐了，本来是一百条的，提调讲不晓得贺师长那边会带几多几人来，就要我多抛了两桌。

镇长就"哦"了一声，表示晓得了。

捕鱼的人有些讨好地笑着跟镇长解释道，都是斤多两斤的鱼，我撒网捞的，大的小的都没要，所以有些费神，才担过来不久，所以在这里歇口气。

你这样。镇长却又交代捕鱼的人道。我看你还是到你船上去，等贺师长他们到了你就直接带到祠堂里来，我估计他们会寻不到。

这天对待贺师长自然有个重要的礼数问题，就是要让贺师长这个远方的游子感受到家乡和族人的温暖，所以镇长这会儿看到捕鱼的人还坐在这里闲扯，就有些不高兴地提醒他。

捕鱼的人知道贺师长他们昨晚住在南坑，因为58军在南坑有部队驻防，那南坑离天河镇入口十多里曲折的山路，估计贺师长他们不会这么快就到，但因为镇长已经开了口，捕鱼的人虽然心里明了，却也没有说什么，而是赶紧微笑着起身走了。

路过外婆家时，捕鱼的人看到高洁在阁楼上就热情地喊，跟我捉鱼去。

天河镇很少有生活在城里的人来，加上天河镇人都很好客，所以看到高洁都很喜欢跟高洁说上几句话。高洁却不觉得跟他去打鱼会有什么好玩，就白了他一眼拒绝道，我不想晒太阳。

捕鱼的人也只是跟高洁打个招呼，并不是真的就想拉高洁一起去，这会儿见高洁不想去自然也不勉强，呵呵笑了笑转身就走，正在晒谷坪里抽陀螺玩的表弟听了，就把鞭子一丢向捕鱼的人跑去，一边喊道，我想去。

高洁的大舅舅正好要出门，捕鱼的人见了就站住脚笑着打起了招呼。大舅舅一大早就看到捕鱼的人挑着捕来的鱼送到祠堂去，就以为鱼还没有送完，便问道，这是要多少鱼啊，还没有送完吗？

已经送完了。捕鱼的人笑道。刚要歇口气，可就有人看不得我歇，硬要我去进口守着，说贺师长他们是贵客，不要少了礼数，其实我哪里会不晓得？怎么可能会少了礼数？再讲贺师长根本就没得这么快。

不要讲是谁，大舅舅就大概可以晓得捕鱼人讲的是谁，于是就没有附和，免得镇长晓得了不好。却又微笑着说捕鱼的人，你守进口处也好，反正也没有事，都是歇，哪里歇还不都是一样？

也是。捕鱼的人忽然觉得跟大舅舅说话没意思，转身就走了。

　　高洁的表弟却又没有跟上去,而是望着大舅舅问,爸,什么时候去祠堂?

　　就去。

　　大舅舅说着,却又没有马上动身。大舅舅在天河镇也是有身份的人,以往碰到贺师长来认祖归宗这样的大事,说得不好听点,镇长都会主动来商量怎么做更好,而且一个星期总会去见老族长几次,可自从高洁外公回到天河镇以后,大舅舅就明显感觉受到了族人的冷落,特别是老族长和镇长似乎也有些爱理不理,像贺师长要来认祖归宗都是听邻居说的,这就让大舅舅心里有些不安,总觉得自己应该主动做些什么,于是大舅舅就想不管镇长招没招呼,自己都要去捧贺师长的场,只是去的时机要刚刚好,既不能去得太迟,也不能太早。太早了显得太巴结,不是大舅舅一向的做派,太迟了则容易得罪人。大舅舅向来与人为善,像贺师长这样手握重兵的人更是不能得罪,所以一大早就让大舅妈去了祠堂帮忙。

　　表弟又催了两次,后来等不及竟然先走了。大舅舅看到也差不多了,跟外公和小舅妈做了交代,出门时也没有忘记最后跟高洁说一下,确定高洁真是不去之后才出了门。刚走到祠堂门口的坪上,就看到坪里已经聚了很多人,很是热闹,听到猪叫才知道正好碰到杀猪。

　　就见三个打赤膊的屠夫揪耳朵的揪耳朵,提脚的提脚,正要把猪往猪案上按。猪有足够的大,足足有三百斤,都是镇长亲自带着提调一起到人屋里挑的。镇长挑好的这三户人家都是天河镇公认的养猪好手，提供的猪也都是两三百斤重的猪。镇长自己家里也养了四只猪，镇长老婆就要镇长把自家的猪拿出来杀了，但镇长可不想因为占这点小便宜，而让族人戳他的脊梁骨，觉得当了镇长就要天下为公，千万不能私字当头。气得镇长老婆在屋里跺脚，骂镇长是猪脑壳，是猪操出来的畜生。因为是族里做大事需要，而且比自己杀猪省事，所以猪的主人也蛮开心，也使劲揪着猪耳朵，帮着三个屠夫把猪往猪案上抬。却没想到四个人几番努力都没有把猪抬上猪案，还差点让猪跑了，引得周围看热闹的人哈哈大笑。

没有×用。镇长正好看到了，也笑着骂道。

为首的屠夫看出几个人是各使各的劲，就喊他们听他的口令，一起用劲，其他几个人当然要听。于是随着为首的屠夫一声令下，四个人一起使劲，这才把猪抬上了案板。为首的屠夫一边把猪头死命按在案板上，一边操起一把锋利的杀猪刀，白刀子进红刀子出，一下就把刀捅进了猪的脖子。为首的屠夫知道还不够，仍然握着刀用劲在猪脖子里面旋转了几下，就见猪血伴随着猪的尖叫声喷了出来。案板下虽然放了只大脸盆，却又因为没有放准位置，于是就有血射到了地上，为首的屠夫赶紧用脚把脸盆踢正，这才把猪血全部装进了脸盆。猪渐渐地不再叫了，从猪脖子流出来的血慢慢地也不再掉了，四个人这才松开了双手。为首的屠夫往猪血里加了点盐，并把手伸进脸盆里搅拌了几下，以方便猪血很快地凝冻。之后再叫两个屠夫一起把猪从案板上抬了下来，放进旁边的两只大脚盆里。为首的屠夫拿刀熟练地在猪脚上开了个口子，先用根木条往口子里捅了几下，然后把嘴巴贴着口子，鼓起腮帮子用劲往里吹气，那徒弟模样的屠夫则赶紧操起一根木棍往猪身上击打，只一会儿工夫就见猪变得身子滚圆，四腿张开。为首的屠夫用一根结实的细绳快速地把口子处扎紧，接着往猪身上淋开水，然后拿一把尖刀开始刨猪毛，一会儿就把猪刨了个干干净净，露出猪一身雪白的皮肤，再跟两个屠夫一起把猪头朝下地挂在了两棵木桩上。三个屠夫这才歇了一口气，喝了几口茶，就见他们古铜色的皮肤上都渗透出一层细汗，让太阳一晒浑身都是油光水亮的。有几个懂行的大人，见三个屠夫手脚这么麻利，就都竖起了大拇指，称赞他们是把角色。

　　为首的屠夫见歇得差不多了，就催促其他两个屠夫赶紧去捉猪。两个屠夫也没说话，径直又往人家家里去了。为首的屠夫先是把一只脚盆丢到猪头下面，只用刀从上到下往猪肚子上一划，猪肚子就豁的一下开了，猪的内脏和大肠就哗哗地直接跌进了脚盆里。为首的屠夫把猪分完，才喝口茶歇上几口气，两个屠夫又把猪赶了过来，三个屠夫二话没说，又把猪按在猪案上一刀杀了。

　　杀完猪清掉场不久，就有人看到有一小队国军士兵正往晒谷坪走来。这些身穿崭新制服的士兵本来还有些稀稀拉拉的，显然经过长时间的步行后有些累了，然后在看到坪里的乡亲们后，就赶紧列队迈起了正步，领头的是一个军官，在军官的带领下，士兵的面貌也焕然一新，立刻就变得精神抖撇起来。不过奇怪的是，这些士兵身上背的不是枪，而是军鼓军号。天河镇的乡亲们都有些张口结舌、目瞪口呆，因为他们从来没有见过这么多的士兵，更不晓得军鼓军号了。

镇长一看，原来是贺师长带着队伍来了，就赶紧笑着迎了上去。贺师长本来还在跟乡亲们热情握手，忽然看到镇长过来了，也赶紧朝镇长这边挤过来，拉着镇长伸过来的手就喊，你这鬼地方也太难找了，我的卡车都开不进来，只好停在外面。

镇长虽然是笑着拉住贺师长的手不放，但心里却有些不高兴，因为贺师长把天河镇说成是鬼地方。镇长心想，天河镇平时与外界很少来往，就是生活在萍乡的人对天河镇大多也只是耳闻，几乎没有多少人来过，你刚来如何寻得到？

你还真是没一点卵用。镇长用很热情但也带点责怪的口气说。你还说不要来接不是？

当初贺师长跟镇长说好时，镇长说派个人到南坑来接他们，贺师长说部队就驻扎在南坑，而且他自认为对周围环境都已经熟悉得差不多了，就说他自己带着人来就是了，却没想到一直在外面转，就是找不到入口。

贺师长指着站在一旁的捕鱼人说，我人都要急死了，还好碰到了这位打鱼的老乡。

镇长担心老族长等久了会不高兴，也不想跟贺师长多说，就想拉着贺师长进祠堂去拜见老族长，但贺师长却说等军乐队表演完了再去。贺师长这样说是因为心里有气，觉得老族长架子真是太大了，晓得他到了，不出来迎接就算了，还大大咧咧地躲在祠堂里等他前去朝见。

军乐队是贺师长特地从58军军部调过来的，得到了58军军长的支持。军长本来觉得贺师长到天河镇去认祖归宗基本上是个玩笑，因为贺师长家传的族谱虽然说的是他们家族与天河镇贺氏家族有很深的渊源，但是已经过去了很多代几百年了，往事早已不可考。不过后来军长又改变了主意，甚至建议贺师长在天河镇长住，同时兼顾南坑和天河镇两个地方。为了表示对贺师长的支持，军长本来还要亲自到场祝贺的，只不过突然接到第九战区司令官薛岳的命令，临时赶到长沙开军事会议去了，这才没来成。而调军乐队来的目的，是因为贺师长是一员猛将，调军乐队前来是对他以往战功的嘉奖，又能军民同乐，显示国军是老百姓的军队，此外还可以让贺师长的认祖归宗增添欢乐的气氛，让天河镇的乡邻们也开开眼界。

所以贺师长不顾镇长的劝说，朝军乐队的指挥示意了一下，开始吧。

指挥朝军乐队的士兵喊了一声口令，正视着士兵们，列队站好了就一挥指挥棒，士兵们立刻原地踏步吹奏，然后慢慢地往前正步走，又忽左忽右地走正步，围观的百姓渐渐地都退到了晒谷坪的周围。晒谷坪空出来后，军乐队开始吹着乐曲变化起队列来。天河镇的人从来没见过这等热闹，都被吸引了过来，人自然也就越来越多，晒谷坪周围挤了个人山人海水泄不通，就连周围房子的屋檐下阁楼上，都站满了张大嘴巴看热闹的人。

然而就在这时，当当当，有清脆的钟声一下一下从高洁外婆家那边传来，不知是不是由于钟声响得突然，还是节奏有冲突，军乐队的演奏竟然发生了混乱，紧接着就连脚下的正步也发生了混乱，以致有两个士兵撞在了一起。还好钟声没有响多久就停了，当然军乐队的士兵经验也十分丰富，很快就调整了过来。贺师长知道出了差错，就不自觉地皱了一下眉头。然而贺师长的眉头还没有舒展开来，又突然听到轰的一下，只见对面有人向四周奔逃。贺师长不知道发生了什么事，就看了镇长一眼，镇长也不知发生了什么事，急忙站起来定眼一看，就见对面人群忽然往两旁闪开一条道路，紧接着就在一阵狗的狂叫中，出现了一对屁股相接的狗。这一黑一黄两条狗明显受到了惊吓，正死命想分开，以便各自逃命，但由于屁股下面死死相连无法分开，而在晒谷坪里到处乱窜拼命狂叫，把正在坪里表演的军乐队吓了一跳，士兵们担心被咬而四下逃窜，哪里还顾得上吹奏军乐？于是晒谷坪中央就只剩下那对正在交配的狗。本来吓了一跳的人们，见是狗在交配刚放下心来，却又看到军乐队如此狼狈，便又哄堂大笑起来。

这两只狗是哪里来的？原来这两只狗不像人喜欢热闹，对什么军乐表演根本不感兴趣，只是在离晒谷坪不远的地方找屎吃。当钟声敲响第一下时，远比人听觉要灵敏的狗，立马闻到了钟声里蕴含着的情欲味道，两只狗在对视了一下后便贴到了一起……本来狗的交配不关人们什么事，不料却正好被一个不太懂人事的傻子看到了。这傻子本来是在人群中看军乐表演，因为突然尿急而跑到不远的大树下去撒尿，就看到平时都是夹着尾巴的狗竟然打起架来了，心里隐隐约约觉得这两只狗正在做坏事，便从地上操起一根树枝朝两只狗拦腰打去。这两只无辜的狗受到惊吓，立刻尖叫着四处逃窜，结果从人群中挤到了晒谷坪上。

镇长觉得军乐队的表演远没有天河镇的傩舞傩戏好看，见状就拉贺师长进祠堂。贺师长本来有心让军乐队重新开始表演，但人群已经乱了，都在笑呵呵地看着两只狗交配，于是只好跟着镇长进了祠堂。在里屋见到老族长，贺师长主动上前一把握住了老族长的右手，只感觉老族长的手柔若无骨。贺师长见老族长面无表情，似乎也没有多少欢迎的意思，想到自己的满腔热情和二十支长枪，心里就有些不快，就在握老族长手的时候稍稍用了点力气，反正自己是个当兵的粗人，即使是贵为老族长也只能吃哑巴亏，哪料想有一股热量从老族长右手传来，因为感觉到有些烫，贺师长就想放开老族长的手，但两只手却好像粘在一起一样，根本松不开。来自老族长身上的热量，源源不断地往贺师长身上涌来，加上这会儿正好是酷暑季节，祠堂里非常闷热，贺师长立刻浑身冒起汗来，最后连军服都汗湿了。镇长见贺师长出了洋相就想出手相救，老族长却恰好松开了贺师长的手，还拉起贺师长走到了祖宗牌位前。领教了老族长厉害的贺师长没敢再放肆，而是听从老族长的安排，跪在了列祖列宗的牌位前面，在一阵震耳欲聋的鞭炮声中完成了认祖归宗仪式。

· 12 ·

高洁看书有点看累了,就站起来极目远眺,突然就看到有匹白马正风驰电掣般驰骋在对面的山脚下。高洁外婆家的房子建在半山腰上,经过晒谷坪和一条宽宽的道路,往下沿着时而陡峭时而平缓的山坡可以看到谷底宽广的稻田,对面的大山,以及山脚下弯曲的山路。高洁是第一次见到传说中的白马。不要说高洁在萍乡没看过,在安源也没见过,就是来天河镇这么久了都不曾看到过一次,就有些目不转睛地望着。稻田中间有几条收割稻子通牛车的小路,高洁正在猜白马会不会往这边来,就看到白马忽然一拐就近拐上了一条田间小道。也许是路中间有条水渠,只见白马突然往上一跃,然后又顺顺当当地落了下来,远远地看上去就像是在飞一样。高洁有些欣喜起来,隐隐约约地看出骑手是个少年。高洁没认真去想这个骑白马的少年会是谁,但心里却又隐约涌现出一丝期待。白马似乎很快就跑过了稻田,然后又往旁边一拐竟然很快消失在山下的树林中再看不到了。高洁看了半晌,仍然是看不到白马的影子,连马蹄声都不曾听到,便又重新坐到椅子上,虽然拿起了书,但思绪却还在奔驰的白马身上。

就在高洁还隐约有些惆怅的时候,捕鱼的人领着贺师长他们一行匆匆而来，准备经过高洁外婆家往祠堂那边去。这次捕鱼的人没兴致搭理高洁，因为他知道镇长已经等急了，说不定老族长都已经等得不耐烦了，所以捕鱼的人一路上都没怎么跟贺师长他们介绍，只顾领着贺师长一行匆匆奔祠堂那边而去。倒是贺师长手下那队国军士兵都有些好奇，因为走了十多里没有人烟的山路，加上才刚听说天河镇竟然真的是自古以来与外界老死不相往来的，就好像走过了一个长长的黑洞，忽然看到了阳光一样，顿时都有了些豁然开朗的感觉，这会儿忽然看到高洁正端坐在阁楼上读书，便纷纷抬起头来往高洁这边看，都说从来没有看到过这么漂亮的女子。

天河镇这么一个小小的山沟沟里，怎么会有这么漂亮的女孩子？

天河镇的女孩子都这么好看吗？

贺师长是个有身份的人，加上觉得这天的认祖归宗是正事，所以没有像那群士兵那样指指点点，只是朝高洁这边多看了两眼，然后回头跟捕鱼的人笑着说，家乡真是好呀，女孩子都这么漂亮。

捕鱼的人觉得贺师长真是没见过世面，就笑了笑说，怎么可能。

说完，捕鱼的人就跟贺师长介绍，阁楼上的女孩叫高洁，家住在萍乡，父母亲都是安源煤矿的高级工程师，而且都在美国留过洋读过书，高洁在美国出生，长到六七岁才回来，所以看上去要远比天河镇的女孩子洋气很多，又说高洁外婆家是天河镇的首富，如何如何有钱，高洁的外公曾长年周游列国，见过大世面，只是带回来一个妓女弄得差点进不了家门。捕鱼的人就这样一边介绍，一边继续领着贺师长他们往祠堂那边走。

有个士兵忽然敲了两下军鼓，朝高洁喊道，小姑娘，去看军乐表演呀。

没想到高洁理也不理，就有几个士兵笑话起敲军鼓的士兵来。连捕鱼的人都呵呵笑了起来，似乎也在笑话敲军鼓的士兵有些不自量力。只有贺师长没笑，不但没笑，心里还有些生气，想不通为什么高洁竟然不来看军乐表演。贺师长觉得自己来认祖归宗应该是天河镇最重要的事了，所有的人都应该来捧场才是对的。

高洁心里根本就没有认祖归宗这回事，所以根本就没想到贺师长还会暗暗地生气，也没有想到白马，包括骑白马的少年会跟自己有什么关系，所以当少年骑着白马从祠堂那边的山脚拐出来时，高洁只是有些好奇地站起来往白马那儿看。白马先是立住了，在原地打了两个响鼻，踢了几下腿，竟然踢起了一些灰尘，半响才完全落下来。高洁看到骑白马的少年正笑着往自己这边看，心里一荡，心想这是谁呀，就也好奇地盯着少年看。接着白马少年小心试探着骑了过来，随着白马越来越近，就在骑白马的少年欲开口的时候，高洁突然内心狂跳了一下，一下没忍住直接跳了起来，指着骑白马的少年大声叫道，林中雪。

话音还没有落，高洁又接着大声叫道，林中雪，是你吗？

高洁，是你吗？骑白马的少年差不多同时也脱口而出道，还赶紧直起身子朝高洁挥手。

高洁为自己一眼认出林中雪来而有些欣喜若狂，便旁若无人地哈哈笑道，原来是你呀，林中雪，我还说这个骑白马的家伙是谁呢。

高洁之所以会这么惊喜，是因为来的是她的小伙伴林中雪。原来高洁的爸爸妈妈带着高洁回到安源后，因为去到新的工作单位，有很多事情都要重新开始，加上安源矿工时不时地罢工，就把高洁送到了天河镇外婆家，在两年多的时间里高洁跟着林中雪差不多玩遍了天河镇，还跟林中雪成了最要好的伙伴。只是林中雪的妈妈因为是共产党的交通员被国军烧死，林中雪之后跟着贺叔叔上了井冈山，而高洁也离开了天河镇，回到了安源煤矿的爸爸妈妈身边。高洁来外婆家这么久了，也曾跟外婆他们打听过，却一直都没有林中雪的消息。两个人一别几年，高洁做梦也没有想到林中雪会突然降临，自然是万分惊喜。

林中雪突然见到高洁自然也是惊喜万分，也顾不上回答，就迫不及待地驱马直奔阁楼而来。晒谷坪本来就不是很大，白马跑起来的速度又快，才跑了几步就到了阁楼前，好在林中雪反应极快，一下就扯住了缰绳，极通人性的白马先立起了身子，马上又乖乖地停了下来。高洁竟然也没有想到要害怕，就发现骑在白马上的林中雪手都够得上阁楼了，所以两个人一下挨近了很多。看着林中雪还像小时候那样天真地笑，高洁竟然一下子不知说什么才好，或者忘了说什么才是，只好站在阁楼上情不自禁地傻笑起来。

你站在阁楼上干什么？林中雪也有些羞涩地笑了笑。

好多年前高洁就喜欢林中雪这带点羞涩的笑，还跟外婆形容说林中雪是只笑面老虎。

高洁有些得意起来，哈哈笑道，等你呀。

林中雪又熟悉地笑了，顺带把脸都笑红了。

高洁心里又一荡，好像是为了掩饰什么，就突然跟林中雪说，我也要骑白马。

下来呀。林中雪立刻热情地邀请道。我带你骑白马去玩。

接到邀请的高洁有些欣喜若狂，兴冲冲地转身就往楼下跑，把木楼梯踏得噔噔直响，后来在离地面还有五六级台阶的时候，就咚的一下跳了下来，把正要出门给鸡喂食的小舅妈吓了一跳。

高洁。小舅妈有些责怪地喊道。

高洁只来得及笑着回头朝小舅妈做一个鬼脸，转身就跑出了门。

你这是要去哪里哟？跟鬼打了一样。

高洁直接跑到白马边停了下来，有些犹豫起来，因为白马比高洁还要高出半个头来。

我怎么上去呀？高洁抬着头，有些着急地问林中雪道。

我拉你上来。

说着，林中雪弯下腰来拉住高洁的手，又把右脚从马镫里伸出来，又叫高洁踩着上来，高洁从来没有骑过马，努力几次都没能上去，还差点跌倒在马身上，高洁都有些急了，忍不住叫道，你下来，林中雪，你下来呀。

林中雪见高洁实在是上不来，只好赶紧从马背上跳了下来。

　　还是我扶你吧。

　　林中雪准备抬起高洁的右脚，好让高洁踩进马镫里去，但高洁却忽然不着急了，向着林中雪问道，骑马会屁股痛吗？

　　原来高洁忽然想起了第一次骑牛，那也是在天河镇，也是跟林中雪一起，当时林中雪骑在牛背上悠然自得的样子吸引了高洁，高洁禁不住诱惑爬上了牛背，当然也是在林中雪的帮助下。没想到牛竟然一路小跑，直接就把高洁屁股颠痛了，等高洁从牛背上下来时，嘴巴都咧到一边了，就连走路都有些迈不开步子。

　　不会呀。林中雪回答得好爽快，因为他从来就没有屁股痛过。

　　高洁指着林中雪道，不许骗我！

　　骗你干吗？

　　高洁就说，上次骑牛你也说不痛，结果我下来时走路都走不得了，真是痛得要死。

　　你上次是坐在牛背上。林中雪拍了拍马鞍说，牛背好硬的，这里有马鞍，好舒服的。

　　高洁并不是真的要跟林中雪算账，这会儿见林中雪说得如此诚恳，自然就更放心了，于是在林中雪的帮助下踩着马镫骑了上去。哪料想高洁刚骑上白马，这白马就突然在原地转了半个圈，把高洁吓得紧紧抓着缰绳尖叫了起来，还好没有掉下来。

林中雪虽然非常了解自己的白马，不知为什么却突然好担心高洁会掉下马来，就急忙上前牵住缰绳稳住了白马。高洁以为林中雪也会骑上来，但林中雪只是牵着白马往前走。拐过一个弯又拐过一个弯，路上碰到好几个匆匆赶去看热闹的人，都有些怪怪地看着高洁和林中雪他们俩，有人走出去好远了还会扭过头来往回看。高洁开始也没往心里去，而是继续得意洋洋地骑在马背上，后来高洁听到有人说她像个新娘子才脸红起来，再看到前面来了人，高洁就会下意识地塌下一点腰，好像这样可以躲开人们的目光似的。有时候却又会莫名其妙地乱想，若是在头上蒙一块红布，说不定就更像一个新娘子了。

两个人边说边走，高洁只觉得拐了一个弯又拐了一个弯，虽然不知道拐了多少个弯，却似乎知道走了挺远，林中雪忽然说也要骑上来，高洁就把身子往前移了移，想在马鞍后面空出位置好让林中雪上来。但马鞍本来就是设计坐一个人的，所以林中雪上马后没跟高洁挤在马鞍上，而是直接就坐到了马背上。马昂着头打了两个响鼻，又在原地转了两圈。林中雪赶紧把双手从高洁腋下伸出去牵住缰绳，这样高洁等于是坐在林中雪怀里，有了林中雪的保护，她自然是一点也不害怕了。

不过自从林中雪也骑上马，两个人却再也没有说过话了，好像之前把话都说完了。路上好安静，也没有再碰到什么人，只能听到风和马蹄的声音。就在又拐上一个弯之后，高洁忽然扭过头跟林中雪说，我今天特别开心，虽然好几年不见了，但我俩一见面，却都能喊出对方的名字。

　　我从来就没有忘记过你。林中雪忽然说道。当然叫得出了。

　　高洁想告诉林中雪说我也是，但不知为什么没有说出来，只是靠在林中雪怀里没动。

　　林中雪本来还想说些什么，可话都到了嘴巴边上，却不知为什么没有说出来。

　　林中雪由着白马自己在山路上随意地走着。高洁没有反对，似乎很享受靠在林中雪怀里的感觉。不知道这样走了多久，又似乎没有多久，林中雪忽然打马跑了起来。虽然速度很快，但高洁并不害怕，反而有些兴奋起来。白马先是在山间小道上跑了一阵，但林中雪嫌小路太窄，因为路旁的小树枝丫有时会碰到两个人的头，碰到对面来了人也不好避让，就在一个岔路口把马一带往山下跑去，一会儿白马来到了平地上。这是群山环抱着的一块小盆地，盆地里都是水田，这个季节里正长着水稻。水田中间有几条纵横交错的道路，这些长了不少青草和野花的道路有近两米宽，能通牛车和马车，便于往田里运送肥料，或者把收获的庄稼收回家。这时太阳早已高照，田里和路上都没有什么人，跑在这样的田间小路上自然是轻车熟路。高洁感觉到白马的速度越来越快，因为风明明才迎面吹来，倏地一下就又吹到了脑后，两边的树木和花草也快得跟风一样往后飞驰，高洁兴奋得不停狂叫起来。

　　快跑到对面的山脚下时，林中雪让白马放慢了步伐，一路小跑起来。林中雪本来是因为高洁的长发挡住了眼睛，这会儿却突然发现自己一直紧贴着高洁汗津津的脖子，便赶紧直起身子来。林中雪第一次清楚地感觉到自己跟高洁如此紧密地挨在一起，高洁的脖子刚刚就在林中雪的唇边，而耳边那些青青的发根这会儿也看得一清二楚。

正在兴头上的高洁立刻就感觉到了，就回头问林中雪，怎么了？

你的头发都蒙住我的眼睛了，我看不清前面的路了。

说着，林中雪右手松开缰绳，从高洁腋下缩回去拨脸上的头发。

高洁腾的一下红了脸，这才想起自己起床后没梳头发，下楼时又忘记梳了，骑在白马上这么一跑，松散的头发飞起来自然都飞到林中雪的脸上去了。紧接着高洁又发现自己完全是紧靠在了林中雪的胸膛上，似乎一瞬间就感到自己背上好烫，她觉得自己好像要汗流浃背了。高洁赶紧直起腰来，双手在脑后简单地梳了一下头发，然后从手上脱下一根红头绳把头发扎了起来。好像是为了掩饰什么，高洁忽然就说起话来。

真是太刺激了。高洁叫道。我从来就没做过这么刺激的事。

说完，也不等林中雪回答，又说道，感觉都要疯了。

林中雪却忽然有了新发现，忍了两下没忍住就跟高洁说，我发现你身上有股香味。

是吗？高洁很是惊奇。高洁很早就听人说过有些女孩子身上有香味，从书上也看到过满清康熙年间有一个异族的女人,因为身体有异香而被人称作香妃,于是高洁抬起胳膊,把鼻子贴上去闻,结果从手腕闻到胳膊再闻到腋下,都没有闻到一丝香气。高洁觉得林中雪是逗自己玩,就忍不住哈哈大笑起来,哪里有香味?明明就是"两袖馊风"。

让高洁这么一笑话,林中雪好像也不太肯定了,又不敢贴着高洁的脖子再仔细闻,只好羞涩地笑了起来。半晌,林中雪觉得不说话不太好,就没话找话地问高洁,我们还去哪里玩?

林中雪的嘴巴就在高洁的耳边,但林中雪的话高洁开始却没有听到,似乎过了好久才一点一点传到高洁耳朵里。高洁就回过头来看了林中雪一眼,发现林中雪的眼睛亮亮的,心里想说你去哪里我就去哪里,也想说你带我去哪里都可以,还想说什么呢?好像有很多话要说,却好像又都说不出来,于是高洁只是弱弱地说了一句,随便。

高洁从来没有用这种口气说话,所以说完后连高洁自己都感觉到了有些异样。还好粗心的林中雪没有听出来,自顾自地跟高洁说,那我们去湖边玩吧。

说着,林中雪一扬手里的马鞭,啪的一声,白马应声跑了起来。不知是白马跑得太快,还是高洁没反应过来,高洁没有像刚刚骑马那样兴奋,只是乖乖地靠在林中雪怀里,再就是觉得身边的树忽地一下,忽地又一下地往后闪去。在沿着山脚弯弯曲曲地跑了一段路之后,白马突然拐进了一条山路,然后盘旋着往山上跑去。快到半山腰时,白马拐进了一道峡谷才慢了下来。高洁这才看清前面有一座湖泊被群山环抱着，湖水碧绿碧绿的甚是美丽。

我从来没见过这么漂亮的湖。高洁指着前面的湖泊兴奋地叫道。

林中雪有些惊讶问，你不记得了吗？我曾经带你到这湖里洗过冷水澡呀，对了，还抓过娃娃鱼呢。

我记起来了。高洁想了一下，然后忽然叫了起来。你还使坏，让我吃了几口湖水。

其实当时是高洁水性不好，但林中雪不好跟高洁争辩，只好有些羞涩地笑了起来。

林中雪和高洁骑着白马缓步走下山道，来到湖岸边后，林中雪飞身下马，然后站在马边迎着高洁下来。

小心点。林中雪望着高洁提醒道。先抓紧马鞍再下，别急，慢一点。

高洁双手抓紧马鞍正欲下马，看到林中雪正站在马下张开双臂，竟然连招呼也没跟林中雪打，就从马镫上松开左脚，又把右腿往前一绕，从马背上直接就溜了下来，着实把在马下准备迎接的林中雪吓了一跳。还好林中雪眼疾手快，一把就将高洁抱在了怀里。林中雪本能地想抱怨高洁几句，但高洁已经很得意地"咯咯"笑了起来。林中雪的念头瞬间就烟消云散了，也跟着傻傻地笑了起来。

高洁蹦蹦跳跳地往山坡下跑去，林中雪则顺势坐在了山坡上。高洁跑到湖边蹲下来，湖水就映照出高洁的模样。高洁冲水里的自己露了一下牙齿，又吐了一下舌头，最后在做了一个鬼脸后，有些害羞地笑了。高洁回头望了一眼林中雪，发现林中雪没有注意到自己，就接连从湖里捧出几捧水，很随意地洗了几把脸，水便纷纷落入了湖中。高洁看到自己不见了，变成了波纹向四周散开去，脸上也开始凉爽起来。

极舒服。高洁回头朝林中雪这样喊，但林中雪夏日里经常来这湖里洗冷水澡，自然不觉得有什么新奇的。高洁又捧起水来喝了一口。湖面很快又恢复了镜子一样的平静，湖水十分清澈，隔老远都能看到湖底那五颜六色的鹅卵石，以及一片一片漂浮在水里的墨绿色水草。

高洁站起来，在岸边找到一块薄薄的石头，然后弯下腰用力贴着湖面将石头向湖中央扔去。就见那块石头像只鸟一样，轻轻地在湖面上踩一下就飞了起来，慢慢地飞出去好远才落向湖面，可在刚挨到湖面时，又好像被弹了一下一样飞了起来。就这样飞起来落下，落下又飞起来，如此重复飞出去四五十米之后，竟然击中了一条飞出水面看风景的鱼。就见鱼被突如其来的石头击得翻了两个跟斗跌入了湖中。高洁惊喜得哇哇叫了起来，又转过身来朝林中雪喊，林中雪，我竟然击中了一条飞起来的鱼。

林中雪也兴奋地捡起一块石头往湖面扔去，虽然也在湖面上弹了起来，但只弹了几下就一头栽进了湖里，把高洁惹得哈哈大笑起来，紧紧抓住林中雪的胳膊嚷道，林中雪，你看我多厉害呀。

林中雪自然是有些不服气，特地捡了一块顺手的石块贴着湖面扔了出去，虽然比刚才那次飞出去远了不少，却仍然不如高洁那样潇洒自如，高洁又在林中雪面前显摆起来，林中雪只好找起别的借口来。

好热,我洗个冷水澡。

说着,林中雪就一边脱衣服,一边往湖里跑去。在高洁的注视下,林中雪光着身体扑通一下跳进了湖里,高洁就忍不住笑了起来。林中雪在湖里游了一会,身体由于冷水的刺激又恢复了常态,就转过身来一边踩着水,一边大声跟岸上的高洁说,你别乱走,我游一会儿就上来。

这时从高洁外婆家那边传来一阵钟声,钟声清脆悦耳绵绵不绝。仿佛是约好了一样,刚才躲起来的太阳突然又跑了出来,直接晒到了高洁身上。高洁用手抵住额头,往四周看了看,发现湖岸上都是一丛丛的青草,没有一棵大树可以用来抵挡太阳,看到林中雪在湖里游得很轻松,好像十分惬意,顿时也来了兴趣,就大声跟林中雪说,我也想游。

林中雪本来想转身往对岸游过去,听到高洁也想下水,就决定等她,好啊,你下来吧。

但高洁又有些担心,我有点怕。

那我过来。林中雪说着,便向高洁游过去。

高洁往四周看了看,确定周围没人,就站在岸边脱起了连衣裙,接着又把花短裤也脱了下来。林中雪是第一次看到高洁赤身裸体,然而还没有来得及看得真切,高洁那还不到腰的头发,瞬间就变长了两倍,就像突然穿了件黑色的长袍,把高洁本来已经赤裸的身体遮了个严严实实,只留下白白的脸庞和赤裸的双臂。

高洁感觉到自己头发的变化,就知道有人在偷看,立刻往四周张望了一下，这才知道是林中雪，便指着林中雪大声嚷道，林中雪，不要偷看。

林中雪吓得赶紧往湖里潜去。

高洁倒没有怎么怪罪林中雪，眼见林中雪没影了，高洁的头发在瞬间又恢复了原样，她一步步小心地往湖水里走去。等走到水齐腰深的地方时，高洁就蹲进水里，看到林中雪在不远处冒出了水面，就跟林中雪挥手道，快过来，我也要游。

林中雪目视了一下高洁的位置，然后把身子潜下去，朝高洁游过来。高洁半晌没有看到林中雪浮上来，就睁大眼睛四周寻找，不知为什么高洁心里忽然就慌乱了起来，好在只是一会儿高洁突然感觉到大腿被林中雪碰到，接着见到哗哗一阵水花从水底涌出来，就见林中雪贴着高洁的身体冒了出来。

你吓到我啦。

高洁心有余悸地说，说完还有些生气地拍了林中雪一下。连高洁自己都没有想到，打完林中雪之后，自己鼻子一酸，竟然快要哭了。为了不让林中雪看到，高洁噙着眼泪，噘着嘴巴，转身就要往岸上走。

林中雪慌了神，虽然不知道高洁怎么会这样，但还是赶紧拉住高洁问，你怎么了？

你这人真坏。高洁说着，用湖水洗了一把脸，估计林中雪看不到自己要哭了，才接着说道，我到天河镇都这么久了，你一直都不来看我，自从那天晚上你跟贺叔叔他们走了后，我们这么多年都没有见过了，你不知道，我一到天河镇，就跟我外婆他们打听你的消息。

林中雪赶紧解释道，我是今天早上才知道你的消息，我是连夜从莲花回来的，听说你的消息后就来找你了，连觉都没有睡。

那天晚上你跟贺叔叔走了，为什么不跟我说一声？

林中雪说，我回来时都深夜了，在你的楼下叫了半天你都没醒，贺叔叔就把我拖走了。

高洁有些不相信，便回头看林中雪是不是说谎，却看到林中雪眼睛有些红了。

林中雪接着说，贺叔叔拖我走时，我都偷偷地哭了。

好吧。高洁装着很大方地说。我相信你，原谅你了。

我还到过萍乡几次，因为有货物要运回来，可是我不知道到哪里才能找到你。

高洁有些不相信地问，真的。

当然是真的。林中雪很肯定地答道。骗你是猪狗变的。

好吧，我相信你。

高洁说着，又开心地笑了起来。

林中雪也笑了。

两个人挨得那么近，高洁都能看到林中雪嘴唇上长了茸茸的胡须，忽然就想抚摸一下，但不知为什么她又有些不敢，于是硬生生地忍住了，把心里那只想抚摸林中雪的手硬是拉了回去。

· 13 ·

　　天河镇几乎所有的人，包括镇长在内都以为贺师长认祖归宗之后，最多只会住上几天就会返回原来的住地，毕竟如今是长沙大会战的特殊时期，贺师长肯定有比认祖归宗更重要的事情要做。或者就住在南坑去，因为南坑是58军的防区，驻有国军哨所和士兵，离天河镇也不过十多里曲折的山路，如果想来看看随时都可以来。所以那天中午在族里出钱出面接待之后，镇长看到贺师长他们没有要走的意思，镇长就指示族里那些有头有脸，或者说家里条件好的人，按老规矩分别把国军士兵热情地接到家里吃住，在酒足饭饱之余，家家都还没有忘记祖上的遗训，纷纷交代士兵，回去后千万不要与外人说起天河镇。然而谁也没想到贺师长却带着士兵驻扎了下来。原来58军早有密报，有共产党的交通线一直活跃在长沙萍乡和井冈山之间，而天河镇可能就是其中一个点。如今国共虽然合作一致抗日了，但国军对共产党的活动还是要做到心中有数，万一什么时候国共合作破裂，国军就可以先下手为强，否则也不会把贺师长私人的事搞得那么隆重，不但58军军长特批军乐队参加，还决定派一个加强排驻扎在此。只是这些小九九，贺师长放在肚子里没有说出来。由于贺师长事先没有说要派兵驻扎,这就让镇长感到有些措手不及,只得跑回祠堂去跟老族长请示。很明显老族长也无法拒绝贺师长这个要求,他在沉思默想之后交代镇长先答应下来,以后再视情况来定。镇长就有意在山下找了几栋相隔不远的老宅子,也是人们平常说的祖屋供士兵驻守,其中有一栋还是镇长自己家的老宅。之所以这样安排,镇长主要是想防止国军士兵扰民,山下的老宅子还是天河镇在平地建民居时代的房子,如今的房子按老族长的设想早都建在了山上,这样士兵和天河镇人就各住各的,不说老死不相往来吧,起码也可以做到井水不犯河水。镇长把自家的祖屋也贡献出来,本来是为了堵天河镇人的嘴巴,免得人家在背后议论,说只会把别人家的祖屋拿出来,没想到却是无心插柳,因为这些所谓的祖屋多年没有人住,眼看几年之后就要倒了,如今有国军士兵进驻,这份祖产眼见着又有了生气。要知道镇长家的祖屋风水可是极好的,天河镇很多人,甚至还包括镇长自己,都觉得镇长之所以能当上镇长,并能长年得到老族长信任,也多亏了有这祖屋的荫庇,当年要不是响应老族长房屋上山的号召,镇长是不可能丢下这祖屋不住的。

  这天早上,镇长请示完老族长从祠堂里出来,直接就往老宅这边来了。也没有什么事,镇长只是想过来看看,当然说好听点也可以说镇长是想关心一下国军士兵,看看有什么困难需要他帮助解决的。镇长在天河镇当政多年,知道什么时候应该做什么,当然这也是他当镇长的职责。天河镇的清晨空气清新,山路两旁的小树和花草都是湿漉漉的。由于没什么事，镇长这一路闲庭信步，只是刚到山下就看到老宅门前的晒谷坪上围了好些人，镇长不知道发生了什么，就加快了步伐，离人群还有几十米远，听到了有人在很认真地喊口令。是不是贺师长的部下在操练队伍？镇长这样想着，一会儿就来到了祖屋跟前。人们见是镇长，自然赶紧让开一条路来。镇长定眼一看，果然没错，正是贺师长的部下在进行每天正常的操练。

军人嘛就要有军人的样子。镇长想。军人要是天天无聊没事做，就肯定会滋扰乡里。镇长放下一点心来，觉得贺师长带兵还是有一套的。立正稍息向右看齐向前看齐步走。一队高矮不齐，身着美式装备的士兵，随着口令整齐地做着各种动作，天河镇的乡邻们哪里见过这种阵势？一个个自然是觉得十分稀奇，所以每当士兵们出早操的时候，便有些没事的人走过来看热闹，有些要去田里干农活的人碰到了，也会上前看上几眼再走。镇长却一点也不觉得稀奇。镇长怎么会觉得稀奇呢？镇长是见过世面的人，早在几年前到萍乡开会，就已经看过士兵操练了，而且场面要比这大得多。于是镇长看了几眼后便转身走出了人群，往自己的祖屋去了。

离祖屋还有二三十米，镇长就看出有些异样，看了好一会儿才看出，原来是贺师长叫士兵在祖屋那青灰色的墙上，用石灰拦腰刷了一道一米见宽的白道，门两边的白道上，又用墨汁写了"军事重地　闲人免入"四个大字，白底黑字显得格外醒目威严无比。竟然就让镇长那只能稍微抵挡些风雨，眼看就要倒掉的祖屋又重新焕发出了勃勃生机，这就让镇长心里很有些感叹。祖屋门前虽然有一名士兵持枪站岗，但镇长也没有当回事，直接就往里面走。没想到的是站岗的士兵竟然把镇长拦住了。镇长有些恼火，觉得自己是天河镇的镇长，是我同意你们驻扎的，更重要的这还是我自己的房子，是我让你们住的，怎么我自己反而不让进了呢？但士兵眼睛里根本就没有镇长，为了阻止镇长想强行进入，甚至拉动了枪栓。幸好贺师长听到屋外有人吵闹就赶紧出来，这才把镇长让进了屋里。

你这真是和尚赶起庙老公子走啊？镇长铁青着脸，半真半假地跟贺师长说笑道。

贺师长就跟镇长解释道，这是军事重地，不能随便进的，所以一定要请你理解一下。

卵。

镇长说着，露出一副很鄙视的神气，意思是你这军事重地，在我眼睛里什么都不是。

贺师长就呵呵笑了起来，这士兵也是按规定，如果他随便放人进来是要被关禁闭的。

你不要以为我不晓得什么是军事重地。镇长仍是沉着脸说。我跟你说，这房子还是我的房子，只不过是借你住几天，怎么就成了军事重地了？他×的，我回自己屋里都不行了，你要再在我面前摆谱，信不信我现在就把房子收回？

贺师长晓得跟镇长这种人一时半会儿也讲不清楚，就打了几句哈哈，没再接镇长的话，而是带着镇长一间一间地参观起来，边参观边介绍，这是我住的房间，也是我的办公室，你看墙上还挂了作战地图，我要随时掌握军事动态啊，日本鬼子说不定哪天就打进天河镇了。

镇长觉得贺师长是故意要吓唬自己，就又有些鄙视地往下拉了拉嘴唇。

贺师长也没在意，仍拉着镇长往下走，又介绍说，这是士兵住的房间，房间有些小啊，但还是挤了四个人。又继续边走边介绍道，这间是会议室，有事时开个会，平时就用来让士兵读个书什么的。镇长看到自家破旧的祖屋，竟然让士兵们收拾得如此干净，这才开心起来。

不过让镇长没想到的是，当看到厨房时，竟然看到了高洁的小舅妈。

你怎么在这里？镇长有些惊奇地招呼道。

小舅妈也没想到会碰到镇长，但还是笑着解释道，来送些蔬菜。

正在忙的年轻厨师见状，就主动跟镇长解释道，我们这支队伍驻扎在天河镇，有四十几号人，每天都得吃饭吃菜呀，米可以一次多买些，菜就得临时买，因为天气热，留不得，她就每天送些家里种的新鲜蔬菜来，真是帮了我们一个大忙，免得我们临时去买了。

镇长就"哦"了一声。镇长是个聪明人，当然明白这是贺师长为了在天河镇驻扎而搞的亲民动作，目的是要拉拢人心。要晓得高洁的大舅舅可是天河镇的首富，也是个在天河镇说话有用的人啊。不过镇长还想提醒一下贺师长，还是少招惹高洁外公家才好，但不晓得为什么，话都到嘴边又咽了回去。

　　厨师哪里晓得镇长的心思，也不回避，当着小舅妈的面就夸了起来，本来她只是来送蔬菜，收了钱就可以走，但她看到厨房里忙不过来了，就主动留下来帮着做些事，我这里正还需要一个人手，她又这么勤快，就正好请她来帮帮忙了。

　　我没做什么。小舅妈赶紧红着脸说。

　　说着，又接着解释道，我只是打打下手，抹个桌子洗个菜什么的，也没有太多时间，屋里有三餐饭要做呢。

　　看到小舅妈有些羞涩的样子，贺师长很满意，就发自内心地称赞道，天河镇的老百姓真是好啊，不是我要当你的面，故意讲天河镇的好话，我这几年因为打日本鬼子，天南地北去过好多地方，还真是没看到过这么好的老百姓。

　　那都是老族长教育得好。镇长不敢居功自傲，就谦虚地说道。

　　说着，镇长又叮嘱高洁小舅妈道，你以后送完了菜就回去。

　　说着，回头看着贺师长问道，你这里是什么来着？哦，军事重地？

　　贺师长不晓得镇长是什么意思，但还是点了点头。

　　军事重地晓得吗？

　　镇长虽然是在问高洁小舅妈，却没等高洁小舅妈回答，就又有些严肃地叮嘱道，军事重地也不是随便什么人都可以进的，我刚才就差点被警卫枪杀掉了，多亏了贺师长及时跑出来，所以啊，你以后少来些。

贺师长是个军人，虽然不乏粗中有细，但整体上还是属于那种直来直去的性格，不知怎么就不喜欢镇长这种说话的方式。如果是在别的地方，说不定贺师长就把镇长轰走了，但如今是在天河镇，镇长是天河镇的父母官，而自己的部队又刚刚驻扎，也不太敢多生是非，就拉着镇长出了厨房，带到自己屋里喝茶。

镇长前来国军驻地看望，最多也只是想表示一下对国军的关心，没想到却取回了真经。别看镇长只是到国军驻地打了一个转，看了一眼士兵操练，跟站岗的士兵稍微吵了一架，跟贺师长聊了一会儿天，却立刻就有了巨大收获，天河镇虽然千多年没有经历过战火，但觉悟上并不低，思想上更与政府保持高度一致，当即决定在天河镇成立抗日义勇队，平时进行军事化训练。镇长告诉贺师长，成立抗日义勇队，就是要让贺师长认祖归宗时支持的二十支枪能充分发挥作用，确保能保卫自己的家园和保卫老族长，而且一旦有需要还能拉出去抗击日本鬼子的侵略。为了保持训练的质量，确保战时确实能打仗，镇长要求像国军士兵一样进行军事化管理，为此还要贺师长支持两个技艺高超的士兵负责严格训练。贺师长虽然觉得完全没必要，但考虑到军民关系，最后还是表示了支持。贺师长说，你要几个我就给你几个。贺师长的大力支持让镇长热血沸腾起来，回来之后，立即组织了二十个热血青年天天扛着枪，在祠堂面前的晒谷坪里操练。

不过，夏日里的训练非常苦。天河镇的夏季酷热难挨，平时不要讲在烈日下进行操练，就是站几分钟都受不了，义勇队队员们每天还是扛着枪，笔直地站在晒谷坪里挥汗如雨，身上的衣服是湿了干、干了又湿，几乎每天都可以从衣服上弄下几斤臭烘烘的盐来，才几天队员个个就晒得跟猴子一样黑。等新鲜劲一过，开始还觉得好玩的义勇队队员们就没了激情，都觉得这是不干正事，加上每个人都是家里的顶梁柱，家里都有很多事情要做，如今倒好每天却做这些没有用的事，自然就招来了不少怨言。镇长开始还用保家卫国匹夫有责的道理教育队员，但天河镇千百年来远离战争，贺师长带兵来天河镇驻扎，还是乡亲们第一次看到军队，更何况日本鬼子还没有见到一点影子，这就让镇长的宣传显得很是苍白无力。更关键的是，老族长对此也没有明确表示支持。得不到老族长的肯定，镇长就晓得这事做得没有意义，便解散了这支才成立几天的抗日义勇队。

不过镇长仍觉得成立抗日义勇队的想法是好的，只是有点脱离天河镇的实际状况，于是在经过几天深思熟虑后，他又提出了一个更加成熟更有意义的活动，就是在天河镇开展"我为老族长站一天岗"的活动，目的是为了提高天河镇的凝聚力和向心力，把所有天河镇的人都团结在老族长周围。镇长开始还只是想跟组织抗日义勇队一样，组织二十个青壮年参加，但他很快就不得不推翻了这个想法，因为这个建议一提出来，立即得到了天河镇人百分之百的赞同。当然，说天河镇人百分之百的赞同，应该是有点水分，但这是镇长跟老族长汇报时亲口说的，因为镇长知道，如果不这样说，老族长很可能就会不高兴，甚至可能不会同意搞这个活动。

虽然开展这个活动，完全可以说是镇长一个人的决定，但镇长的工作方式是在拍板之前喜欢找人商量，或者说进行调研，待形成统一意见后再实施。镇长觉得这样就可以把自己一个人的想法变成大家的想法，有利于凝聚人心，取得最佳效果，所以在正式推动之前，镇长先找来几个在族里德高望重的人开会，又到每家每户征询意见，或者说做了动员，结果没想到那些家长们都觉得这个活动意义重大，一定要全民参与。虽然乡邻们的态度积极，但镇长还是有些担心，觉得所有家庭都参与不可能，而且也没这个必要，但那些家里没有男丁的家庭，强烈要求女子也可以站岗，古代有花木兰替父亲参军，如今就可以有女子替父亲站岗。没有青壮年的家庭，则坚决要求由老年人代替，甚至有些残疾人还没有开口，就先痛哭流涕起来，声称谁都不能剥夺他为老族长站岗和保卫老族长的权利，把镇长感动得热泪盈眶。

　　镇长说，多么高的觉悟啊。

　　镇长说，多么可爱的乡亲啊。

　　镇长又说，这就是我们天河镇千百年不倒之所在，源远流长之所在。

　　如果没有天河镇老百姓如此的热情，如果不是被天河镇老百姓的热情所感染，镇长完全可能不会想到要亲自去高洁外婆家做动员，最多派个族里德高望重的长者出下面，行就行，不行就拉倒，反正多一个高洁外婆家不多、少一个也不少。只是因为镇长平常做事是个力求完美的人，始终相信工作无死角，不忍心丢下任何一个乡邻，何况在高洁外公回来定居之前，镇长跟高洁的大舅舅来往比较密切，因为高洁的大舅舅是天河镇首富，在天河镇也是个有头有脸的人物，镇长深知只有两个人紧密合作才能把事情做得完美，当然这也跟高洁大舅舅会眼眨眉毛摇有关。会"眼眨眉毛摇"是天河镇方言，意思是说高洁大舅舅是个会来事的人，知道看人脸色行事。只不过在高洁外公带了个妓女回家后，这两个来往比较密切的人才有些貌合神离起来，说大点是镇长为了维护老族长的地位和权威，说小点是镇长要避嫌，不想让老族长产生误会。但这毕竟是镇长心里一块疤，始终想找个什么机会把两个的关系修正一下。还有一个原因就是，镇长觉得外公是天河镇最大的不安定因素，如果经过努力能与外公交上朋友，就等于解决了一颗随时可能引爆的定时炸弹。这就是镇长为什么明知高洁外公跟老族长不和，还要亲自去高洁外婆家做动员的真实原因。

当然镇长也不是个鲁莽之人。因为去高洁外婆家肯定会碰到高洁外公，所以为了稳妥起见，镇长还特地带上了两个德高望重的长者，据说他俩都是高洁外公小时候就玩得比较好的伙伴，而且如今仍然有些来往，迎面碰到也都会停下脚来说上几句，比如问个好问声吃了饭没有，不像其他人，见了高洁外公不是拐弯就是视而不见不理不睬。用了这么多心思，考虑得这么周全，镇长觉得自己完全是一片冰心，理应受到高洁外公的热情相迎。

当镇长带着两个德高望重的老人进门时，正好碰到高洁外公在厅屋里指导高洁练习书法，而高洁的大舅舅和大舅妈、小舅妈还在田里劳作没回来。跟外婆家其他人相比，高洁见到外公的时候虽然要少很多，没想到熟悉起来后，却跟外公最是投缘，两个人经常坐在一起高谈阔论说古论今，有时候还会指点一下江山，或者粪土一下以前的万户侯。外公那些离经叛道的人生经历，那些惊世骇俗的说法，在天河镇人看来可能完全是胡说八道，却不知为什么，跟读了些书，又处在青春叛逆期里的高洁的脑袋一拍即合，因而高洁深得外公喜欢。这天祖孙两人正好在厅屋里写字聊天，就见镇长面带着笑容从外面走进来。虽然对镇长的来访很是意外，但外公也是生性好客之人，自然就赶紧站起身来，热情客气地招呼镇长落座。高洁也不用外公交代，就赶紧放下手里的毛笔，起身给镇长他们端来凉茶。在太阳下走了半天路，这会儿喝上一杯凉茶就非常惬意。镇长本来是计划跟大舅舅当面说的，但外公跟高洁这样一客气，就让镇长放松了警惕，加上镇长一向自视甚高，觉得自己能放下架子亲自来看望外公，完全是对外公一家的抬举，所以当外公问起镇长这次亲自登门有何贵干时，他就没能管住自己的嘴巴，简单几下就把来意说了个大概。可镇长还没把来意说完，外公的脸色就阴了下来。

你这是扯卵蛋。外公指着镇长毫不客气地说。有这些时间，还不如喊人们去做些正事。

镇长在天河镇当政这么多年，什么世面没见过？什么角色又没有碰到过？这会儿让高洁外公当面这么一冲撞，顿时血就往脑袋上冲，如果没有两个德高望重的族人和高洁在场，镇长还会好受些。但镇长又绝非一般人，尽管颜面尽失，却还是不想跟外公一般见识，还想努力说服外公。

老人家，你听清楚哦。

镇长担心外公年纪大了耳朵会有些背，就把身子往前靠了一步，声音提高八度说道。

你放心。高洁外公拦住镇长笑着说道。我还不老，不但耳朵不聋，眼睛不花，心里更是明白得很。

镇长没有把身子缩回来，而是很严肃地接着跟高洁外公说，既然这样，那么老人家，你也是走南闯北经历了风雨的人，千万要晓得你如今是在天河镇啊，记得不要乱讲事呀，晓得不？我跟你儿子是好兄弟，不会跟你计较，如果让别人听了去，还以为你有精神病呢。

镇长觉得自己说话已经是很客气了，但明眼人都知道这是话里有话，两个跟着过来的族人知道高洁外公火爆的脾气，便赶紧站起身来做和事佬，但为时已晚，高洁外公心里的火已经噼里啪啦烧了起来，毫不客气地指着镇长的鼻子说道，我跟你讲，你少跟我来这套，如果不是看到你远来是客，现在就从我家里滚出去。

两个德高望重的族人见高洁外公说话开始难听起来，就开始喊高洁外公，兄弟，话不要这么讲哦，镇长确实是好心，千万不要误会了。

镇长虽然脸涨得通红，但还是觉得外公有点搞不清道理，分不清是非，又想外公肯定是因为上次被拦，还怀恨在心，就好心好意跟他解释道，老人家，你不要这么大的火，我话都没讲完哪，我跟你讲，我们这次活动是为老族长站岗，是为了更好地保护老族长，又不是为了别人。

镇长还没讲完，高洁就忍不住笑起来，指着镇长他们说，你们极搞笑。

高洁外公也不耐烦地说，你不要在我面前提你那老族长，提到他我就烦人。

说着，看到镇长他们还想说什么，高洁外公就朝他们挥了挥手，接着说道，算了算了，我也懒得跟你们浪费口水，你们回去吧，不要打扰我外孙女写毛笔字。

镇长哪里受过这等污辱？当即气得一句话也说不出来，只好腾地一下站起来拂袖而去。

走了半晌，镇长才气呼呼地回头跟那两个德高望重的族人说，真没想到他如此大逆不道。

真是无礼。

我看不只是无礼，还更是无知哦。

那两个德高望重的族人都有些生气地附和镇长道。

虽然在高洁外公家碰得灰头土脸，但镇长觉得自己问心无愧，仍旧到祠堂跟老族长做了汇报。老族长认真听完了汇报后，高度肯定了这次活动的重大意义和凝聚人心的作用，但也反对全民参与，尤其是反对残疾人和家里没有男丁的人参与，因为残疾人站岗只是形式，而妇女参与也多有不便，如果真有什么情况发生，残疾人和妇女根本就无法对付。

镇长不晓得老族长是讲客气还是真批评，就解释道，真的是他们热情很高，说如今是平等社会，不能剥夺他们保护你的权利，不让他们参加就是歧视他们，老族长啊，这责任可大了，我可担不起哦。

老族长脸色好了点，说，你们的心思我领了，但做工作就是要少一点形式主义，多一点实际内容，你讲一下，一个走路都走不稳的拐子，一个怀了孕的女人，都拿着枪站岗，像什么样子啊，要是传了下去，子孙后代会怎么说我？

镇长赶紧诺诺起来，不知说什么才好。

我看这样吧。老族长并没有继续批评下去，而是接着说道。还是坚持自愿的原则，鼓励家里男丁比较多的青壮年参与，但是那些家里条件比较好的，男丁比较多的，对他们提点要求，要求他们要起好带头作用。

于是根据老族长的意见，镇长又组织讨论，最后形成了统一的意见，就是符合条件的人家出一名男丁，造好花名册，然后分上午下午，上半夜下半夜四个时间段，轮流到祠堂门口的台阶上为老族长站岗。镇长义不容辞地站了第一班岗。尽管镇长想做什么事除了老族长外，在整个天河镇没有人敢跟他争，但镇长还是站在祠堂面前，面对着全族人理直气壮地发表了一次演说。

老族长就是我的再生父母。镇长摸着胸口大声说道。没有老族长就没有我，就没有我个人的一切，所以我必须要站第一班岗，你们谁也不要跟我争，谁要是跟我争，我就×他的娘，因为我是镇长，我有这权力，你们可以骂我以权谋私，在为老族长站岗这件事上，我就是要以权谋私。

说着，镇长眼睛里忽然都噙满了泪水，有心再说几句，不知为什么却再也说不了了。

· 14 ·

高洁大舅妈远远地在路上碰到镇长，本来想拐弯抄近路回家的大舅妈，就迎上去笑容满面地打招呼，但镇长故意跟别人讲事竟然没有搭理，完全把大舅妈当空气视而不见，好在高洁外公那两个小时候的伙伴有些念旧情，都跟大舅妈笑了笑，或者点了点头，虽然没说话，却也化解了大舅妈几分难堪。没道理啊。大舅妈实在是有些想不通，因为镇长向来对自家男人都会高看几眼，有重大的事都会主动到屋里来跟自家男人商量商量，看看如何办才最为妥当，即使在高洁外公回家的事上讲过几句口，但好像都没有太往心里去。大舅妈一边往家里走一边在肚子里嘀咕，然而都快走到屋门口了却还是没想清楚，碰到高洁表弟提着饭桶跑出来，大舅妈知道这是给高洁外婆送饭。自从高洁外婆离家住到水磨房之后，吃饭就是用饭桶送过去，吃完后家里人再去把饭桶拿回来。送饭家里人都送过，但高洁表弟还是送得多些。这会儿大舅妈自然地把心思从高洁表弟转到了高洁身上，觉得高洁有些懒，连给外婆去送下饭这么简单的事都不想做。虽然大舅妈也知道高洁是送过饭的，但心里却又觉得高洁应该多做些，因为高洁是姐姐是大，大就要有大的样子，大就要抢着去做些事，而不是跟如今这样看到什么事都往后面躲，何况高洁表弟还要去山里砍柴砍茅草。这样想着，大舅妈不由得又有些责怪起高洁的爸爸妈妈来，都是他们把高洁娇生惯养，特别是高洁的爸爸更过分，让人看都看不下去。高洁是个女孩子，女孩子长大了都是要嫁人的，嫁出去的女泼出去的水，花费这么多心思划不来，更要不得的是高洁这么懒，嫁人后肯定会被婆家讨厌死的。想到以后高洁命会这么苦，大舅妈就叹了口气，觉得都是高洁爸爸妈妈害了高洁。

吃晚饭的时候，大舅舅忽然就说到了站岗的事，因为族里有很多人都在传都在争取。大舅舅还有点奇怪，家里怎么就没有接到正式通知。大舅舅话还没有说完，高洁就忍不住扑哧一下笑了起来，也不用人问就有声有色地说起了镇长当时的狼狈样子，时不时地还不忘哈哈大笑几声，把大舅舅、大舅妈和小舅妈听得是面面相觑，甚至紧接着还有点胆战心惊起来。

大舅妈望着大舅舅说，难怪我在路上碰到镇长，跟他打招呼，他理都不理哦。

大舅舅望着高洁，一脸不相信地问道，真的还是假的？

大舅舅真是觉得不可能，所以会盯着高洁问。

高洁不习惯大舅舅突然那么严肃，而且觉得没有必要，就有些生气地说，当然是真的。

说完，又接着强调道，又不是部队里，站什么岗？你们不觉得好笑吗？

这就不得了了。

大舅舅说着，觉得大事有些不妙，顿时慌了神。

你看看你这样子。外公有些鄙视地跟大舅舅说。卵大点的事，就吓成这个样子。

大舅舅就吼了起来，你不晓得就不要乱讲事好不好？

我怎么乱讲事了？外公还很不服气，就也提高声音反问道。

大舅舅仍然冲着外公大声吼道，你看你年纪都一大把了，还跟小孩子一样，整天不是反这个就是骂那个，你就不能收点性子？说实话，我真是不理解你，怎么会什么事都看不惯？不是怀疑这个就是仇恨那个，不是把别人弄得不开心，就是把自己弄得这么苦，你这是何必呢？

外公忽然就不说话了，好像是被大舅舅的话踩到痛脚趾了。

小舅妈见两个人吵了起来，急得满脸通红，求救似的一会儿看这个，一会儿又看那个。外公带回来的女人见状，知道外公如果反击肯定会很激烈，就赶紧要外公少说两句，因为都是一家人，实在是没必要为这些事伤感情。

大舅舅见状，就强压着火气跟外公接着说道，我晓得你无所谓，一不满意了一拍屁股就可以走人，甚至一去几年都可以不打照面，就好像从来没有我们这家人一样，但我们这家人还得在天河镇生活啊，你的儿子媳妇，还有你的孙子没地方去啊，你婆娘可以不要，儿子媳妇可以不要，你的孙子要不要？我晓得你都可以不要，但我们只有在天河镇生活呀，你真不晓得天河镇是老族长的天下吗？

高洁觉得外公眼睛都红了，忍不住打抱不平道，外公本来就没错啊。

大人的事，小孩子不要插嘴。大舅妈忽然说高洁道。

得罪了镇长，让大舅妈心里很恼火，但外公是她的公公，不到撕下脸皮的时候也不好插嘴，高洁就不同了，小孩子一个，什么事都不懂，却还想站出来主持公道，如果不是考虑到高洁的爸爸妈妈，不是想到高洁远来是客，那大舅妈的话还会更难听些。

高洁从小就喜欢发表自己的看法，这得益于家里宽松的环境，高洁的爸爸妈妈也非常鼓励高洁独立思考，有时候高洁的想法还很幼稚，但只要自圆其说，爸爸妈妈都很鼓励。来到外婆家，换了一个新环境，高洁本能地掩饰了一些自己的性子，但这并不等于高洁没有观点和态度，而且明眼人都看得出来，家里就大舅妈霸道一些，好像什么事都要听她的，这会儿看到一家人都指责外公，她就忍不住冲着大舅妈来了。

什么大人小孩呀？高洁说着，朝大舅妈翻了一下白眼。大人就不会错吗？小孩就没有权利说话吗？世上哪有这个道理。

外婆一家人从来都是把高洁当小孩看，都没有领略高洁嘴巴的厉害，高洁一上来就是这么多问题，而且还都不好反驳，因为大人当然会犯错，小孩当然有说话的权利，一下子没反应过来，就只得由着高洁放肆了。

高洁没有好声气地接着说道，外公根本就没错啊，一个小山沟沟里，又不是什么军事重地，站什么岗啊？再说谁会去杀一个小老头啊，想想真是可笑得很，我看有这心思还不如去看几本书，或者看牛打架呢。

大舅妈本来就觉得高洁没礼貌，如果是在平常，最多也只会说一句都是高洁爸爸妈妈惯的，才会使高洁这样没大没小，但这会儿高洁当着这么多家人的面公然冲着自己来，更关键的是高洁竟然敢如此犯上，说老族长是一个小老头，这还得了？

高洁。大舅妈摆出了一副跟人吵架的架势。你怎么这么没大没小？你爸爸妈妈号称读了那么多书，都读到牛×眼里去了吗？怎么就没有把你教得懂礼貌些？你要是我的女儿，我跟你讲，早就一巴子扇死你不可。

高洁觉得受到了极大的污辱，因为从来没有人这样说过高洁，就是大舅妈以前也没有，更让高洁接受不了的是，大舅妈竟然骂了她的爸爸妈妈，顿时就哭了起来，站起来就说要回家，再也不想在天河镇待了，吓得小舅妈和外公带回来的女人赶紧站起来拉住高洁。

外公拉住高洁的手大声说道，别听她的，这是你外公的家，你想住多久就住多久。

大舅妈见高洁哭着要回家，也觉得自己说得有些过头，就识趣地没再说话。

大舅舅见家里乱成了一锅粥，就气得腾的一声站起身来，迈脚就往外走，临出门时丢下一句给外公，站岗是我的事，你别管。

外公又火了，指着大舅舅的背影骂道，我家的子孙就没你这样的人，没骨气的家伙。

外公真是想不通，一个七尺男儿，竟然连高洁这么一个小女孩都不如。

由于火燥，大舅舅出门时也没有想好要到哪里去。山里天黑得早，家家户户这时候都已经亮起了马灯，能听到有人在骂自己的孩子。大舅舅似乎也没有多想，走着走着，到了一户人家跟前抬头一看，认出是镇长家里，依稀之间可以看到镇长正好在桌子上喝酒，大舅舅迟疑了一下，还是走了进去。

怎么还在吃饭哦？大舅舅有点明知故问。天都黑了。

镇长坐着没有搭话。

镇长老婆却赶紧站起来招呼，吃了饭了吗？

我是吃了哦。大舅舅故作轻松地笑了，说着自己在桌子边找了张凳子坐了下来。

这么早？镇长老婆有些不相信，又继续招呼大舅舅上桌。吃了饭也喝杯酒。

大舅舅当然坚辞不肯，说出来的理由是天河镇的老规矩，父母在世不能饭后喝酒，不然是对父母最大的不敬，就是不孝。镇长老婆当然也晓得，自然就不好再劝，而是给大舅舅端了杯茶上来，然后跟镇长说，你快点喝完啊，都来客了。

镇长仍然没什么表示，大舅舅就赶紧说，没事没事，镇长你慢点喝。

镇长往嘴巴里倒了一口酒，然后用筷子指着大舅舅说，我晓得你是无事不登三宝殿。

大舅舅就只好给镇长道起歉来，但镇长并不把大舅舅的道歉当回事，依然有些气急败坏地当着大舅舅的面骂起外公来，我晓得你来是什么意思，但我要跟你讲啊，你家老头子真是白白长了几十岁呀，书都读到牛×眼里去了？吃了几十年的饭了，难道是吃了几十年的屎啊？我跟你讲，我长这么大，还没见过这样是非不分，好歹不分的人了。

　　大舅舅晓得镇长是怎样一个人，平时虽然有些牙黄口臭，但也像狗一样是看人去的，所谓狗眼看人低，以前见了外婆一家，总是会高看几眼的，这会儿如此不顾体面，不顾身份地开口就骂人，可见真是快要被高洁外公气死了。大舅舅只得比平时更压低自己的身段，在镇长面前尽量做矮子人，请求镇长一定要看在多年的交情上，让他也去给老族长站岗放哨。但镇长却得理不饶人，大舅舅没有办法，又只好把自己不当人，拼命往自己身上泼了不少屎，小心又小心地赔了许多不是。镇长老婆在一旁见大舅舅眼睛都红了，就觉得老公做得太过分，杀人也不过头点地，做人是不可以这样不给人家面子的。可镇长还是不松口，镇长老婆见状就说他道，老族长是整个天河镇的老族长啊，又不是你一个人的，你这样霸着做什么？我看人家有这个心，你就不要这样为难人家啦。

　　镇长听老婆这样说，这才意识到自己是有点过了，就又跟大舅舅解释道，我还不是真的要为难你，老弟，确实是你家老头子做得太过分了，不把我当人看都算了，我是晚辈，我不跟他计较，但他这样骂老族长，可是要遭天打雷劈的呀。

　　我在屋里已经骂了他。大舅舅说着，还有些怕镇长和镇长老婆不相信，就又接着说道，我真的是骂了他不是人，讲他不可以这样对待老族长，你不信可以去我屋里问，我真是骂得他心服口服。

父亲是父亲，儿子是儿子。镇长老婆也说。

好吧。镇长想想也是，便松了口。我就给你一个面子，只是你要把家里安顿好，不要我好心答应你去站岗，你老头子又跑来骂人，骂我倒是不要紧，虽然我是个镇长，但毕竟我是个晚辈，跟你又是兄弟，但要是又骂老族长，引起了公愤，就不好收场了。

大舅舅赶紧站起来表示万分感谢，感谢镇长给了他为老族长站岗的机会，有机会一定会报答，所谓滴水之恩当涌泉相报。

虽然要好多天才会轮上一次，但时间似乎还没过多久，大舅舅就轮上了两次。为了保证公正，或者镇长的权威，轮到那个人站岗，都是镇长临时通知。不知是镇长心里还有气，故意如此安排，还是大舅舅自己运气不好，结果两次都轮到大舅舅站下半夜，因而两次都是夜深人静，人们都进入了梦乡的时候才出门。因为晓得下半夜会没得觉睡，上半夜一定要睡好睡足打好底子，所以大舅舅每次都是天黑不久就爬上了床。为了不影响大舅舅睡觉，大舅妈严厉禁止表弟吵闹，不然就是"打"字当头，甚至连高洁和小舅妈大声说几句话都不行。但由于是为老族长扛枪站岗，大舅舅深知这荣誉来之不易，感觉责任特别重大，再加上平时根本就没有早睡的习惯，虽然早早地躺在了床上，却又辗转反侧，怎么努力都睡不着。等好不容易闭上了眼睛，却又到了必须出门的时间，大舅舅只得赶紧挣扎起来，先是用冷水洗把脸，之后才打着哈欠出门。

第一次在下半夜，出门没有经验，大舅舅明明想到了天可能会有点凉意，因为到了下半夜要盖层薄被子，但想到这天白天，天河镇热得人人像热锅上的蚂蚁，大舅舅便只是披了件厚点的夹衣。没想到这天河镇的夜晚就像在水里洗过一样出奇地凉，就连从月亮里流出来的光，也都是阴凉阴凉地透着寒气。远处山坡上时不时地有鬼火闪烁，似乎还在往祠堂这边慢慢飘过来。大舅舅就把眼睛闭上，再睁开后，却发现近处蓬蓬松松的草地里，以及肩挨肩站着的树影背后，时不时地会传来令人生疑的动静，更让人讨厌的是那些打不到又赶不走的蚊子，结果还没有站到一个时辰，大舅舅就被咬了一身的包，痒得大舅舅在心里直×别人的娘。不晓得是因为冷，还是由于害怕，大舅舅竟然抖了好几个时辰，一直抖到天亮别人来接班。下岗后大舅舅先是睡了整整一天，起床后又好好洗了一个滚水澡，之后才一边流着清鼻涕，一边与那些已经站过岗的乡邻交换心得、探讨体会，吸取一下别人的经验教训。

这样到了第二次夜里站岗，大舅舅就有经验了，早早地就做好了充分的准备，从这天清早起床时起就开始百事不管，田里的劳作和菜地里的浇水都丢给大舅妈、小舅妈，灶里没柴烧火煮饭了就丢给高洁表弟，表弟跟邻居家孩子打架了随他们去，女人之间拌嘴吵架了也是眼不见为净，除非祖公老子死了和婆娘偷人不管不行外，什么事也别想让大舅舅伤一下神和操一下心。太阳照到了中午，根本就没有午睡习惯的大舅舅，竟然也开始睡起了午觉。晚饭时大舅妈杀了一只正值壮年的叫公鸡，临出门时大舅舅又吃了大舅妈临时煮的两个鸡蛋，这样吃饱睡足了，大舅舅这才穿着棉袄精神抖擞地出了门。

可人算不如天算。大舅舅这天什么都算到了，就是没算到天竟突然下起了瓢泼大雨。祠堂门口是没有屋檐的，所有站岗的人都必须站在祠堂门外。结果还没过多久，大舅舅就从头到脚被浇了个透心凉。平日里在田间劳作惯了的大舅舅，一开始还真没把这场雨放在眼里，哪年不会让暴雨淋湿几次呢？大舅舅虽然有心回家去拿一下蓑衣，却又怕有坏人趁他回家的工夫，闯进祠堂把老族长害了。什么都是只怕万一啊。大舅舅想到这里，就不自觉地把枪端在了胸前，自己可不能成了天河镇的千古罪人。大舅舅望着祠堂里忽明忽暗的油灯，也想过进祠堂去躲一下雨，但站岗就是站岗，站岗时既不能进祠堂一步，更不能远离祠堂一步。这是镇长再三强调的铁的纪律。于是责任感极强的大舅舅，就只好寸步不离地站在祠堂门外，第一次在晚间领略到了天河镇的暴风雨。

大舅舅发现天河镇的暴风雨是铺天盖地而来的，而且还夹杂着许多不知名的小动物，以及草木扭曲后发出的惊恐尖叫。为了驱赶走渐渐侵入心里的恐惧，大舅舅开始在心里默默地祈祷，老族长保佑、老族长保佑、老族长保佑。镇长曾经大声训斥那些冥顽不化的乡邻，告诫他们在站岗的时候，心里一定要想着老族长。镇长说如果你们心里有老族长太阳般闪闪发光的形象,就不会感到冷,而且也不会害怕了。但大舅舅早在第一天夜里就试过了,根本就没有那么神奇的效果。在这样的夜里站岗,什么都可能会想到,却很少能持之以恒地只想着老族长。这个念头刚出现在大舅舅的心里就不再离去,吓得大舅舅以为是自己心不诚。于是大舅舅就像在傩神老爷面前求傩神老爷保佑那样,开始在心里一直不停地念:老族长保佑、老族长保佑、老族长保佑。但老族长就好像是一簇细细的火苗,如果这暴风雨能直接吹到心里来,那肯定只需要一把微微的风,就可以把老族长给吹灭了。这个发现让大舅舅更是惊恐万分直冒冷汗,根本就分不清楚从头顶上流下来的是雨水,还是自己冒出来的冷汗。大舅舅不得不像打开声梦讲那样高声诵读:老族长保佑、老族长保佑、老族长保佑。大舅舅就这样一直开声诵读,直到镇长老婆提着松油灯送来蓑衣。

镇长老婆突然出现,吓了大舅舅一跳,立刻惊魂未定地叫了起来,哎呀呀,哎呀呀。

镇长老婆就笑了一下,但笑声立刻沉入了风雨之中。

我是来送蓑衣给你的。镇长老婆走近来大声喊道。落这么大的雨,这天老爷。

听到镇长老婆的来意,大舅舅不晓得怎么办才好,只是连连推辞道,这怎么受得起嘛?

镇长老婆一边高低要大舅舅把蓑衣披上,一边说,下这么大的雨,人都会生病的。

说着,见大舅舅有些不好意思,就解释说,邻居之间帮一下忙有什么？

可是大舅舅还是想推辞，镇长老婆就有些火了，你这个人怎么这么死板？一件蓑衣啊，再说我拿都拿来了，难道还要我拿回去不是？

大舅舅见状觉得实在是不好不给镇长老婆面子，只得从她手里接过蓑衣，直接就往身上披。镇长老婆眼看大舅舅披歪了，就伸手过来帮忙，大舅舅赶紧声明自己会，完全可以不要她帮忙，一边说着一边赶紧把蓑衣系好了。镇长老婆本来还有些想陪大舅舅讲会儿事，因为她就是回去了也没有什么事情好做，与其回去了躺在床上不敢睡，还不如寻个人来打一会儿讲，正好可以打发这漫漫长夜。

但大舅舅却高低把她送走了。

真是不麻烦你了，你还是快点回去睡觉吧。

大舅舅嘴巴上这样说，心里却在想千万别让镇长和邻居看到了，不然孤男寡女深更半夜在一起会讲不清楚。等好不容易送走了镇长老婆，大舅舅心里突然又充满了恐惧，说不定她是镇长派来的，目的就是查看一下自己是偷偷躲回去睡觉了，还是在暴风雨里坚持站岗。大舅舅一边浑身冒冷汗，一边在心里庆幸，还好自己没有回去拿蓑衣，不然就是跳到黄河也说不清楚了。大舅舅这样想着，也不晓得是被暴雨淋久了沾了湿气，还是真的吓到了，竟然毫无来由地腿一软，一屁股就坐在了祠堂湿漉漉的门坎上。

· 15 ·

"我为老族长站一天岗"的活动起初开展得还算正常，在镇长眼里不说百分之百完美吧，起码也是中规中矩，甚至还可圈可点，比如高洁大舅舅暴雨之夜没有退缩一步就非常值得称道，如果不是考虑到高洁外公的因素，镇长都想过请老族长亲自出面嘉奖，然而在活动开展了一段时间之后，镇长就敏锐地发现了不少问题，说得严重点，这岗位在有些时候简直就是形同虚设。比如某人正站着岗，忽然屎急尿胀起来，明明祠堂边上就有厕所，他却非要跑到家里去拉，再慢腾腾地走回来。本来几分钟就可以解决的事，却非要拖上十几分钟，甚至几十分钟。镇长说他几句，他还振振有词，说老话讲得好，屎急尿胀傩神请让，傩神老爷都不怪罪的事你镇长还要怪罪吗？镇长退一步想想也勉强可以理解，他每天清晨都要提着筐出去捡狗屎，怎么可能让自己的肥水流到外人田里去？但现实是在为老族长站岗啊，就不能无私一点点吗？思想境界就不能高一点点吗？再比如某人在祠堂门外让太阳暴晒了两个时辰，感到有些口渴了，就会二话不说地跑回家去喝水，完全把誓死保卫老族长这一崇高使命丢在了脑后。镇长好心提醒他，万一就在这喝水的工夫，有人闯进祠堂要害老族长怎么办？这人却毫不以为然地笑道，世上根本就没有敢害老族长的人，哪个有这么大的狗胆，不要命了不是？要不就是说，老族长本领高强，如果有人真想害老族长也是去送死。碰到这样的猪脑壳，还真是让镇长哭笑不得。

　　这样搞不是只猴。镇长像是要告诉别人，又像是自言自语地说。

　　说着，又忧心重重地感叹道，真不是只猴哟。

　　不是只猴是天河镇方言，意思跟不是一个好的办法差不多。镇长自始至终都坚持认为，给老族长站岗是非常有意义的一件事，很重要也很有必要。至于在执行的过程中出现了这样那样的问题，那都是因为天河镇这帮没见过世面的家伙觉悟普遍不高，以及素质普遍较低造成的。

　　一上午不喝水你就会死啊？

　　镇长真是气得要死，指着这些笨蛋的脑壳狠狠地骂道。

　　可天河镇那帮猪脑壳就是这样的素质，镇长就是天天指着他们的脑袋骂也没有用。无计可施的镇长只好不吃饭不睡觉，绞尽脑汁想出了很多办法。为解决屎急尿胀的问题，镇长多次语重心长地提醒，又一而再再而三地强调，请大家务必在站岗之前，一定要想法解决好，比如饭不要吃得太饱水要少喝，要每个人最好拉完屎尿再出门，而且一定要记得提壶水，这样即使口渴了，也可以在站岗时解决，就不必非要跑回家里去了。

　　有人不晓得是真担心，还是故意抬杠，又问，我是拉了屎尿出门，可上岗后万一又屎急尿胀了怎么办？

镇长看到有些人这么钻牛角尖，气得跳起来骂道，那他妈的你就给我拉到裤裆里去，你这个猪×出来的东西。

看到镇长真的生气了，这些人才不敢说了。

镇长便接着教育道，要记得口渴了，也不要一次喝太多，要一点一点地喝，晓不晓得？

说完，镇长看到还有些人不明白，就又火了，骂道，你是只猪吧，一个畜生都教得会。

为了体现老族长的关心，以及自己对站岗之人的爱护，镇长还特地每天安排几个妇人煮些绿豆汤送过来。为了鼓舞站岗人的热情，并使之持续不断地高涨，镇长多次建议老族长出来说几句话鼓励鼓励，本来镇长只是想在老族长面前，突出自己为保护老族长而呕心沥血地工作，没想到还真把老族长鼓动了出来，老族长很感动地跟站岗的人热情握手，对他们的辛苦工作表示了衷心的感谢。老族长出人意料的出现和热情的握手，把站岗的人感动得连话也说不出来了，只是含着热泪紧紧拉着老族长的手不舍得放。有一位腿脚有些不太方便，站在祠堂边看热闹的残疾人，一边拉着老族长的手，一边想到自己好久没见到老族长了，更是哭得涕泪纵横，最后竟一屁股坐到了地上，让好几个人连扯带抱地才把他拉起来。看到自己的努力终于得到了老族长的首肯，以及乡邻们的交口称赞，镇长毫不掩饰自己的欣慰，觉得自己是天河镇千百年来不可多得的人才，天河镇正是有了他，才过上了前所未有的幸福生活。

尽管如此，乡邻们还是有许多不好的习惯，无论镇长怎样教育，甚至操骂都不会改变一点，真的就像狗永远改不了吃屎一样。明明在祠堂大门口有人持枪站岗，但几乎所有进出祠堂的人都对此熟视无睹，进出自如。那些关系好的邻居朋友，或者有亲戚关系，还会相互打个招呼，或者顺便说一下乡里的秘闻，比如哪户人家怀孕的母猪突然跑得无影无踪了，或者哪户人家的女儿年纪大了却还没找个婆家，又或者相约晚饭时，来家里一起喝杯谷酒。而站岗的人虽然持着枪，却一点也没有意识到自己责任重大，要晓得祠堂是整个天河镇最高议事的地方啊，更重要的是老族长就住在祠堂后院，并不是什么人都可以随便进进出出的。不然要是出了事怎么办？比如有人怀里揣着尖刀闯进祠堂，伤到了老族长怎么办？或者有心怀不满的人，放一把火把祠堂烧了怎么办？镇长每个月都要到萍乡去开会，晓得日本鬼子离萍乡越来越近，还有些不安定的分子，比如高洁的外公，不用猜就肯定是唯恐天下不乱的，总想借机生出些事端来，所以镇长晓得什么都要未雨绸缪，不出事则已，一出事可就是大事，而且事情发生后，再怎么亡羊补牢都已经晚了。喜欢在下棋时想到前三步和后三步的镇长，经过几天夜不能寐之后，决定在天河镇实行进入祠堂以及拜见老族长的提前审批制度，就是天河镇的人，如果要进入祠堂和拜见老族长，都必须先个人提出申请，并写好申请报告，在镇长签字同意并经站岗人员确认无误后方可进入，否则视责任大小进行处罚。

此事经镇长一提出来，立刻在天河镇引起一片哗然，但镇长把实行审批制度的意义，上升到能否确保老族长安全的高度，同时针对有不少人连自己的名字都不会写的现状，规定有意申请的人，可以由自己的小孩代笔，或者到学堂请老先生免费代劳，这样一来那些因为自己不会写字而反对的人，也就不好再说什么了。

不过天下之大，什么人都有，镇长都讲到这个份上了，却还有人发牢骚嫌麻烦，镇长就大声警告那人，我天天要签那么多字都不嫌麻烦，学堂的老先生免费代劳都不嫌麻烦，你为自己的事跑一趟就麻烦了？你是什么人我还不晓得？告诉你，你的尾巴还没翘，我就晓得你要打什么屁拉什么屎，所以我警告你，少在我面前耍小聪明，千万不要在我面前搞这些鬼名堂。

被骂的人哪里还敢作声，只得赶紧赔上笑脸，然后脚板抹油，吱一下溜了。

镇长确是火眼金睛，又坚持原则，所以事情的进展就非常顺利，那些没什么事光进祠堂玩耍，以及打扰老族长的人大为减少，而经镇长同意进祠堂的人，都是真正有事，非去不可的人，比如要拜一下祖先和求老族长法外施恩的。但就是镇长如此费心费力，还是没有办法杜绝不好的事情发生，这不谁也没料到又出事了，而且还是犯上作乱的大事。

这大事发生在捕鱼人站岗的那天上午。

那天是酷暑里难得的阴凉天，早饭过后都一个多时辰了，可太阳还躲在家里没有出门。人们就都利用这好天气赶紧出门做事，有到田间锄草劳作的，也有去山里砍柴的，连不少像表弟这么大的小孩子，也都被大人骂到山里去捡狗屎了。

路过祠堂门口时，都跟捕鱼的人打招呼，大舅舅想到自己接连几次站岗，都碰到糟糕的鬼天气，就很羡慕地跟捕鱼的人说，你这婊子崽真是运气好，站一上午岗，汗都不会出一滴。

说某人婊子崽在很多地方都是骂人的话，但在天河镇，在某种特定的情况下，不但不是骂人，相反还表明说的人和被说的人关系不错，语气中带着几分亲切和笑意，大舅舅骂捕鱼的人就是这种，所以捕鱼的人被骂了也不恼，只是呵呵笑道，我还不是托老族长的福哦。

有好几个女人还夸他扛着枪很威武神气得跟股卵样。这就让捕鱼的人心情很好，脸上就总带着笑容。所有人都没有意识到大事件即将发生。事件的另一个女主角是寡妇，就是那个天河镇人人都晓得，个性要强不会轻易认输的寡妇。捕鱼的人看到寡妇挺着胸脯远远地走过来，心里就开始乱跳，而且还不敢像对其他妇人那样嬉皮笑脸。寡妇见了捕鱼的人倒是很正常，只是因为天气热，又赶了点路，而看上去有点喘气和脸红。

老族长在祠堂里吗？寡妇连招呼也不打上来就问道。

捕鱼的人是个喜欢说笑的人，如果碰到别的女人说不定会调笑几句，或者开几句玩笑，占点嘴巴上的便宜，但碰到寡妇却是从来就没有说笑过，总是会一本正经地说话。这不，见寡妇问话就想了一下，确定自己真是不晓得后才告诉寡妇说，我不晓得哟。

是你在站岗吗？寡妇一脸怀疑地问。

是呀。

你站×面哦。寡妇脱口骂道。你站岗你不晓得？

捕鱼的人不但没敢恼，相反还冲寡妇不好意思地"呵呵"笑了两下。

我真是不晓得。捕鱼的人老老实实地说。我没有看到老族长出去，也没有看到他回来。

捕鱼的人还想说他不晓得老族长昨晚是不是在祠堂里歇的，但寡妇已经看不得他这个样子了，直接就要往祠堂里闯，捕鱼的人吓了一跳，赶紧伸手拦住寡妇，急得讲事都有些结巴了，你要去哪里？

寡妇只好停下来讲，我有急事要寻老族长。

捕鱼的人就"哦"了一声，接着又轻声地问寡妇，你跟镇长请示了吗？

寡妇自然是晓得如今跟以前不一样了，要寻老族长必须要打申请报告，经镇长签字同意后才能进祠堂，但她又跟大多数人一样不怎么当真，都是每天低头不见抬头见的乡里乡亲，谁还不知谁的底细呀？何况自己真的是有急事非见老族长不可。但寡妇不晓得的是，就在她来之前不久，镇长刚刚跟捕鱼的人强调，哪个没经过我的同意就放人进去了，我就一定让他在天河镇做不了人。镇长把话说到了这个份上，哪个还有胆量去顶着干呢？所以捕鱼的人就有些为难。捕鱼的人虽然有心放寡妇进祠堂去，但想到寡妇去找一下镇长也不是很大的事，就跟她赔着小心细声说道，你还是先去寻一下镇长吧，否则我会吃不了兜着走。

寡妇本来对捕鱼的人还有些好感，可这会儿见他高低不答应，就很恼火地往地上跺了几下脚，然后转身匆匆地往回去了。捕鱼的人担心她会直接去寻镇长，担心她空跑一趟，就好心提醒她道，你要先打好申请报告哇，如果你没打好，就要先去学堂里麻烦先生帮忙打一下。

晓得。寡妇恨恨地说了一句，扭头就往镇长家那边寻了过去。

本来学堂就在祠堂的右厢房里，但镇长担心学生的读书声和打打闹闹会吵到老族长，就把学堂搬到村庄东面的一栋房子里，等寡妇转了好几个弯好不容易走到了，却发现先生正在给表弟他们上课。寡妇在门口转了两圈，也不晓得学堂里几时下课，觉得自己真是等不得，就直接推门进去喊道，先生。

然后又接着解释道，我有急事，先生。

先生只是回头看了看寡妇，却并没有搭理。

我真的是有急事。

寡妇说完，也不顾先生的白眼，直接就走进了学堂。

学生见有人了就停了下来，有的甚至还打闹起来。

寡妇的女儿见到妈妈还有些高兴，可看到先生这个样子，忽然又觉得好丢脸。

寡妇只是往女儿那儿看了一眼，也没怎么顾得上。

先生只得压住心里的火，听寡妇讲她的来意，可寡妇还没讲完，先生就火了，我跟镇长说了几多几次，千万千万不要在我上课的时候来打扰我，去见一下老族长又不是什么了不得的事，要打什么申请哦？真是扯卵蛋。

寡妇虽然有些恼火,却又担心先生不肯帮这个忙,就赶紧放低声音赔上笑脸,央求先生道,你无论如何也要抽点时间帮这个忙,我都是奶痛得不得活了,要请老族长治一下,不然也不会这么急着麻烦你。

先生没想到寡妇是为了这事,就不由自主地盯着寡妇的胸看了半晌,看得寡妇脸红得麻辣火烧,浑身都不自在起来。先生还有些不相信地问道,我看你的奶好好的,怎么会痛得要死?

学堂里顿时哄堂大笑起来。

有顽皮的男孩子兴奋得敲着桌子,指着寡妇的女儿笑道,你妈胸痛得要死,我操。

同学的嘲笑把寡妇的女儿气得都要哭了,朝同学回骂道,你妈的胸才痛得要死呢。

先生忽然觉得自己有些轻浮,就赶紧板起脸孔,作古认真地帮寡妇写了申请报告。

寡妇拿起报告也顾不得跟先生道谢,一路小跑地出了学堂大门。寡妇本来还想一路跑到镇长家的,但胸前实在是太沉了,寡妇哪里受得了,感觉真是会痛掉老命去,便只得赶紧放慢了脚步。等寡妇一步一步挪到镇长家,镇长却又不在,只有镇长老婆正在门口屋檐下剁猪草。

镇长老婆捉了一夜黄鳝根本就没阖一下眼,回到屋里后本来是要上床睡的,但猪栏里的猪饿得直叫,镇长老婆就有些心痛,虽然有些想骂镇长几句,但镇长在屋里从来都是不动一下手的,镇长总是说他操心族里的事,每日都累得不得活,镇长老婆也奈何不得他。虽然有些瞌睡,但镇长老婆还是想先把猪安排妥当了再去睡觉。

镇长老婆从旁边给寡妇拖来一张板凳，又要去屋里给寡妇端杯凉茶来。寡妇哪里还有心思坐？只是赶紧把来意说了个清清楚楚。镇长老婆因为都是女人，也没有觉得很稀奇，只是让寡妇耐心坐一下，因为镇长这会儿到田里做事去了，也不晓得几时才会回来。

寡妇就有些恼火，忍不住说镇长老婆道，你老公也是，我们去求老族长治一下病，怎么就还要他签字同意？我就不解，好，就算是要签字，你就坐在家里等哦，如今我这个样子，你讲要我到哪里去寻你老公？

镇长老婆就觉得镇长是好心没好报，但看到寡妇很恼火了，却也不得不给她几分面子，便开口骂起镇长来，这个野毛脚就是在屋里待不住，也不晓得这个畜生一天到晚忙了些什么？屋里的事没看到打湿一下手，这不讲好了去一下就回来，可到现在都还没看到人影。

骂罢，镇长老婆又给寡妇赔笑脸，还端来凉茶要寡妇边喝边耐烦等一下。

可寡妇左等右等都不见镇长的人影，哪里还有心思再等？就说，这样也不是只猴。

又问镇长老婆道，镇长可能会到哪里去呢？

这哪里晓得？

说着，镇长老婆见寡妇实在是着急，就建议道，要不你去田里寻一下？

寡妇心想这里干等也不是只猴，就站起身来说，哎呀呀，我实在是等不得了。

话音还没落，就气呼呼地走了。

镇长老婆本来还想叫寡妇再坐一下，但看到寡妇也确实是很着急，就只好随她去了。

寡妇虽然有心去田里寻一下镇长，但站在山坡上看了一下山下的农田，哪里看得到他镇长的影子？就想镇长这野猫脚，鬼才晓得他会到哪里去了。又想就是寻到了镇长，这下山上山来回跑一趟，肯定会丢了半条老命，就把心一横直接来到了祠堂门口。

捕鱼的人见到寡妇就热情地招呼道，镇长这是签了字吧？

寡妇走到捕鱼的人面前，话也没说，就把手里的纸条用力递到了他手上。

捕鱼的人非常认真地看了纸条，因为看多了，自然就看得出是教书先生写的申请报告，可是没有镇长的签字啊。寡妇见状就告诉捕鱼的人说，我到镇长屋里等了很久，可镇长没有在屋里，他婆娘也不晓得他这是哪里去了。

镇长说了，没有他签字同意不让进哦。

说着，捕鱼的人很为难地抓了抓脑壳，表情也是哭笑不得。

寡妇气来了，也不想跟捕鱼的人再啰唆，直接就要往祠堂里闯，吓得捕鱼的人赶紧伸手去拦，一下就碰到了寡妇的胸。捕鱼的人怕寡妇讲他耍流氓，就赶紧说道，你这样子会让我好为难的。

寡妇心里本来就好委屈，这会胸又被碰痛了，可捕鱼的人还是不放行，就忍不住哭了。

你这个猪狗不如的家伙,怎么就一点水都泼不进嘛?

我这个样子,你讲如何去寻镇长?

寡妇一边骂,一边往捕鱼的人身上凑上来。

捕鱼的人虽然没结过婚,但也看出寡妇是真的难受,便赶紧把寡妇送进了祠堂。

不要说捕鱼的人,就是老族长见了寡妇这两只奶也非常惊讶,哎呀呀,哎呀呀。又说,我还从来没见过这么严重的呢。

寡妇听老族长这样一说,顿时吓得脸色都变了,鼻子一酸,马上就要哭将起来。

老族长跟寡妇说,如有合适的人,你还是结婚好,阴阳调和了,这病就会得少些。

寡妇想到老族长有交代,不答应下来不好,就赶紧点了点头。寡妇还想跟老族长讲几句感谢话,却忽然听到祠堂门外传来镇长跟捕鱼的人的争吵声,寡妇和老族长都不晓得发生了什么事,不由得面面相觑起来。

你出去看一下。老族长交代寡妇道。看是怎么了?

老族长的话音刚落,就砰的一声,猛地传来一声枪响。

等寡妇赶紧走到祠堂门口时,就见镇长和捕鱼的人两个人都倒在地上,那贺氏宗祠的牌匾已经掉了下来,还砸成了两块,还有好多千年灰尘飞扬起来。原来镇长得知捕鱼的人放寡妇进了祠堂,立刻骂了起来,而捕鱼的人也很不服气,因为是特殊情况应该讲点人情。镇长见自己竟然被一个他从来就没有正眼瞧过的人当面顶撞,真是气得七窍生烟,冲上去扬手就是一个耳光,捕鱼的人也正在气头上,抱着镇长就扭打起来,慌乱之中捕鱼的人不小心动了怀里的枪,结果导致枪走火,让人没想到的是子弹击穿了牌匾,就见牌匾断成两块哗的一下就掉了下来,毫不客气地把正在扭打的镇长和捕鱼的人砸倒在地。

第四章
疯 狂

· 16 ·

高洁是最早发现小舅妈有些不对劲的人。一开始是在夜深人静的时候，高洁听到睡在隔壁房里的小舅妈在莫名其妙地哭。高洁隔壁的这间房，曾经是小舅舅和小舅妈结婚的新房。小舅妈和小舅舅结婚时，外婆请来木匠打了床和梳妆台，要高洁妈妈从安源买来了丝绸和棉花，给小舅妈做了几套新被子和新衣服。外婆说小舅妈没有父母，她要像嫁自己的女儿那样嫁小舅妈，要让天河镇所有的人都看得起。外婆觉得自己做了件好事，天河镇的乡邻们也都这样觉得，只是所有人都没有想到小舅舅会在新婚后不久，突然丢下小舅妈离家出走。以致外婆在好几年的时间里，只要一提起小舅舅就会骂小舅舅是身在福中不知福的家伙。好在小舅妈似乎并没有受多少影响，仍然天天在新房里面睡觉，照样任劳任怨地操持着各种家务。外婆他们就猜测，这可能跟小舅妈从小就在家里长大有关。听到小舅妈隐隐约约地哭，高洁一开始还以为自己是在做梦，因为小舅妈都结婚了，而结了婚的大人是不会轻易哭的。可是一连几个晚上都听到，高洁就有些奇怪起来。有天在跟小舅妈一起做饭，高洁不经意地问起，没想到小舅妈一口否认，还很无故地说肯定是高洁在做梦。高洁平时喜欢跟熟人争论，这会儿见小舅妈一口否认，便想跟小舅妈说清楚。小舅妈见高洁纠缠不休，只好赶紧讨饶。

好好好。小舅妈笑着跟高洁说道。那是我在做梦的时候哭好吧？

高洁却发现小舅妈说话时脸很苍白，不知怎么心里有些许不安，就下意识地闭了嘴。

说着，小舅妈又交代高洁，你不要跟人说哦，要是让人知道了，肯定会让人笑话死的。

尽管答应了小舅妈，高洁还是忍不住告诉了外婆。大舅舅曾交代高洁和表弟经常过去看看外婆，但表弟是只野猫脚，天天不是上树掏鸟窝就是钻草堆抓野兔，要他安静地坐着陪外婆说说话真的是比登天还要难，经常是说着说着一没留神就看不到人影了。高洁到底还是个小孩子，就有些不服气地说过表弟几次，结果不但外婆劝高洁不要跟他计较，就是大舅舅和大舅妈也没把高洁的告状当回事。那天表弟没坐多久又溜了，高洁正要说表弟，外婆却突然跟高洁说起了小舅妈，因为外婆觉得小舅妈瘦了些，外婆说看到小舅妈的脸都尖了。

也许是天天在一起，高洁没有感觉到小舅妈的细小变化，但外婆的话却引出了关于小舅妈的话题，高洁就把自己听到小舅妈晚上偷偷哭的事说了出来。尽管高洁是当笑话说的，但外婆听了却忧心忡忡起来，接连用手拍了几下膝盖，又哎呀哎呀地叹了几口气，先是有些自责地说是自己害了小舅妈，接着又骂小舅舅是个畜生。

你小舅舅不是个人啊。外婆指责小舅舅道。

高洁见状，就笑着跟外婆解释，外婆，你放心呀，小舅妈她讲是做梦了。

外婆却有些自以为是地以为小舅妈这是心里苦，因为她自己有过这样的经历，外婆年轻的时候也经常会在半夜里想外公想到哭的。外婆晓得高洁年纪小还不能理解，却还是忍不住跟高洁说，你是不晓得啊，你小舅妈这是想你小舅舅了。

小舅舅这是到哪里去了？高洁就很好奇地问外婆道。我来天河镇都这么久了，可还没有看过小舅舅一面呢。

鬼晓得他死到哪里去了。外婆提起小舅舅就恼火，加上一个人住在水磨房里没人说话，便也顾不得高洁年纪小就拉着高洁说了起来。人家都讲娘重满崽，开始我还不相信，以为自己在家一碗水端得平，后来想一想确实如此。

高洁在家里也听妈妈说过，外婆最喜欢小舅舅了，但这会儿却只是笑笑没有说话。

你小舅舅这个不学好的家伙。外婆接着说道。从小就淘气淘得不得了，经常惹是生非，经常有人到家里来告状，可我却总是重话都没有一句，就更不要说打了，有什么好吃的，也总是多给他留一口，你看他刚刚长大，就帮他讨了亲，把你小舅妈嫁给了他，不然还真是可能连老婆都讨不到。

小舅妈不是嫁了吗？高洁笑道。

外婆说，你小舅妈是你外公从树林里捡回来的，没有父母亲，我担心你小舅舅找不到老婆，就做主把你小舅妈嫁给他了，你不要跟你小舅妈讲哪，不然你小舅妈会以为我故意要害她，晓得不？

晓得，晓得。高洁就赶紧点头说道。我又不是两三岁的小孩子。

本来这是一件多好的事啊。外婆接着说道。你小舅妈不光是人长得好，从小脾气就好，讲事总是轻声细语的，也不得跟人计较什么，我都没有看过这么贤惠的女子，在家里总是洗衣浆衫没得歇，把屋里操持得井井有条，不要我操一点心，左邻右舍看到了就没有不讲你小舅妈好的。

说着，外婆放低了些声音继续说道，不像你大舅妈一肚子个拐。

"拐"是天河镇方言，一肚子个拐就是某人心里都是小九九，有无事找事精于算计的意思。

高洁忽然觉得外婆说大舅妈说得很形象，又被外婆故意放低声音的样子惹笑了，就捂着嘴巴笑着说道，大舅妈也还好啦。

外婆却没笑，仍旧跟高洁正经说道，不要跟你大舅妈说呀。

晓得哟。高洁也跟着说了心里话。外婆，我也更喜欢小舅妈。

你小舅妈好。外婆继续跟高洁说道。当然你小舅舅也是一表人才，你没看过你小舅舅吧？哎呀呀，跟你外公年轻时长得一个样子，唉，我就是没想到你小舅舅什么都接到了你外公的，还接到你外公一样的野猫脚，就是在屋里待不住，喜欢天南海北到处走，你外公还好些，过些时候就会回来打个转，有时候是几个月，也有几年才回来的，但你小舅舅就过分啊，结婚不久就跑了，几年了都不回来一次，讨了老婆就好好过日子哦，唉，不要说你小舅妈想得哭，有时候我想到你小舅舅也是要掉眼泪的，也不晓得你小舅舅这几年做什么去了，是死是活都不晓得。

高洁看到外婆说着说着又抹起眼泪来了，就赶紧打岔说些其他的事情。可外婆还是愤愤不平地骂小舅舅是个畜生，又跟高洁说，你小舅妈很可怜哦，哎呀，都是我害得她守活寡，当初不把她嫁给你小舅舅就好了。

自从跟小舅妈说过听到夜里有人哭之后，高洁就再也没有在夜里听到哭声了，自然也就没有把这事再放在心上。可是过了一段时间，高洁却又看到小舅妈时不时地会呕上几口，不管是出门干活，还是在厨房里做饭，这呕吐说来就来止都止不住。这回不但高洁，就连大舅妈也都发现了，只是大舅妈想到的不是小舅妈是不是病了，而是觉得以前那个勤快的小舅妈变懒了，早上太阳都照到屁股了，可小舅妈还在床上扯着腿呼呼大睡，刚吃过午饭连碗筷都没有收拾就喊累得不得了，白日里说是到地里干活，可活还没怎么干就撑着锄头扶着腰，张口说天天都是腰酸背痛。大舅妈就有些恼火起来，就经常在家里丢东倒西指桑骂槐。大舅妈这种态度就连高洁都看出来了，大舅舅自然更是看在眼里，但大舅舅却不好明确表示站在哪边，站在大舅妈这边说小舅妈当然不能，因为小舅妈是弟媳，更关键的是自己的弟弟在新婚不久就一走了之，已经很对不起小舅妈了。而要站在小舅妈这边更是不行，大舅舅晓得大舅妈要是闹将起来完全没办法收场，于是就只好当作没看见，只要两妯娌不大吵大闹就阿弥陀佛了。外公也不好帮小舅妈说句话，因为两个都是儿媳妇，说哪个都不好，更关键的是大舅妈对外公这次回来让家里损失了这么多财产有很大的气，一直都闷在肚子里没消。外公晓得自己若是开口站在小舅妈一边，大舅妈一闹起来家里肯定是一场混战。高洁看不惯大舅妈指桑骂槐的样子，就跑到水磨房告诉外婆小舅妈肯定是生病了。高洁跟外婆说小舅妈动不动就呕，而且脸色也蛮吓人。高洁觉得小舅妈可怜，想让外婆出面去说一下大舅妈。

高洁还跟外婆说，大舅妈有些做得太过分了，让人看都看不下去。

外婆一开始也没怎么当回事，因为大舅妈和小舅妈是妯娌，妯娌间闹些矛盾是常事，也不觉得小舅妈真是生了什么大病，因为小舅妈这么年轻，平时身体又好得很，就是生了点小病，也肯定是过几天就会好的。

外婆就说，乡下人风里来雨里去的，哪有不生病的？

高洁看到外婆这样的态度，就把嘴巴噘得老高。

外婆见状就要高洁不要去管大人间的事，又答应高洁几时会问一下小舅妈，看看她是哪里不舒服。让外婆没想到的是，等她这天早晨看到小舅妈时，却不由得疑窦丛生，因为眼前的小舅妈脸色苍白胸脯高耸，一看就是怀了孕。外婆还自以为是地想，难道小舅舅偷偷回来过？或者和小舅妈偷偷在外面见过面了？

外婆问小舅妈，你怎么怀上孩子了？

我不晓得啊。

小舅妈开始好吃惊，本来苍白的脸瞬间红了，但马上又变得苍白起来。

外婆还想问得清楚，小舅妈却扑通一下跪倒在外婆面前，痛哭了起来。

小舅妈开始还真不晓得是怀孕了，这会儿让外婆一提及，自然就如醍醐灌顶一般，瞬间就想到自己大白天在国军驻地，多次跟炊事班长偷偷摸摸地颠鸾倒凤。小舅妈就晓得这事已经东窗事发，才晓得这回真是要大祸临头了。

平时老实本分的小舅妈，怎么就做出这等丑事来了呢？

实事求是地说，小舅妈虽然已经结了婚，但新婚那几天留给小舅妈的印象不是快乐，而是小舅舅重得像死尸一样。小舅妈没想到平日里健步如飞，上树如猴子般轻巧的小舅舅，压在她身上时竟会这样重，就听到骨头被压得咯咯直响，整个人出不来气了。虽然有心推开压在身上的小舅舅，可哪里能推得动？说得难听点，小舅舅每一次上身都会让小舅妈感觉好像死过一回。当小舅舅离家出走后，小舅妈的第一个反应倒不是伤心欲绝，而是偷偷地在心里松了一口气，觉得自己可以轻松地睡个好觉。小舅妈会这样想，当然跟她不晓得小舅舅会从此离家不回有关。小舅妈当时天真地以为,小舅舅只是跑出去玩几天就会回来,就跟往常一样。

小舅妈之所以会做出这等丑事来,当然是跟她天天去国军驻地送菜有关。小舅妈每次去送菜,接触最多的就是炊事班长。这炊事班长个子虽然矮小却很是精神,不但眉目和善还整天笑容满面,待小舅妈又十分热情周到,不但称菜时会多算些重量,付钱时会多付几角钱,而且小舅妈每次送完菜回家,他都会拿些油条肉包子让小舅妈带回家。小舅妈不是贪小便宜的人,但这点小小的恩惠还是很讨小舅妈的欢心。小舅妈有时候甚至会觉得他什么都好,唯一有点不好就是喜欢讲些荤话,讲他们从云南出来打仗走南闯北地遇到过哪些不同的女人,这些话其实并不让小舅妈反感,只是让小舅妈的脸有些麻辣火烧。小舅妈见炊事班长这么好,有时候看时辰还早,而他又确实忙不过来,就会主动帮着洗个菜,或者帮他往灶里添一下火。厨房不是很大,两个人在里面做事难免就会触碰上,比如不知怎么就碰到了屁股,挨了一下胸脯什么的。有次小舅妈洗完菜站起来时,两个人竟然碰到了头,惹得两个人哈哈大笑。慢慢地两个人就有点心有灵犀的意思了,当炊事班长有意无意地再碰到小舅妈的胸脯时,小舅妈不但没有表示出很生气,反而红着脸低下了头,心里还微微颤了一下,然后像水波纹那样哗哗地荡漾开去。

当小舅妈非常欣喜地享受这点暧昧时,炊事班长作为一个男人自然不会满足,那天突然就从后面抱住了小舅妈,正在包包子的小舅妈虽然吓了一跳,却并没有反抗和尖叫,仿佛早就在暧昧地等待着这突如其来的一抱……

虽然小舅妈就哭哭啼啼地跪在面前，外婆的第一个反应却还是不相信。要晓得小舅妈可是外婆从小一手带大的啊，平常小舅妈心里那些小九九，就没有能逃过外婆眼睛的。外婆怎么也不相信小舅妈竟然会被人搞大了肚子，不相信的外婆就以为是自己看走眼了。

你真的跟那个炊事班长搞上了？外婆还有些不确定地问。

小舅妈抖着身体不敢说话，也不敢看外婆。

看到小舅妈这样子，外婆当然就确定了。

你怎么做出这样的丑事来哟！外婆拍着两只手，不停地叹着气说。哎呀呀，不得了呀，真是让你给气死了，一家人都会被你气死去，你晓得么？你这个害人精，哎呀呀，这如何是好嘛。

小舅妈也意识到了事情的严重性，便又哭了起来。

外婆很是担心地问，还有哪个人晓得？

当外婆确定就连炊事班长都不晓得后，却仍是哆哆嗦嗦地骂小舅妈，丢死人了呀，做出这么不要脸的事来，我们贺家可是从来都没有人这么不要脸呀，哎呀呀，气死人呀，我们贺家的脸都让你丢尽了呀，亏我把你带得这么大，还以为是有恩于你，没想到你是我前世的仇人啊，你到我家里来是寻我报仇的呀，我们贺家如今哪里还有脸面活在天河镇哦，老天爷啊，我是上辈子作了什么孽呀？让你这个样子对我。

小舅妈看到外婆气得浑身直抖，吓得是魂飞魄散，扶着外婆的大腿不住地哭。

哭什么哭？如今哭又有什么用了？外婆突然觉得小舅妈极恶心，就忍不住厉声呵斥道。你早晓得会有哭的时候，就不会去做这些见不得人的丑事。

外婆觉得这会儿不是哭的时候，要想办法来应付这事，可外婆在屋里转来转去，就是想不出任何法子来，气得伸手使劲在小舅妈嘴角拧了一下。小舅妈本能地想躲却又不敢躲，身体一歪就一屁股坐倒在地上，痛得小舅妈捂着嘴巴叫了起来。

外婆觉得天都塌下来了，可又想不出一点办法，只得一把扯起小舅妈往家里走去。小舅妈不敢问外婆这是要去哪里，却又不敢不去，便只好跟在外婆的屁股后面走。外婆想到自己躲出来还没清静几天，就又要回去见那个让她诅咒的外公，就气得忍不住破口大骂起外公来，你这个上梁不正下梁歪的畜生，什么好样不带偏偏乱搞女人，如今好了报应来了，自己的儿媳妇也被别人搞大了肚子，看你的脸面往哪里搁。

一路上有人看到外婆怒气冲冲地扯着小舅妈，而小舅妈又掩着脸细细地哭个不停，就忙问出了什么事。外婆不晓得怎么回答才好，面对这突如其来的丑事，外婆的确是没了半点主张，这会儿只想着赶紧回到家里，关上大门和家里人细细商量一下。不过外婆在天河镇也算是见多识广，还晓得要在众人面前掩饰一下，便勉强往脸上涂了一点笑容。

外婆拉扯着小舅妈匆匆回到家里，正好碰到高洁想往外走，外婆就让高洁把大门关上。高洁看到小舅妈披头散发，眼睛哭得像只桃子，虽然不晓得发生了什么事，却也暗暗地觉得大事不好,便也吓得脸色苍白,就连话也说不出来了。

大白天的,关什么门?应声出来的大舅舅,却又要去把门打开。

外婆挥着手,朝大舅舅嚷道,赶紧关门,还嫌人丢得不够不是?

大舅舅不敢反抗外婆,便只好把门虚掩着,因为在天河镇,无论是不是有人在家,白天都是没有人关门的。等一家人围坐在四方桌前刚说了个大概,虚掩的大门就被镇长推开了。

原来就在外婆拉扯着小舅妈匆匆往家里赶的时候,镇长正好在祠堂里给老族长请安。这是镇长每天一大早必做的工作。每天这个时候镇长都会坐在老族长的下首,小心翼翼地听老族长的教诲。老族长的教诲有时候是只言片语,有时候则是长篇大论,有些是天河镇正在或将要发生的事,有些则是老族长沉思和冥想之后的感想。在老族长侃侃而谈之余,镇长偶尔也会跟老族长说些自己的看法或者困惑,更多的时候,镇长则是跟老族长说些家长里短以及邻里纠纷。这个时间有长有短,关键看老族长的心情。镇长的本事就是在老族长正意犹未尽的时候站起身来请辞,并且出去以后立刻按老族长的意思把事情办得妥妥当当,即使有一点自我发挥的地方,那也是十分符合老族长的意思。然而这天镇长屁股还没有坐稳,老族长就告诉镇长高洁外婆家里出了大事,而且这事关系到整个天河镇人的尊严,如果处理不妥,那天河镇人都不配存活于世了。镇长让老族长说得站也不是坐也不是,有些手足无措起来。

老族长就叹了一口气，跟镇长挥了挥手说，你快去吧。

镇长赶紧几步并成一步，匆匆忙忙地跑到高洁外婆家，看到大门虚掩，就晓得老族长所言非虚。急匆匆地镇长连门也忘记敲了，直接推开门就迈步走了进去。外婆一家人都愣愣地望着镇长没再说话，心里怎么也想不通，镇长这时候怎么会推门进来。

大舅舅忙站起来给镇长让座递烟，一心想掩饰的外婆，敏感地意识到家丑已经外泄，果然镇长刚坐下，就跟外婆说是老族长叫他来的，老族长说你们家出了大事，关系到整个天河镇人的尊严，吓得我是凳子也不敢挨一下，脚不点地地跑到你家来了。

外婆气得浑身直哆嗦，只好拿小舅妈撒气，便又伸手朝小舅妈的脸拧去，你这个不要脸的畜生，这下好了，你做下的丑事全天河镇的人都晓得了，哎哟哎哟喂，真是让你这婊子婆气死了。

小舅妈又哭着侧了一下身子，也好躲上一躲。

外公站起来告诉镇长，多谢你这么关心，这事我们家会处理好的。

外公的意思是，这是他们的家事，不需要镇长出面解决。可外公的话还没有讲完，镇长就摆出一副正经的神色说，开始是你们的家事，但现在不是了，现在是天河镇的大事了，老族长说这事如果搞不好，天河镇人就没脸再在世界上活下去了，所以这事我必须得管，而且我要管到底。

外公脸色有些不悦，有心想跟镇长理论，但大舅舅熟知天河镇根底，就忙拢上前拦住了外公，又把镇长让到首座，你来得正好，家门不幸，出了这样的丑事，我们一家人正束手无策，你来了正好给我们主持一下公道。

真是看不出来也。大舅妈也怒气冲冲地指着小舅妈插话道。看你平时老老实实的，也没有几句话说，哪晓得你是一个偷男人的骚货。

大舅妈心里好委屈，觉得要赶紧在众人面前，把自己与小舅妈区别开来。

大舅舅担心大舅妈会说出一些更难听的话来，就要她去给镇长泡杯茶。

大舅妈就骂骂咧咧地进了厨房。

· 17 ·

高洁小舅妈搞出了这样的丑事，令天河镇的人们都暗暗地兴奋了一把。当着高洁外婆家人的面，他们还会稍微掩饰一下，一旦高洁外婆家人走远了，他们便会唾沫飞扬地讲起高洁小舅妈是怎样偷男人的。看他们绘声绘色的样子，让人以为这是他们亲眼所见，似乎他们当时就在小舅妈偷人的现场。紧接着整个天河镇都愤怒了，因为老族长听完事情的来龙去脉之后勃然大怒，于是镇长带着大舅舅和几个青壮汉子去了国军驻地。贺师长在了解了事情真相之后，气得狠狠地给了炊事员一个耳光，直接就关了他的禁闭。镇长理所当然地要求贺师长把炊事员枪毙了，或者按天河镇的规矩，最少要砍了他一只脚，否则就不足以平民愤，否则就请贺师长带着国军滚出天河镇。经历过枪林弹雨的贺师长当然不可能被镇长吓倒，并且始终坚持一个劳苦功高的国军士兵，搞大了一个乡村女人的肚子永远不是死罪，更关键的是，炊事员是他从云南家乡带出来打日本鬼子的，假如炊事员为打日本鬼子战死了没话说，不然他没法跟炊事员那年迈的父母交代。尽管双方甚至一度紧张到了剑拔弩张的地步，但出了这么大的事总要解决，既然双方都晓得不能彻底撕破面子，那到最后就只有相互妥协，所谓漫天要价坐地还钱就是如此。经过几番包括拍桌子骂娘在内的攻防战，最后争吵和妥协的结果，是将炊事员脱去了上衣，将其吊在烈日下暴晒了两个时辰，然后把他送到长沙前线去打日本鬼子以将功补过，并且滚出天河镇永远不准再来。但大舅舅对此有些异议，觉得小舅妈是受害者，等高洁小舅舅回来他无法交代。镇长就出面让贺师长额外赔了高洁外婆家里五百个大洋。大舅舅还想说什么，但镇长却有些不耐烦了，就劝说大舅舅应该见好就收，因为贺师长已经没有退路了，再要逼其就范他就会动枪了。为了证明自己正确，镇长还说了句丑话。高洁看到五百个大洋送到了外婆家里，就以为事情到此为止了，然而出乎高洁预料的是，老族长亲自在祠堂里召集了家族会议，出席会议的都是天河镇那些德高望重的老人,代表高洁外婆家出席的是大舅舅。外公由于长年在外,又与老族长不合,老族长他们早就当外公不在了,这样一来外公自然无缘会议。外婆虽然行事有礼有节,且颇受天河镇人的敬重,但女人是不能参加讨论家族大事的。讨论了一整夜,最后的结果是按家法族规,要将高洁小舅妈沉塘。

高洁是在第二天一大早,在外婆那里听到要将小舅妈沉塘的决定的。当时一夜未睡的大舅舅,红着眼睛匆匆跑过来告诉外婆,而高洁正好在水磨房里陪着外婆吃早饭。开始大舅舅看到高洁在场,还想叫高洁回避一下,但外婆却有些不耐烦地让大舅舅说就是,脸早就丢光了还有什么好顾忌的?你就是不讲,高洁也迟早会晓得。

大舅舅想想也是,高洁已经过了十六岁,在天河镇早就是大人了,有的女人这么大时怀里都奶着孩子了,就把要将小舅妈沉塘的决定说了出来。

高洁不晓得沉塘是什么意思,就问大舅舅,什么是沉塘?

大舅舅一时语塞,只好有些不安地望了望外婆,外婆苍白着脸,也没有搭理高洁。其实沉塘就是将偷情的女人装进猪笼浸入湖里淹死。高洁从来没听说过此类家法族规,自然是不晓得,但外婆和大舅舅从小在天河镇长大,心里确实是有着比较清晰的预感的。

沉默了好一会儿,外婆忽然问大舅舅,你父亲晓得吗?

还没有回去。大舅舅告诉外婆。我从祠堂里出来,就直接到你这里来了。

外婆就叮嘱大舅舅，你回去一定要跟你父亲讲一下，你老弟嫂是你父亲抱回来的，从小就看得重，你也晓得你父亲脾气臭，在天河镇跟哪个人都不好，如果不讲清楚，还不晓得会闹出什么名堂来。

大舅舅就点了点头，答应回去就跟外公好好讲一下。大舅舅看到高洁吓得脸色惨白，就望着外婆说，不是我们见死不救，只是这是家法族规，自古以来就是如此，哪个犯了都是这样处置，一句话，做出了这样的丑事，就是神仙也救不了她。

外婆也红着眼睛说，自从你老弟嫂到家里后，不光是你父亲看得重，就是我也从来没有嫌弃过她，从小就把她当亲生女儿看，有好吃的好穿的都是跟你们一样，从来就没有少过她一份，为了不让她嫁到别人家里去受委屈，还把她当成了自家的儿媳妇，真是没想到她会做出这种事来。

说着，外婆叹了一口气，又接着说道，我真是想不通，我对她是这样好，她却这个样子对我，让我们家在天河镇是再也抬不起头来了。

大舅舅也讲起他的看法来。大舅舅说，要将老弟嫂沉塘，我一开始也是接受不了，毕竟从小就在家里带，就是养条狗都是有感情的呀，何况是个人呢？但我也从老弟的角度想了一下，老弟本来就不怎么想要她做老婆，要不然老弟也不会在新婚不久就跑出去，几年都不回来，如今老弟嫂不争气，做出这样的丑事来，老弟肯定是更不会要她了，哪个男人都不会愿意戴顶绿帽子，想沉塘就沉塘吧，长痛还不如短痛，留下来肯定会更麻烦。

大舅舅跟外婆告辞后站起身来往外走,高洁也立刻站起来,跟着大舅舅走出了水磨房。外婆看到高洁的背影忽然就愣了一下,觉得要将小舅妈沉塘可能会吓着高洁,就叫了高洁一声说,你不要急着走嘛。

高洁有点不好拒绝外婆,就边往外走边回头望着外婆说,你没什么事嘛?

外婆觉得有些留不住高洁,嘴巴里却仍旧说道,没什么要紧的事,就是想你再坐一下。

于是高洁这回没听外婆的,而是执意要走。

我想回去了。高洁说着,头也没回地走了出去。

外婆就把他们送出了水磨房,嘴巴里仍跟高洁解释说,刚才是有事,这会儿好了。

高洁也没心思听外婆解释,只是默默地跟着大舅舅往家里走去。走了一会儿,到一个拐弯的地方,高洁忽然就丢下大舅舅往一旁走去。大舅舅一路上都是一言不发,好像心事沉沉的样子,没想到高洁刚转弯他就发现了。

大舅舅就问高洁道,你这是要去哪里?

我去那边玩一下。

高洁说着,顺手胡乱一指,脚下却没有停下来,好像有些担心大舅舅会阻拦一样。

大舅舅心想高洁又不是小孩子了,加上又在心里合计如何跟家里人说小舅妈的事,所以也就没有多管。

大舅舅就停下来安置高洁说,不要走远了,玩一会儿就回来。

高洁就跟大舅舅"嗯"了一声，然后扭头走下了另一个山坡。

离开大舅舅时，高洁并没有想好要去哪里，一个人闷闷不乐地在山里走了半晌，不知怎么就忽然想起了林中雪，这才发现自己正是走在去林中雪那儿的路上。高洁忽然好想见到林中雪，便沿着山间小路一路小跑起来。跑了半晌，忽然有一条一米多宽的小溪挡住了去路，高洁也没有停下来，而是直接一跃而过。就这样跑跑停停，停停走走，不知道走了多久，也不知道走了多远，高洁终于来到了林中雪住的地方。当高洁看到林中雪住的房子时，也不知道什么原因忽然眼睛都湿了起来。

高洁是第一次来这里找林中雪。以前两个人见面都是林中雪来找高洁，所以高洁没有来过。但高洁早就记住了这个地方和这栋屋子，因为林中雪曾经有两三次指着这个地方告诉过高洁。这是高洁外婆家对面山腰上一栋独立的房子，站在房子前面的坪里，可以将整个天河镇全部看在眼里。林中雪跟高洁说，你从外婆家到这里来，我早早地就可以看到。林中雪没有说的另一句话是，如果有国军企图上来围剿，他们还可以很从容地翻山越岭一走了之，或者一夫当关万夫莫开，将国军从容阻击。当高洁沿着山坡朝这房子走上去时，还很期待林中雪会早早看到，并且迎出门来。然而高洁走上屋子前面的坪时，并没有看到林中雪迎出来的身影。不过高洁也没有失望，反而有些新奇地东看看西瞧瞧。这是林中雪住的地方。高洁这样想着，就像闻到了林中雪身上的味道，心里便涌现出一股很亲近的感觉。高洁忽然看到有人正蹲在坪边上的溪水里洗菜，就走过去问道，请问林中雪在哪里？

蹲在溪边洗菜的姑娘抬头望了高洁一眼，过了一会儿才说，中雪不在。

高洁有些意外地"啊"了一声，那中雪哪里去了？

高洁在林中雪面前都是叫林中雪，这会儿听姑娘叫中雪，竟然也自然然地改了口。

不晓得。

姑娘说着，端着洗好了的菜站了起来。

高洁一眼就看到姑娘那高耸的胸部。高洁平时没有多少女人的概念，不要说别的女人的奶，就是面对自己胸前不时的变化也常常视而不见，这会儿突然见到一个这么大胸的姑娘，不知道怎么就有些怪怪的，想不通这女孩跟自己差不多年纪，胸怎么会这么大。这样想着，高洁低头看了一眼自己的胸，看上去比刚才那姑娘要小很多，就不自觉地含了含胸，仿佛有些害羞似的。

姑娘自顾自地往屋里走去，一下就把高洁晾在了坪里。

等了半晌姑娘都没出来，高洁就稍微有些难堪起来，不晓得这是怎么回事，正想着是不是应该离开，却又有些不甘心，生怕自己一转身林中雪就跑了出来。就在高洁犹豫不决的时候，从屋里走出来一个男人，高洁还以为是姑娘把林中雪叫了出来，没想到出来的却是一个不认识的男人。

男人也姓贺，林中雪管他叫贺叔叔。

贺叔叔见了高洁也愣了一下，然后问高洁道，你是哪家的孩子？

贺叔叔有些奇怪自己竟然没有见过高洁，因为天河镇的大人小孩，他差不多都认识。高洁就跟贺叔叔说了外婆的名字，说着又有些担心他可能不认识外婆，就又赶紧说了大舅舅的名字。

贺叔叔露出牙齿笑了起来，原来你就是高洁啊，我听中雪说到过你。

高洁有点不相信林中雪会跟这个男人说到自己，就稍微白了他一眼。

我知道你。贺叔叔仍旧很热情地笑道。你家住在安源，你爸爸妈妈在安源工作，是吧？

高洁有些不好意思地笑了起来，贺叔叔，林中雪呢？

在屋里。贺叔叔回头朝屋里喊了起来，中雪。

贺叔叔没听到回音就又叫起了那个大胸脯姑娘，那姑娘在屋里闷声答道，不晓得。

贺叔叔不晓得自己女儿这是怎么了，却也懒得去管这么多，先是低头想了一下，又抬头往山上看了一会儿，然后指着山上跟高洁说，林中雪可能去山上放马去了。

说着，又让高洁到家里坐，说林中雪不要多久就会回来了。

高洁忽然对贺叔叔有了点亲近感，却不知为什么不愿意在屋里等林中雪回来，而是按贺叔叔指着的地方找了过去。可是高洁在山里转了好一会儿，都没有找到林中雪的影子，感觉有些累了，肚子也配合着咕咕叫了起来，就顺势走到路边不远处一片青草丛中坐了下来。高洁抬头看了看天空，太阳已经快到正中间了，就估计差不多应该是吃午饭的时候了。难怪刚才看到那姑娘在洗菜，原来是准备做饭呢。这样想着，高洁举目往来的方向看，发现自己这地方离外婆家还是挺远的，就是离林中雪住的那栋房子都有了一段路程。高洁忽然觉得那姑娘是不会愿意给她饭吃的，因为从当时她那样冷淡就可以看出来。高洁仰头躺在了青草丛中。这地方正好背阴，有凉风微微地吹过来，倒让高洁感觉很是凉爽。高洁觉得在这不能躺太久了，不然肯定是要感冒的。但高洁却莫名其妙地想，生病就生病吧，就是死了也可以。这样的念头久久地缠绕在心里，高洁就觉得自己好无助，眼睛也忽然就湿了。

还好没过多久，高洁就听到一阵马蹄声，紧接着高洁看到林中雪牵着白马，站在了离自己不远的地方。原来林中雪已经放好了马，正准备回去吃午饭，结果在下山的路上，看到了高洁躺倒在青草丛中，林中雪当时还以为高洁已经看到了自己，有意躲到青草丛中玩躲迷藏呢。高洁好像看到自己朝林中雪跑了过去，但实际上高洁却仍旧躺在青草丛中，一动也没动。

　　林中雪很兴奋地朝高洁跑过来，高洁。

　　等林中雪跑过来扑倒在高洁身边时，却看到高洁已经泪流满脸了。

　　高洁你怎么啦？林中雪有些惊慌失措起来。

　　高洁看到林中雪就像看到了最亲的人，忽然就瘪着嘴巴哭了起来。

林中雪都要吓死了。

我小舅妈要被沉塘了。高洁哭着说道。

林中雪一点也不吃惊，却不晓得跟高洁说什么才好，原来整个天河镇都晓得了这件事。

这是你小舅妈咎由自取呀。林中雪见高洁哭个不停，就小声劝道。

高洁就说，都怪我。

怎么能怪你呢？林中雪就好奇怪。

高洁接着说道，当然要怪我了，如果不是我听到小舅妈深更半夜哭，如果不是我跟外婆说小舅妈生病了，我外婆就不会晓得小舅妈怀孕了，可是我不晓得啊，我以为小舅妈只是生病了。

你不说别人也迟早会晓得的。林中雪说。你想想看，只要怀孕了，肚子就会越来越大，那是谁也遮掩不了的，怎么能怪你呢？

高洁想想也是，但还是哭着说，我就不要小舅妈沉塘，我不喜欢你们这里的人。

林中雪接着说道，在天河镇偷男人的女人都是要被沉塘的，这是贺姓家族的族规，据说都有几千年了。

高洁听说这族规都有几千年了就吓了一跳，忽然说，这些人极坏。

两个人也不知说了多少，高洁忽然一连打了几个哈欠，原来高洁这些天都没有睡好，加上刚刚又走了半天山路，真是又累又饿，就告诉林中雪说，我饿死了，肚子早就咕咕响了。

林中雪看看日头，就想快到中午了，便拉着高洁的手，走，跟我吃饭去。

高洁自然是高兴的，去哪里吃？

林中雪告诉高洁去他住的地方吃饭，饭肯定早做好了。

高洁望了林中雪一眼，突然有些生气地说，才不去你那里吃。

林中雪就很奇怪，为什么啊？

没有为什么，反正就是不去。高洁不愿意去吃大胸姑娘做的饭，却怎么也不说理由。

林中雪搞不明白高洁的心思，又生怕高洁一生气饭也不吃了，就跟高洁商量，那我俩在哪里吃呢？

随便。高洁无所谓地说。

林中雪觉得送高洁回外婆家去吃太远了，就说，那我俩在这里烤红薯好不好？

高洁听到烤红薯立刻跳起来响应，好呀好呀，我最喜欢吃了。

原来高洁特别喜欢吃烤红薯，平时在上学的路上，碰到烤红薯摊都要买一个边吃边走。

林中雪就走到附近的红薯地里挖了几个红薯，顺便还打了一只斑鸠过来。林中雪本来想先让高洁吃个红薯充点饥，没想到高洁却已经倒在草丛里睡着了。林中雪就脱下自己的衣服，盖在高洁身上，然后去捡了些柴火，又在附近找了一个背风的地方，烤起红薯和斑鸠来。红薯和斑鸠烤好后，高洁正好醒过来，看到自己身上盖着林中雪的衣服，忽然闻到了林中雪身上的味道，就抱着他的衣服，坐在草丛里不动。

林中雪拿着烤好的红薯和斑鸠过来，一屁股坐在高洁身边。高洁把身体倚在林中雪身上不想动，林中雪便有些心疼地笑话高洁，还没睡够吗？

高洁接连打了两个呵欠，噘着嘴撒娇道，我还要睡觉。

林中雪就说，吃一点再睡吧。

高洁"嗯"了一声，却只是吃了个半饱，就趴在林中雪怀里，打着呵欠说，我又想睡觉了。

林中雪就把高洁搂在怀里，跟高洁"嗯"了一声说，那你睡觉吧。

林中雪担心高洁在野地里睡不习惯，就把自己的衣服又盖在了高洁身上。高洁便又偎在林中雪怀里睡了起来。高洁从来没有在野外如此心安地睡过觉，竟然睡到太阳快要下山了才醒过来。

尽管高洁还是有些不想回外婆家，但由于是骑马，而且林中雪还不时地快马加鞭，高洁还是很快就回到了外婆家。大舅妈见了高洁立刻大惊小怪地叫了起来，你这是到哪里去了？一天到晚都不落屋。

高洁不喜欢大舅妈这样有风便是雨的，就嘟着嘴巴没有搭理她。

大舅妈又说高洁道，如果把你这人丢了，我们怎么跟你爸爸妈妈交代？

高洁有些不想听大舅妈啰唆，起身到厨房里去拿碗筷。

大舅舅看在眼里就说大舅妈，你就少说两句吧。

大舅妈本来看到高洁这样不搭不理心里就有火，只是因为高洁是来做客的不好发作，这会儿见大舅舅还来指责她，心里的火嘭的一下就上来了，就说大舅舅道，这么大的女孩子，一天到晚不落屋，整天到外面疯，出了事看你怎么跟你姐姐交代？

大舅舅也有些烦，你就跟我少说两句吧。

大舅妈仍旧说，都是你们惯得不像样了，她爸爸妈妈惯你也惯，这么大的女孩子了，却没有一点女孩子该有的样子，到时候人们会骂这是我们做大人的没有教好。

高洁拿着碗筷出来，正好听到大舅妈在说爸爸妈妈就火了，我要你管？

外公正好从楼上下来，见状就说，都不要说，吃饭吧，天都要黑了。

大舅妈心里的火都发了，也就不想再说了，便端起来碗来装饭，忽然又想到表弟到外面找高洁还没回来，就出门去喊表弟回家吃饭。高洁眼泪都要出来了，忽地转身往楼上自己住的房里跑去。

外公就在楼下喊高洁，要吃饭了，还去哪里？

说着，又叫高洁，你喊声你小舅妈下来吃饭。

出了这样的事，小舅妈就躲在楼上，只在吃饭的时候下来端碗饭就又上楼去。

可高洁仍旧不理外公，外公只好随她去。这时表弟已经在外面找了两圈，始终没看到高洁的人影，却听到了大舅妈的喊声，就赶紧跑了回来，表姐回来了吗？

大舅妈教育表弟道，你要聪明点，找了两圈找不到就要回来。

说着，大舅妈正想转身进屋，却看到镇长来到了坪里，便往脸上放了一些笑容招呼道，镇长你这是要去哪里呀？都这么晚了，吃了饭吧？

我是来你家看看。

说话间，镇长已经走过晒谷坪到了门口，不待大舅妈邀请就迈步走进屋来，见桌上刚摆上碗筷，就有些吃惊地问，怎么还没有吃饭吗？

大舅妈跟在镇长身后也走了进来，听镇长这样问，马上诉起苦来，哎呀呀，还不是高洁不懂事啊，也不晓得是到哪里耍，天黑了才进屋。

镇长是过来听消息的。

原来昨晚商议的时候，大家都认为外婆她们会有些舍不得，毕竟小舅妈从小就在家里长大，和高洁外婆一家有很深的感情，特别是外婆一泡屎一泡尿地把小舅妈拉扯大，费了多少心思啊，但出了这样的丑事，家里再要留她肯定不行了，哪个愿意把一个屎尿盆子总扣在头上呢？可都吃完了晚饭，仍旧没有消息传来，镇长就有些坐不住了。

进了外婆家门，镇长当然受到了客礼相待，尽管他再三声明，已经吃过饭喝过酒了，但还是被强行安排到外公身边就座，本来要吃饭的大舅妈又放下碗，进厨房加了个红辣椒炒鸡蛋，外公还作古认真地端起碗，敬了镇长一大碗酒。酒是大舅舅自家酿的上等的谷酒，但镇长仍然记得自己来的目的，不过让镇长没想到的是，他刚开口说起小舅妈，就被外公软软地挡了回来。

外公说，这会儿只喝酒，哪个要讲不开心的事，就要罚酒三碗。

这让镇长感觉有些下不了台，下不了台的镇长就有些恼火。但镇长还是给外公面子，仍然把外公的一大碗谷酒一口干了。大舅舅晓得镇长和外公双方态度，见状就赶紧站起来给镇长敬酒，希望酒能堵了镇长的嘴巴，免得当场起冲突。尽管大舅舅声明镇长不用干了，但镇长还是一口干完了酒。镇长本来在家里就喝得差不多了，这会儿接连干了两大碗下去，明显就多了点，却仍旧打着饱嗝，跟外公说道，酒要喝事要讲理要辩，不辩不明，你说是不是？

外公虽然点头称是觉得应该这样，但当镇长远远地说到按家法族规，要将偷情的女人沉塘时，外公却叹着气摇着头，说什么也不肯给镇长面子。

你真是要把我气死了。镇长真是要恨铁不成钢了，不停地用手指敲着桌面说。你都活了几十岁啦，哪里是活了几十天不是？你怎么就变得这样屎尿不分了？你以前读的书难道都读到牛×眼里去了吗？不是我嘴巴臭，我讲你是养了条狗啊，一条狗都晓得要报恩，可你屋里这个家伙，不但不报恩，反而做这等丑事出来，你有何面子？就算你不狠心，可你这一家大小呢，他们的面子何在？

家门不幸啊。外公说着，一连叹了几口气，仰头喝了碗闷酒。

镇长见状觉得自己可能说得有点过头了，就放软了一点身段，接着说道，我能理解你的心情，你就讲这是族里讨论的决定，你说了不算。

外公红着眼睛望向镇长，你们的决定？你们是哪个？凭什么可以决定一个人的生死？

镇长对外公露出不屑一顾的神情说，不是我说大话，我还真是可以要你死就死，要你活就活。

你跟我滚。外公忽然一拍桌子骂道。我屋里不欢迎你这样的人。

镇长头一回碰到这样不讲道理的人，真是差点把肺都要气炸了。但镇长又转念一想，在别人家里还真不好计较，就腾地一下站起来往门口走，一边走还一边气呼呼地骂外公道，你是有精神病，我不跟你讲了。

大舅舅见状，赶紧一边小心道歉，一边送镇长到门口，望着镇长气冲冲的背影消失在夜色里，大舅舅不知为什么竟然轻松了许多。外公看到大舅舅送镇长的样子就有些烦，吃饭吃饭，都快要饿死了。

外公感觉没看到高洁，就朝楼上嚷，高洁高洁，吃饭了，快点下来。

不过下楼来的不是高洁而是小舅妈，很明显小舅妈已经听到了刚才的争执，外公和大舅舅就有些难堪。外公就指着旁边的凳子让小舅妈坐，而大舅舅则赶紧叫表弟去装碗饭过来。表弟站起来就要去,但被小舅妈拦住了。小舅妈直接走到外公面前跪了下去,外公虽然没去扶,但还是让小舅妈赶紧起来。小舅妈就站了起来,然后从腋下拿了东西摊开来,外公认识这是小舅妈随身带来的皮子。一家人都不知道小舅妈是什么意思,小舅妈也没再说话,而是把皮子往身上一穿,然后往地上一倒,竟然瞬间就变成了一只狐狸。变成狐狸的小舅妈,最后看了一眼家人,然后忽的一下往门口跑去,一会儿就不见了。

· 18 ·

小舅妈变回小狐狸扬长而去,却并没有让高洁外婆一家人从此过上舒心的日子。没有了小舅妈的洗衣浆衫担柴做饭,大舅妈只得操持起全家人的一日三餐来。由于心里窝着一股越来越盛的火,大舅妈什么事都看不惯,看什么事都烦躁,每日嘴巴里像吃了火药一样,不是丢东摔西就是骂骂咧咧个不停,有时候不要说外公带回来的女人,就是外公都会时不时地被大舅妈指桑骂槐。以前看到大舅妈有些过分,大舅舅还会说大舅妈几句,如果碰到大舅妈像对外公这样对待外婆,还会把她压在角落里狠狠地教训一顿,可这会儿他却什么都视而不见了。大舅舅自己心里也是说不出来的苦。自从听到外公要回来那天起,大舅舅就感觉自己在天河镇是越来越抬不起头了,那些说不出口的事接二连三地像洪水一样汹涌而来,几乎要将大舅舅打趴在地。不要说老族长和镇长,就连那些平时喜欢到家里来坐坐的邻居都没了踪影,更过分的是就连那些平时喜欢找表弟玩的小男孩,也被家里大人管住了脚,只要看到自己的孩子跟表弟玩在一起就会把孩子喊回去,有时候还会恨铁不成钢地在孩子脑袋上敲一下,骂自己的孩子好吃懒做只晓得玩。大舅舅就晓得自家正在被天河镇人所抛弃,要晓得大舅舅以往在天河镇是很受人崇敬的,大舅舅似乎从来没有像现在这样喘不过气来。如果说大舅舅以前是只昂首挺胸的狗,这会儿则变成了被打断脊梁骨只能趴在地上喘气的狗。有那么十天半个月,大舅舅干脆就躲在家里,整天大门不出二门不迈,就连屋后山坡上自家的菜地都没去浇个水。但大舅舅又晓得这怪不得别人,谁让外公一辈子要跟老族长过不去?谁让小舅妈被野男人搞大了肚子?谁让外公不肯将小舅妈沉塘呢?如果谁家里也出了这样的丑事,自己说不定也是乐得看笑话的。不管大舅舅是否想得通,尽管大舅妈天天指桑骂槐,但生活总得继续,日子就像流不尽的河水,一天一天不停地往前走,它可不管你有没有饭吃。于是这天大舅舅就在大舅妈的骂声中,扛着锄头出了门。

  大舅舅低着头有些沮丧地往自己家的田里走,大舅妈则余怒未消地跟在大舅舅身后。尽管老远就看到了捕鱼的人,但大舅舅和大舅妈两个人都没有当回事,只是到了自己的田头三个人迎面碰到,看到捕鱼的人有些巴结地笑着跟自己打招呼，大舅舅才知道捕鱼的人是特地来找他们的。捕鱼人的突然出现，虽然让头发长见识短的大舅妈有些本能地警惕，却让尚处在困境之中的大舅舅感觉到了这可能是一场及时雨。

因为这么大热天，捕鱼人的右腋下夹了床破棉絮。

大热天谁会夹床破棉絮出门？估计谁见了都会一愣，但大舅舅见了心里却闪过一丝暗喜。捕鱼的人见了大舅舅和大舅妈有些羞涩地笑着打起了招呼，大舅舅被他的笑容温暖了一下，就赶紧停下脚步抢先招呼道，这么大日头，你拿着棉絮要去哪里？

大舅舅表现得有些明知故问了。

捕鱼的人常年在天河里打鱼，皮肤早晒得黢黑，这会儿脸上竟然也露出了一丝红。

开不得口哟。捕鱼的人赶紧赔着笑脸跟大舅舅说。

开不得口就是不好意思开口，所以大舅舅抱着很大希望似的望着捕鱼的人鼓励道，你有事尽管讲就是，我两兄弟之间还有开不得口的事吗？

大舅舅没想到第一次喊捕鱼人为兄弟竟然会这么顺口，好像只是嘴巴稍微一张兄弟两字自己就跑出来了，所以心里暗暗地有些怪怪的。捕鱼的人自己也听到了，就有些感动，这感动紧接着又从心里涌上来直达眼睛。捕鱼的人觉得自己做人还是很成功的，不然也不会让人这么瞧得起。

大舅舅这么热情不但让大舅妈感觉到莫名其妙，还让大舅妈警惕起来，心想捕鱼的人肯定是狗嘴巴里吐不出象牙来，果然就听他说道，是这样，我准备结婚了，可最近手头有些紧，想到你这里当几块钱用一下。

大舅舅在家里设了一个当铺，却不收人家一分钱利息，主要是帮助乡邻们救一下急。平时哪个揭不开锅，或者手头要急用，就会拿些暂时不用的东西来当几块钱救下急。虽然这个善举为大舅舅赚来了极好的名声，却让大舅妈不厌其烦，每次看到家里堆满了东西，有些可以说就是垃圾，大舅妈就跟大舅舅吵架，生死要关了这个当铺。

要结婚了？大舅舅真是为捕鱼的人高兴。新娘子是哪个？

捕鱼的人就有些不好意思地告诉大舅舅是寡妇，讨了一个寡妇也没有什么值得高兴的。

大舅舅却放大声音开玩笑道，只要人好，寡妇有什么要紧？不费一点神就当爸爸了。

这倒是。捕鱼的人也呵呵笑了起来。

好事好事。大舅舅连连说道。要来讨杯酒喝。

捕鱼也被大舅舅的热情所感染，也高声说道，到时候一定来请。

大舅舅见捕鱼的人总不开口说正事，就主动问道，你需要多少钱？

捕鱼的人有些不好意思起来，摸了半天脑袋才说，我想是想当五块大洋。

没问题。大舅舅顿都没有打一下，说着还挥了一下手接着道，没得问题。

我当然也晓得这棉絮值不得这么多钱。捕鱼的人不好意思地解释道。但主要是我结婚要用钱，实在没有别的办法可想了，晓得你平时就待人极好，所以只有厚着脸皮来请你老大施一下援手。

没得问题。大舅舅说着，就要打转身跟捕鱼的人回去，却被大舅妈阻止了。

我们刚来不是？

大舅妈说大舅舅道，说着又转身跟捕鱼的人解释道，前段时间屋里一直没得空，到今天才有点时间来打理一下，你都看到了，我们也是刚刚来，你看田里都长这么高的草了，要不你先回去，看吃晚饭的时候到屋里来？

大舅妈本来是想先把捕鱼的人打发走后，再跟大舅舅算一下账，把事情说清楚。大舅舅却没理解大舅妈的意思，不过大舅妈的话倒是提醒了他，田里的草又高又多，确实是不除不行了，但要捕鱼的人吃了晚饭再来却又说不出口。

这样吧。大舅舅先是在心里合计了一下，然后有些抱歉地跟捕鱼的人说。你还是现在到我屋里去，我父亲在家里，你就跟他说已经跟我讲好了，当五块大洋。

捕鱼的人有些犹豫地说，要不我还是晚上来吧？

大舅舅看捕鱼人很不放心的样子，就担心他回去后会不再来了，便大声要他放心，你去就是，没得事的，我父亲虽然脾气古怪些，但人还是蛮好的，你去就是，就说是我喊你去的。

捕鱼的人就放下心来，夹着破棉絮往高洁外婆家走去。

大舅舅望着捕鱼的人的背影，还很高兴地说，到时候我一定来讨杯酒喝。

等捕鱼的人拐一个弯没了踪影后，大舅舅就挥起锄头锄起草来。大舅舅心里好高兴，觉得捕鱼的人在这个时候，还能到自己家来当东西，就表明天河镇还是有人记得他需要他的，是对他平时为人的肯定。大舅舅当然晓得钱的重要，但他更看重的是自己在天河镇的口碑，认为自己觉得自己好，家人说自己好都不算本事，关键的是别人说自己好才行。这点就是老族长也是相当认可的，几次都当面夸大舅舅大事不糊涂，说他为全族人作出了贡献。

对于老族长的夸奖，大舅妈听了也是很受用的，每当她跟左邻右舍一起聊天时，就会有事没事地显摆，老族长都如何如何称赞过我们家，而在平时，特别是在碰到具体问题时，却又总是后悔不已，就会总想把当铺关了。这不大舅妈又一边在田里做事，一边又唠唠叨叨还是要关了当铺，弄得大舅舅心情又沉重起来，忽然觉得让捕鱼的人去找外公有些不妥，就想丢下手里的活赶回家里去。

你这是要去哪里？大舅妈看到大舅舅突然停下手上的活计，转身要走就有些莫名其妙。

大舅舅说，我还是想回去一下。

怎么？大舅妈更是莫名其妙，因为活还没有干到一半，哪能丢下活计不干回家呢？

大舅舅就跟她解释，我爸常年不在家，不晓得我搞了这个当铺，我担心捕鱼的人这么一去，会惹他老人家不开心。

大舅舅虽然这样说，但大舅妈却晓得大舅舅葫芦里卖的是什么药，惹得她当场拉下脸发起火来，骂大舅舅是个猪脑壳，他是你外公不是？要你这个样子对他好？你对我娘家人从来都没有这么好过。

大舅舅本来只是有些担心，倒并不是真的以为外公就会把事情搞砸了，这么一犹豫就没再坚持回家，而是又挥起了锄头。

我看你老头子把他那床破棉絮丢了才好。大舅妈却仍旧说道。我就是看不得这么不要脸的人，一床破棉絮还要当五块大洋。

大舅妈看到大舅舅低着头干活，也干起活来，但嘴巴里仍唠叨个没完，我看家里这个当铺还是关了，不但没得一分钱赚进来，尽收些垃圾不说，还要不断地往里面贴钱，这个样子搞下去，屋里就是有金山银山也是贴不起的。

大舅舅只是埋头干活，也不搭理大舅妈，由着她东一句西一句地唠叨个没完。大舅舅晓得她的脾气，也不想为了捕鱼的人的事直接跟她翻脸，毕竟她才是过日子的自家人，这样一来大舅舅就只有少说两句。这样一干就干到快吃午饭了，两个人才回到家里。

虽然捕鱼人的事还在心里惦记着，但大舅舅进屋的时候却没有过问，免得又惹来大舅妈没完没了的唠叨。如果有什么事父亲会开口的。大舅舅心里这样想。五个大洋在大舅舅看来都不能算是钱，何况是花钱如流水的外公呢？要晓得外公常年在世界各地漂泊，在他的手里经历了多少钱，又有多少钱他没有见过？所以大舅舅觉得五个大洋无论如何也不会是什么大事的。这样想着，大舅舅就到厨房里把锄头放了，又到屋后沿山坡流下的溪水里洗了一把脸，简单擦了一下脚，之后才坐到了饭桌前。还没有开始端碗吃饭，高洁就忍不住笑道，真是笑死我了。

外公也望着高洁乐了起来，很显然两个人是站在同一战线上的。也许是由于有了外公的参与，高洁就笑得更起劲了，竟然笑得捂着肚子直叫哎呀。捕鱼的人来当棉絮的时候表弟不在家，这会儿见高洁在桌上笑得东倒西歪，也央求高洁快点说出来，表姐，你快说呀，不说我就不理你了。

大舅舅担心高洁让饭噎着了，也赶紧让高洁不要笑了。

高洁有点笑够了，这才停了下来，说起捕鱼的人来当棉絮的事情。原来捕鱼的人赶到外婆家时，只在门口张望了两下，因为晓得大舅舅大舅妈都到山下田里劳作去了，就一边喊有人在家吗，一边往屋里走，把正在厅屋里练毛笔字的高洁吓了一跳。

你找哪个？

说完，高洁看到是捕鱼的人，就晓得他是来找大舅舅的，主动告诉他，我大舅舅不在家，他跟我大舅妈到田里干活去了。

我晓得。捕鱼的人笑道。你外公在家么？你大舅舅要我找你外公。

高洁就抬头朝外公住的楼上喊道，外公，外公。

窗台上先是出现了外公带回来的女人，接着外公的脸也出现在窗台上。

高洁指着捕鱼的人告诉外公，他要找你。

如果外婆在旁边，肯定又要说高洁不懂礼貌了。外婆总是会教育高洁和表弟要叫人，比如对老年人要叫公公婆婆，对中年人要叫叔叔伯伯。但高洁对不怎么熟悉的人特别是男人，本能地都不太怎么热情。外公一看捕鱼的人也不是很熟，就晓得不是找自己的，正在奋笔疾书的外公，平时不大管舅舅家里的俗事，但这会儿看到高洁一个小女孩不太方便，就放下手里的笔下了楼。

捕鱼的人就赶紧笑着迎了上去，外公也不失礼貌地把他让到桌子边坐了下来，看到他走得满头大汗，便又叫高洁去端杯茶过来。高洁应声就进了厨房，去给他端凉茶去了。

捕鱼的人把棉絮放在长条凳上，不待高洁端茶过来就说明了来意。外公听了很是惊奇，因为他还不晓得家里有一个当铺。捕鱼的人就把外公带到厅屋右侧一个过道边，推开一个杂物间的门，外公这才弄清楚这个杂物间的房子竟然是间当铺，而捕鱼的人对当铺的熟悉也让外公有些莫名其妙，就呵呵笑道，你怎么这么清楚？我都不知道一点呢。

我是经常来麻烦的。捕鱼的人就也笑道。不但我，天河镇的好多人都来当过东西的。

外公有些不解地问，我都回来这么久了，怎么没看到有人来当东西呢？

捕鱼的人就告诉外公，这年头风调雨顺收成尚好。又说自己是因为要结婚，不然也不会来当的。外公这才想起捕鱼的人刚进门时说要当五块大洋，还有些不相信地问你这棉絮要当多少钱。在得到捕鱼的人肯定的回答后，外公就以为捕鱼的人不是个疯子就是个骗子。

我还好拿了当铺的记事本看了一下。外公接着高洁的话笑道。我看到这个人去年也当了床棉絮，也是当了五块大洋，可今年都没有拿回去，我就告诉他不当，要当也要先还了去年那五块大洋再说。

大舅舅还有些不相信，你真的没给他当？

是啊。外公说。

哎呀。大舅舅就有些急了。你怎么不给他当呢？

外公说，一看就是个骗子，我还会上当吗？

大舅舅不晓得怎么办才好了，一个劲地在屋里转圈，一边还擦着手哎呀哎呀地叹气。高洁不能理解大舅舅为什么要急成这个样子，就看了看外公和外公带回来的女人，接着又看看了大舅妈，还大大咧咧地说大舅舅道，我觉得你有些傻。

你就放心吧。外公也看不得大舅舅这个样子，就有些火了。我路过的桥比你走过的路都还要多，还会看错了？

你晓得个屁哟。大舅舅虽然说了粗话，但只是由于心急，并没有要责骂外公的意思。

大舅妈担心外公听了会不高兴，也觉得外公自作主张有些不妥，就跟外公解释说，你常年不在天河镇，对天河镇好多事情都不晓得，有些事虽然看起来是小事，但弄不好就伤害了人家，都是低头不见抬头见的乡亲，是得罪不起的。

外公觉得大舅妈说得不对，但也不好说大舅妈什么，就只好闷着头吃饭。

大舅舅也顾不得跟外公脸红脖子粗，转身朝大舅妈说，你去拿五块大洋给我，我看还是马上给他送过去。

大舅妈虽然不满外公自作主张，但心里还是有些舍不得五个大洋的，所以对大舅舅饭也不吃，马上就要给捕鱼人送钱去的做法还是很不高兴，当即就把碗往桌子上一放，很恼火地跟大舅舅说，这个人是你外公不是？值得你这样看得起？他如果真是需要钱用，他可以再来当啊，我跟你讲，天下哪有这样的事，还马上就要送钱去？

他这样哪里还敢来？大舅舅说着，苦笑了一下。

大舅妈却说道，我也不是个小气的人，你即使要送钱去，也可以吃了饭再去吧？

大舅舅觉得大舅妈说得也是，就坐了下来，又给自己倒了一碗米酒，这才看到刚刚还是喜气洋洋的高洁这会儿脸色苍白，显然是被自己刚才发火吓到了，而外公也是铁青着脸，埋头吃饭一声不吭，就想自己刚才发火是不是有些不妥，因为他们两个都不晓得自己在家里搞当铺的目的。大舅舅端起碗来喝了口酒，觉得还是解释一下要好些，免得日后再有人来当东西又空手而归。

高洁，我跟你说。

大舅舅就想跟高洁解释一下，免得回家后跟父母告状，当然也想借这机会说给全家，特别是外公听。高洁听到大舅舅叫，就抬头望了大舅舅一眼，但很快又低下头去，因为高洁眼睛里噙满了泪水。高洁不想让大舅舅看到，也担心一下没忍住掉下来。

大舅舅当然还是看到了，就有些抱歉地伸手摸了一下高洁的脑袋，呵呵笑了一下说，高洁，你不是小孩子了，到天河镇也这么久了，肯定也看出来了，天河镇没有萍乡那么繁华，当然更比不了你们安源煤矿，就因为天河镇是个穷山沟，要靠天吃饭，一碰到有天灾人祸发生，就会有人家里揭不开锅，连饭也吃不上，大舅舅家里算是好一点，就在家里开一个当铺，在别人需要帮忙的时候救一下急，这都是我们做人的根本，你想想看，人家有困难我们能帮的话，怎么就不能帮一下呢？

说着，又问表弟，你听到了没有？

表弟有些调皮，虽然还不是很懂这些，却又满口答应道，晓得了。

高洁觉得眼泪快出来了，就抬起胳膊偷偷擦了一下眼角。

外公看大舅舅把高洁教训得这样可怜，就插话道，你真是有出息啊，还满口仁义道德的。

外公带回来的女人见状赶紧说外公，你怎么变得这么讨人嫌了？就不能少说两句吗？

大舅舅晓得外公平常最瞧不起的就是仁义道德，也早就对外公说仁义道德是假仁假义是杀人而心怀不满，这会儿见外公当着两个孩子的面嘲笑自己，心里那刚刚才压下去的火，又呼的一下上来了，不过大舅舅还是顾及外公是自己的父亲，就尽量压低声音跟外公说，你没看到我在教育儿子跟高洁吗？当然高洁人聪明可能会好点，还有可能会跟她爸爸妈妈一样出国留学，但你这个孙子就不可能像你一样，一年四季全世界到处跑，很可能就跟我一样，只能老死在天河镇，天河镇有天河镇的规矩，在天河镇把仁义道德讲成是假仁假义是杀人就是大逆不道，会被人家所不齿的。

不要讲了。大舅妈扯了一下大舅舅的胳膊，打圆场说道。赶紧吃饭，吃餐饭都不得安宁。

然而外公不但没停止，还用不屑一顾的神情继续说道，你看看你自己活成了什么样子？一床破棉絮要当五块大洋，明明就是个骗子，你还当菩萨供着，你这低声下气的样子，还能教育好人？我跟你讲，你有你一世，你儿子有你儿子一世，你那套假仁假义的东西，还是自己留着好，别去害你儿子了。

大舅舅看到外公不顾高洁和表弟在场，竟然还如此胡说八道，气得当场就冲外公嚷了起来，我跟你讲，我忍了你很久了，从小到大这么多年，我跟你讲我都忍伤了，今天我非讲不可，不然我会让你气死了。

说着，大舅舅把筷子往桌子上一放，继续说道，远的不讲，就讲你回来的事，你老了，跑不动了，你带个女人回来，你快活了，可你却把我们多年来安安稳稳的家给拆散了，我妈妈跟了你一辈子，也辛苦了一辈子，现在年纪大了，按理说到了应该享福的年纪，却被你气得一个人住进了水磨房，还有老弟嫂这个狐狸精，做出了偷人这样的丑事，你不但不打不骂，还喊镇长滚，喊镇长滚是你能喊得的？你以为你是老大呀？你可以由着性子来，却弄得我们家里里外外都不是人，在全天河镇都抬不起头来，哪个人都可以朝我脸上吐口水，你晓得不？

大舅舅接着说，我跟你讲，我还会不晓得这床破棉絮值得多少钱？不要讲五块大洋，就是半块都抵不得，我也晓得他很可能不会再还了，因为去年那床破棉絮都还在我这里，可这是我们家重新回归，让天河镇人重新接纳我们的大事啊。

大舅舅说着，激动起来，就一边敲了敲桌子，一边又接着说道，我跟你们讲，你以为我们家有钱，就了不起是吧？独善其身，不招惹人家就可以了是吧？我告诉你，就在离我们不远的莲花，前几年没钱的人动不动就吃大户，不肯就打人，有的有钱人还被打死了，怎么办？没听得老虎叫，也听得老虎哼啊，你讲真是发生了这样的事怎么办？你搬起石头打天哦？如果我们不想办法跟人家讲仁义，不主动跟人家搞好关系，以后就可能在天河镇待不下去了，晓得不？

外公没再说话了，他确实从没这样想过，但更让他震惊的是，家人对他竟然这样不满。

吵什么？大舅妈见状就骂大舅舅。就听家里倒了一桶蛤蟆一样，让邻居听到好听不是？

不是我说你，你读了大半辈子书，还真是都读到牛×眼里去了，一肚子的歪门邪道。

大舅舅性子上来了，便只顾顺着自己的性子说，结果一不留神爆出来一句粗话，把本来不打算说话的外公又惹火了。

外公指着自己的鼻子问大舅舅，你晓得我是哪个吗？我是你老子，你晓不晓得？你这样没上没下没大没小，就是你的仁义道德吗？我读书都读到牛×眼里去了，你呢？读书读到哪里去了？

大舅舅让外公说得张口结舌。

外公却有些得理不饶人，继续骂道，人家读书是越读越精神，你倒好越读越像只狗。

我怎么像只狗了？大舅舅说。

外公很鄙视地说大舅舅，看看你面对着老族长那个巴结样子，我看连只狗都不如。

大舅妈见外公说到了老族长吓了一跳，赶紧骂大舅舅道，两个人长这么大，还像两个小孩一样吵架好意思吗？传出去了好听是吧？

大舅舅也晓得不能再吵下去了，心想要是传到老族长耳朵里了，那这个家就真的在天河镇待不下去了。大舅舅一边跟外公作揖，一边站起身来说，哎呀呀，你是我父亲你是大，算我怕了你，好不好？不过我有句丑话讲在前面，麻烦你不要再管我家里的事了，否则不要怪我不认你这个父亲。

大舅舅说着把碗一放，酒不喝饭也不吃了，起身就要出门，可走到房门口却又打转身，到房里拿了五块大洋这才出门。大舅妈晓得大舅舅肯定是给捕鱼的人送钱去了，虽然大舅妈有心想制止，但不知为什么却又没有作声。

娘子个×。大舅妈在心里骂道。不过大舅妈又不晓得骂哪个才好。

· 19 ·

　　大舅妈猜得没错，大舅舅还真是到捕鱼的人家里去了。不过虽然是去送钱，但大舅舅却丝毫没有施人恩惠的喜悦。大舅舅几乎可以肯定捕鱼的人不会收，有点骨气的人都不会收下这嗟来之食。大舅舅觉得就是他不会收，也是一定要送过去。大舅舅也晓得，这回肯定是要做矮子人的，这让大舅舅心里好恼火。

　　娘子个×。大舅舅一边赶路，一边在心里骂道。尽管心里好恼火，尽管屋里像倒了一桶蛤蟆，乱成了一锅粥，但大舅舅还是经历过风风雨雨的，晓得这会儿心不能乱，更不能意气用事，就用手在路边矮树上扯下一片叶子，然后放进嘴巴里，像羊一样嚼了起来，树叶苦涩的味道，让大舅舅火燥的心慢慢平静了下来。

　　大舅舅紧走慢走，等走到捕鱼的人家门口时整个人已经是满头大汗，看到那座破旧的茅草屋，大舅舅就愣了一下，忽然觉得自己这样顶着太阳来送钱不值得。如果打鱼人平时跟自己一样勤俭做事，哪里还会是这个样子？不过大舅舅也只是在心里犹豫了一下，就迈步走进了茅草屋里。

　　捕鱼的人和寡妇，还有寡妇的女儿正围着小方桌吃饭。

捕鱼的人见大舅舅进门却身也不起，倒是还没过门的寡妇，赶紧像个女主人一样，很客气地站起来迎接，哎呀呀，快点来坐。

寡妇一边给大舅舅让座，一边很感叹地说，是哪阵风把你吹来了呀。

大舅舅晓得捕鱼的人心里有气，却也没有往心里去，而是毫不客气地接过凳子，然后又一屁股坐了下来。寡妇就喊女儿去厨房端杯凉茶过来，她的女儿本来就很懂事，放下碗筷赶紧起身去了。大舅舅趁机看了一下桌子上的菜，除了两个蔬菜外，还有鱼和鸡蛋。

生活不错。大舅舅一边感叹，一边觉得家里真是要有个女人才像个家。

捕鱼的人却让大舅舅不要笑话自己，我这讨饭的装，哪里可以跟你这个大财主比呀？

我是大财主？一个卵吧。大舅舅晓得他心里还有气，就故意笑着说了句丑话以示亲热。

寡妇的女儿正好端了杯凉茶过来，大舅舅就接过来吃了一口，又逗她道，喜欢这里吗？

寡妇的女儿就有些不好意思起来，声音小小地说，喜欢。

寡妇的女儿从小没有父亲，跟小朋友在一起玩时经常被人骂没爷崽，如今突然有了一个父亲，自然是件高兴的事。于是几个人都呵呵笑了起来，不过在几个人中，就捕鱼的人笑得最开心，因为他多年单身一人，如今突然有了老婆，还有了一个乖巧懂事的女儿，而且寡妇还说要跟他生两个儿子，这就让他觉得这辈子足了。

于是这么一来，气氛也就轻松了许多。

大舅舅就趁机说了自己来的目的。大舅舅看了寡妇一眼，又转过身来跟捕鱼的人说，我上午没在家，我父亲嘛又老懵了，有些不晓得事理，搞得你白跑一趟，这会儿我把五块大洋给你送过来了。

说着，大舅舅把五块大洋拿出来放在小方桌上。

捕鱼的人说什么也不肯收下，我回来想了一下，觉得你父亲也讲得有道理，我去年当的那床棉絮都还在你屋里，再说一床棉絮也无论如何当不得五块大洋。

大舅舅就跟他解释，我父亲常年在外不落屋，不晓得我俩的情谊，如今老懵了回来了，你不晓得尽坏我的事啊，如果人真的可以气死嘛，我真是早就被他气死了。

捕鱼的人还想说，可大舅舅不让他再说下去了，你不要讲了，再讲就伤感情了，是这样，这五块大洋是你当棉絮的，另外我再写上五块大洋礼金，算我送个礼讨杯喜酒喝，只是礼太少，请你千万不要嫌弃。

寡妇晓得大舅舅是真心实意，因为平常大舅舅一家也是经常接济她们孤儿寡母的，但她仍然也不肯接，我们两个都年纪一把了，再讲结婚做酒，还真是会不好意思，所以我就是把东西往他这里一搬就是了，也不打算做什么酒了。

大舅舅呵呵笑道，你做不做酒我不管，但我这礼是一定要写的。

说完，大舅舅起身就走，等捕鱼的人和寡妇再要阻拦时，大舅舅已经笑着走到了门口。寡妇晓得大舅舅是执意要送，就拦住捕鱼的人说，人家一片好意，还是收下吧。

大舅舅就跟寡妇的女儿说，我儿子在家里，你去寻他耍哟。

好哟。寡妇的女儿平常经常跟高洁表弟一起玩，听了就欣喜地说。等我吃完饭洗了碗就去。

大舅舅非常得意地打道回府，可走到半路上忽然又拐到田里来了，原来大舅舅想到这么大的太阳，得给水稻多浇些水才好。大舅舅在田边的水渠上挖了一个口子，清水就源源不绝地流进了自家田里。等田里都灌满了水，这才用泥巴把口子重新堵上。大舅舅擦了擦额头上的汗，又在水渠里洗了一下满是泥巴的脚，这才心满意足地起身往家里走去。

大舅舅以为事情都在按着自己的心愿发展，却怎么也没有想到后院早已起火。大舅舅一回到家就被大舅妈拦住了，大舅妈悄悄地告诉大舅舅，外公一个人在楼上哭了很久。大舅妈说的时候，好像还心有余悸，因为让一个上了年纪的老人哭得这样可怜，在天河镇的人看来是要遭天打雷劈的。

大舅舅的脸唰地就苍白了，现在呢？

大舅舅说着，又对楼上侧耳听了一下，却好像没有听到一丝声响。

现在还哭？大舅妈见状，就赶紧跟大舅舅说，还不得了哦，早就没哭了。

大舅舅立马抬脚往里走。

大舅妈跟在后面有些不解地说，怎么像个小孩子一样？

动不动就哭个不停。

大舅舅心里忽然安稳了不少。父亲老了，老小老小，一个人老了就变成小孩了，可老人变成的小孩，却跟自己生的不一样，不要说伸手打一下，就是连一句重话也是说不得的。大舅舅这样想着，就跟大舅妈说，你不要管他，随他去。

大舅舅的意思是要大舅妈少去招惹外公，只要外公不像小孩一样吵闹就万事大吉了。大舅妈也没搞懂大舅舅是什么意思，就稀里糊涂地嗯了一声。大舅舅走到方桌边坐了下来，大舅妈看到大舅舅满身是汗，就赶紧端了杯凉茶过来。大舅舅接过来喝了一口，心里却想外公也不容易，一个人满世界乱跑，也不晓得是为了什么？大舅舅就想自己以后凡事也要多让着点外公，遇到外公不讲道理也要少说几句，或者就当外公没说就是，父子间哪里有这么多道理可讲？大舅舅真的没想到外公会从这天起就不再下楼了，也不再管家里的任何事情。就连吃晚饭时没看到外公下楼，大舅舅也没能想到这一点。大舅舅见高洁跟表弟都出来端碗装饭了，可外公和外公带回来的女人却还没下楼来，就有些不耐烦地自己先吃了起来，倒是大舅妈让表弟去楼上喊外公吃饭。表弟坐在桌子边没动，而是冲着外公他们住的楼上喊了一句，公公吃饭啦。

后来大舅妈又鼓动高洁去喊，高洁却有些不想理她，可她说外公最喜欢你了，高洁觉得自己再不表示一下，她肯定要说自己不懂事不孝敬外公了，就也朝楼上喊了一句，外公吃饭啦。

外公带来的女人下楼来了,涨红着脸告诉大舅舅,他说什么也不肯下楼来吃饭。

说着,又很抱歉似的跟表弟和高洁微微点了一下头。

不晓得他是哪根筋搭错了。外公带回来的女人无可奈何地说。

大舅舅就跟她商量说,不吃饭不行啊。

她就说,我看我还是给他装碗饭上去好了。

大舅舅有些担心,她就让大舅舅和大舅妈放心,你们不要理他,我跟了他这么多年,经常看他这样莫名其妙的。

她一边说着一边拿碗装饭,又往碗里夹了些外公喜欢吃的菜,这才给外公端上楼去。半晌就见她下楼来了,告诉大舅舅和大舅妈外公在吃饭。大舅舅就望着大舅妈有些哑然失笑,怎么跟个小孩子一样?

不过高洁却觉得外公肯定是伤透了心,才不肯下楼吃饭的。一家人吃完了饭,都坐到门口去洗澡乘凉,外公带回来的女人却提着水桶和脚盆上去,大舅舅这才晓得外公是要在楼上洗澡了。

大舅妈有些替外公带回来的女人忿忿不平,说这不是磨人吗?

外公洗梳完毕后,外公带回来的女人又来跟大舅妈要了一只尿桶提上去,大舅舅和大舅妈这才惊奇地发现,外公从这天开始屎尿也都要在房里解决。大舅舅他们之所以会如此惊奇,是因为在天河镇,人们晚上要拉屎拉尿,都是自己提着煤油灯上厕所,只有新娘子才会把尿桶放到房门后面方便。

大舅妈望着外公屋里不熄的煤油灯，有些心痛地跟大舅舅说外公是个败家子。

外面这么凉快。大舅妈很不理解地说。怎么就非要待在屋里呢？

尽管外公拿足了架势，但大舅舅仍只是觉得外公还像个小孩一样，一点也不相信外公会真的从此不再下楼了，要晓得外公常年在世界各地奔波，好不容易回到天河镇，也住不了十天半个月就又要离开。这种人在天河镇，被人说成有一双野猫脚，所以大舅舅跟大舅妈打赌说，要把一双野猫脚关在家里，不要说一年四季，就是能关上十天半个月，我就不姓贺了。

不姓贺了的意思，就是不再是贺氏家族的子孙。在天河镇，大舅舅发的这个誓也算是够毒的了，但大舅舅跟大舅妈说这话时，也摆足了打死都不信的架势。让大舅舅没想到的是，十天半个月很快就过去了，外公仍旧是躲在楼上不见踪影。每天清晨，就见外公带回来的女人提着尿桶下来，把外公头天拉的屎尿倒进厕所里，然后把尿桶洗刷干净，再拿上楼放在大门角落里。每餐饭还是由她端上去，待外公吃完后再把空碗拿下来。晚饭后女人则提水上楼帮外公洗澡，洗完后就把外公换下的衣服拿下来洗。大舅舅虽然不再提他发的誓，但心里也开始有些不安起来，就主动提出要她把外公带下来走走。

一天到晚待在楼上对身体不好。大舅舅说。

外公带回来的女人就有些抱歉似的告诉大舅舅，早就跟他说了，可他就是不下来。

　　大舅妈看到大舅舅有些忧心忡忡的，就在外公带回来的女人面前含沙射影，父亲跟儿子还计较什么啊？如果儿子真要是做错了什么，做父亲的就伸手给他几个巴子就是。

　　大舅妈的话有些难听，外公带回来的女人只好又跟她解释，我跟他讲了很多次了，父子间会有什么深仇大恨呢？上一点下一点都不要计较，可他就是不听。

　　大舅舅觉得这都是自己造成的，大舅妈看不得他这副鬼样子，就恼火起来，骂他道，家里这么多事你都不操心，偏偏这个不要你操心的又这样操心，不下楼就不下楼嘛，反正又死不了。

　　大舅舅虽然不觉得自己有什么错，但也晓得大舅妈从来都是狗嘴里吐不出象牙来，所以并没把她的话放在心上，而是时不时地鼓动表弟上楼去看看。可是表弟去过几次后就不想去了，因为表弟年纪还小，跑到楼上去后外公也不怎么搭理他，就觉得一点也不好玩。倒是高洁天生就跟外公投缘，加上年纪大些自然要懂事得多，所以也不用大舅舅交代，就经常上楼去看外公，跟林中雪出去玩采了些野果子，不管外公吃不吃，也都是一定递到外公嘴边，让外公尝个鲜的。碰到外公在伏案写作，也总是要缠着外公撒撒娇，又喜欢问外公一些精灵古怪的问题，加上高洁正处在有些叛逆的年纪，说出来的话多少都有些愤世嫉俗，甚至称得上大逆不道，这也很合外公的心思，这么一来自然就很讨外公喜欢。其实外公写的文章，高洁并不是太明白，但生活在楼上的外公，就如猛龙被捆住了腿，苍鹰被缚住了翅膀，有高洁这个小女孩做知音就很不错了。但大舅舅却不懂这些，虽然有些奇怪，却没有心思去多想几个为什么，只要外公没事大舅舅就放心了，慢慢地也就对外公不再下楼有些熟视无睹了。

尽管大舅舅和大舅妈小心隐瞒，但外公从此不再下楼的事还是传遍了天河镇。有好事者一开始还不怎么相信，就有事没事地到大舅舅家附近转，碰到了表弟和高洁就拦着问，听说你外公好久不下楼了？

表弟年纪小，还不晓得要刻意隐瞒什么，就按着好事者问话的口气回答说，是呀。

好事者又问，你公公天天在楼上做什么嘛？

天河镇有好多人平常喜欢逗小孩子，喜欢问一些妈妈晚上跟哪个睡，爸爸妈妈是不是晚上打架了等等之类的笑话，如果碰到小孩子回答看到爸爸压在妈妈身上打架，大人们便都得意地哄堂大笑起来，有些还会把眼泪都笑出来。好事者这样问表弟，自然也是想从表弟嘴巴里掏一点这样的笑话出来，因为天河镇的人都觉得外公喜欢老牛吃嫩草，带了一个年轻女人回来，肯定是天天要在床上打架的。但好事者没有听到期待中的笑话，因为表弟告诉他们外公天天在屋里写文章，这就让好事者们搞不懂了，他们怎么都想象不到，是什么文章需要外公这样发狠去写，要晓得外公都一大把年纪了，正是要享福的时候啊。

就有喜欢打破砂锅问到底的好事者，非常好奇地去问大舅舅和大舅妈，大舅舅还想着家丑不要外扬，大舅妈却没有这个心理负担,像个大炮筒就把事情的来龙去脉说了出来。大舅妈的意思是跟众人诉苦,告诉众人她家里有外公这样一个神经病。大舅妈每次说完,都会跟众人摊开双手唉声叹气,我如今是天天不得过呀。

或者说,你们都不晓得我这个做儿媳妇的有多难做?

大舅妈不停地叫苦,自然获取了好事者的同情。不过大舅舅却不敢跟大舅妈一样指责外公,反而有些担心有人会骂他对外公不孝,就会无可奈何地叹气,然后请一些年长的人去家里坐一坐,顺便也上楼去劝劝外公。有几个很同情大舅舅的老人,想起了小时候跟外公一起玩过泥巴,就分期分批地到大舅舅家楼上来看外公,这些老人回去后又逢人便讲,结果就有好几个关于外公的不同版本的故事在天河镇流传,以至于老族长在好多人的梦里都看到过,于是就在一天清晨跟镇长提到了此事。

老族长虽然没有明确指示,但镇长在老族长身边侍候多年,早已练就了看到老族长眨下眉毛,就能八九不离十地猜得老族长心里在想什么的本领,便决定亲自来大舅舅家了解情况。这本是镇长极不情愿做的事情,当初被外公赶出来时,镇长就曾经发誓再也不登这个门了。镇长是个聪明人,这样的污辱他是不会受第二次的。但自古以来都是人难做屎难吃的,既然老族长有这个意思,面前就是一泡屎,镇长也只有硬着头皮吃了。

镇长先是接连两天,都跟大舅舅大舅妈打听外公的情况以示关心,之后又故意挑了个大舅舅大舅妈都在家里的时候进门。镇长觉得万一跟外公又发生了冲突,他们两个起码可以做一个转弯。对镇长放下架子不计前嫌地突然到访,大舅舅觉得自己仿佛重新回到了温暖的怀抱里,大舅舅甚至激动得有些热泪盈眶,除了不停地说谢谢老族长之外,再也说不出其他话来。

本来镇长只是打算到大舅舅家走一趟,问一问外公的情况,就回去跟老族长汇报,但看到大舅舅那溢于言表的感激之情,镇长也有些感动,就突然心血来潮地跟大舅舅做了上楼的手势,走,你带我上楼去看望一下老人家。

大舅舅却觉得镇长没必要这样做,自然就赶紧加以阻拦。但镇长却坚持要上楼看望一下外公,大舅舅只好胆战心惊地陪着上了楼。让大舅舅稍微放心的是,外公的表现还算是大方得体,不但起身给镇长让座,还叫带回来的女人泡了杯茶。看到外公花白的头发已经齐耳,胡子也是拉拉杂杂的,镇长回头问大舅舅,怎么不给老人家剪个头发呢?

大舅舅赶紧很委屈地解释道,都讲了蛮多次了,他就是不肯剪。

大舅舅说着,又扭头跟外公商量,等下还是剪个头发吧,我去请个理发师来?

外公却朝大舅舅摇了摇手以示拒绝,又摸着头发说,这样很好啊。

镇长就呵呵笑了起来,剃个头几分钟的事,不会耽误你做事的。

镇长笑过之后便放下心来。镇长本来还是硬着头皮上楼的，这会儿又把背靠在了身后的靠背椅上，自自然然地跷起了二郎腿，说话又恢复了以前的声调。

外公却仍是不肯，你们都不晓得，我年纪这么大了，说不定什么时候就死了，我就想抓紧时间，把要写的文章都写出来。

大舅舅第一次听到外公说到死吓了一跳，便赶紧制止道，你还是不要乱讲事才好。

镇长觉得好笑就笑了起来，你这样好的身体，哪会这么快就死了？你就放一万个心吧。

镇长嘴巴上这样说，心里却想如果再不剃的话，肯定要不了多久，外公就会像个女人一样长发披肩了，那看上去像什么样子？肯定就跟个疯子差不多。听说外公天天都在写文章后，镇长就装着很关心似的起身走到桌子前，拿起文章来看了看，镇长觉得外公写这些垃圾文章一点用也没有。

镇长的迷惘让外公也很是莫名其妙。

外公就指了指镇长和大舅舅说，这些文章本来就不是写给你们这种人看的。

又说，当你们不是只狗，而是个人的时候就可以看懂了。

外公说话时表现出来的那种鄙视的神情，就像给他们猛地迎头浇了盆冷水，让镇长和大舅舅面面相觑。镇长虽然被骂了个狗血淋头，却搞不明白自己堂堂一个镇长，在天河镇也算是能呼风唤雨的人，怎么在外公眼里就不是人了？最后还是大舅舅反应比较快，趁着外公还没有说出更难听的话之前，赶紧把脸涨得通红的镇长请下楼来。

出门的时候镇长才恍然大悟，原来外公已经疯了，肯定是疯了。

于是镇长跟送出门来的大舅舅说，我看你父亲在楼上很好。

又说，就让你父亲待在楼上吧，我怕他下楼后会打伤邻居。

说完，镇长跟大舅舅又连连说，还好还好，哎呀呀，真是万幸。

大舅舅是丈二和尚摸不着头脑，真不晓得镇长这样说是什么意思，最后镇长就跟大舅舅解释说，还好你父亲是个文疯子，要是个武疯子就伤脑筋了。

虽然高洁外婆家人都否认，但外公疯了的消息还是迅速传遍了天河镇，再有好事者跟高洁求证，高洁突然毫不客气地爆了粗口，你他×的才疯了呢。

说着，还不解恨地补充骂道，你们全家才疯了。

高洁根本就不相信外公疯了，认为那是对他人格的极大污辱。

· 20 ·

虽然高洁不相信外公疯了，但又不得不承认外公还是变了，变得确实跟以前有点不一样了。高洁就发现外公经常会长时间地趴在窗户边，一动也不动地看着天空发呆。高洁表弟则看到外公一边在屋里毫无目的地走，一边嘴巴里说个不停，时不时地右手还会忽然用力地挥舞两下。更可怕的是高洁这天上楼竟然看到外公就坐在屋里烧纸，烧得满屋子都是烟。

高洁就有些惊奇地问，外公，你这是烧什么啊？

外公盘腿坐在正燃烧着的脸盆边，见高洁问也只是抬头望了一眼，然后又往脸盆里一张一张地丢了纸进去。那只脸盆是锡铸成的，圆圆的边很厚，看上去就很沉，外公带回来的女人把脸盆拿上楼之前，高洁每天都用它洗脸，所以高洁记得这脸盆拿在手里很有些分量。

高洁以为外公在烧纸钱，就大惊小怪地叫道，外公你烧纸钱干吗？又没有死人。

高洁见过谁家有人去世了，从这人咽气的时候起就会给他烧纸钱，说是灵魂要带着金钱才能上路，在举行祭奠仪式的时候更会烧大把大把的纸钱，说是在天堂生活会有各种生活开销和人情往来。就是平时到了清明，或者是七月半鬼节，都有给逝去的亲人烧纸钱的习惯。有时候人们会莫名其妙地梦到去世的亲人，说在那边没钱用了，醒来之后那也是要赶紧烧纸钱去的。

高洁见外公不说话，就埋怨外公道，你烧钱纸也要到外面去烧啊。

说完，接着又道，你看啊，烧得满屋都是烟。

外公的头发长而且乱蓬蓬的，高洁站在外公面前只能看到外公披头散发的，就蹲下来，一把将外公手里的纸夺了过来，却发现外公烧的不是纸钱，而是外公的手稿。外公的毛笔字已经写得相当好了，高洁曾经把外公写的书拿过来读过，所以一看就晓得是外公写的书，只是高洁不晓得外公烧的是哪本书，因为高洁抢过来的手稿，只剩下了薄薄的十几页，而且她还来不及去看书的内容。

外公。高洁惊恐地叫了起来。你怎么把你写的书都烧了呀？

外公没什么表示，也没从高洁手里抢回手稿，而是起身走到窗户前坐了下来。

高洁起初还以为外公就像自己练习书法一样，一看没写好就顺手搓成一团丢在一边，却没想到接连好几天都看到外公烧自己写的书。外公烧书的理由每次都不同，要么说这些书写出来没有用，要么说看到这些书就烦躁，当然有时候也会什么都不说，也不搭理高洁。高洁觉得外公有些不正常，就在吃饭的桌子上跟大舅舅说了。

外公好奇怪呀。高洁有些不解地说。不但每日烧书，还一个人在屋里不停地走，嘴巴里嘛嘟嘟个没得停，也不晓得说些什么。

表弟也附和道，我也看到了。

说着，表弟还起身学外公的样子，一边低着头弯着腰地打圈圈，一边嘴巴里絮絮叨叨地说着什么。大舅妈觉得表弟学外公这样子不好，就赶紧打了表弟一下，制止道，什么好样不晓得学？

说着，回头却看到大舅舅脸色不好看，就有些吃惊地叫了起来，这就不得了啦。

原来大舅妈忽然想起镇长说外公疯了的事，这样看来外公可能是真的要疯了。

外公带回来的女人就有些可怜巴巴地望着大伙辩解道，我跟了你外公这么些年，也经常看到他一个人絮絮叨叨的，也不晓得他讲了些什么，而且他以前也烧过书，只是不像如今烧了这么多。

大舅舅听了就觉得不是很要紧，便有些不满地说大舅妈，你也不要听风就是雨的。

大舅妈也觉得作为儿媳妇，当着小孩子的面这样说外公不好，就知趣地闭了嘴，没跟大舅舅争个高低。大舅舅想想又不晓得怎么办才好，提醒外公带回来的女人说，叫他好生烧，不要把房子烧掉了，都是木板做的。

其实外公除了烧书外还经常哭，但外公带回来的女人没说，或者有些不敢说出来。

外公带回来的女人不是胆小的女人，但最近发生的事情却让她感觉越来越恐惧，从外公气得脸色铁青不再下楼，以及家人对待外公的态度上，她明显感觉到了外公在家里的地位正在式微，如果外公不是一家之长，那肯定是要被赶出家门的。她还因此举一反三，由外公地位的日渐式微，想到了自己的未来。外公带回来的女人虽然是大户人家出身，知书达礼，又懂得琴棋书画，而且还相貌出众气质非凡，但在认识外公的时候，却是一个早已家破人亡的青楼女子，不要说被外婆瞧不起，不要说被天河镇人看笑话，就是从高洁最初的眼神里也能看到不少敌意。其实当初她决定跟着外公回天河镇时，心里是有过一番思量的，如果那时她不跟着外公回来，虽然生活暂时会无忧，外公肯定会答应给她足够的钱财，但她一想到从此以后将要独自面对日出日落心里就很害怕，更何况她已经跟了外公近十年了，十年相濡以沫地朝夕相处已经让她离不开外公了。十年间外公每次回天河镇，她都是独自一个人在上海等候，她清清楚楚地记得，每次外公离开后她都是怎样地提心吊胆，怎样地害怕外公不再回来。这次是外公最后一次回天河镇了，因为外公已经决定回去后不再出来。如果不跟着外公回去，就意味着两个人将永远地分离，于是她只有勇敢地选择了跟着外公回来。天河镇自然让她备感陌生，但她坚信这是她和外公外婆三个人的家。为了跟外婆好好地以姐妹相处，她早早地就在心里决定好了，不再以任何理由独占外公的身体和爱，会在外婆面前摆好自己的位置，拿捏好自己的态度，但她没想到外婆没有给她这个机会。外婆的决绝，以及跟大舅舅大舅妈难堪地相处，让她晓得自己在这个家里是没什么地位的。稍微让她心安的是，外公没有把她丢下独自回家，让她可以天天看到外公听到外公的声音，可以在外公熟悉而温暖的怀里进入梦乡。她虽然也有些恐惧，却没露出一丝怯意。

尽管如此，外公带回来的女人来到天河镇后，就一直都躲在外公身后，从来不对家里的事情发表任何言论，实在是要说话时，也只是随声附和一下，对每个人，甚至像高洁和表弟这样的小孩，也始终都是以礼相待笑脸相迎。外公有时候会因家事所累而烦躁，她也总是想方设法帮外公宽心解怀，从来不搬弄是非，总是装着很喜欢一样，把天河镇当作了自己的家。当她意识到外公在家里的处境后，就决定不再躲到外公身后，而是主动与外婆一家人建立起联系，甚至还想融入天河镇，让天河镇的大多数人不再把她当作外人。

在思前想后，又考虑再三之后，外公带回来的女人首先决定从高洁入手。之所以选择高洁，是因为高洁是外公外婆心里的小宝贝，加上她早就看出高洁的妈妈和爸爸在外婆家里有着举足轻重的地位，就连大舅舅大舅妈都会自觉不自觉地高看高洁几分。她觉得高洁就是一把外婆家的钥匙，只要高洁打开了，就可以联系上整个外婆家。当然更关键的是，她觉得高洁心地善良，又单纯敏感，虽然一开始从高洁眼里也可以看到些许敌意，但随着跟外公的感情日益加深，高洁对她不但没有了敌意，甚至还开始笑脸相迎起来。

对高洁这种眼界很高的年轻女孩子，外公带回来的女人的措施是，先主动参与高洁跟外公的对话，在充分展现自己的知识和观点的基础上，站在高洁一边跟外公辩论。晓得高洁在家里也学过一些琴棋书画，就拿出带回来的古琴送给高洁，对于高洁练琴时的困惑，以及对古琴谱的欣赏与理解，都一一细心地与之交流。然后又拿出从大上海带回来的绸缎，亲自动手给高洁做了一件旗袍，这可是在安源都很少能看得到的旗袍，拿在手里十分柔软，腰又掐得恰到好处，穿在身上既凉爽又端庄，硬是把高洁打造得亭亭玉立，端庄与野性并存。高洁穿上这件精致的旗袍去找林中雪，竟然一下把林中雪都看傻了。高洁挺着胸脯在林中雪面前晃来晃去，哈哈大笑心里很是得意。当高洁绘声绘色地说起天河镇人对旗袍的评论时，外公带回来的女人从高洁的眉目当中，感受到了高洁与林中雪的情意，但她没有说破，而是继续指点高洁如何打扮，虽然只是擦点胭脂和涂点口红，再在头发上插两件银色的小饰品，就让本来天生丽质的高洁更是锦上添花，从而在林中雪面前更是摇曳多姿。

　　拉近了跟高洁的关系之后，外公带回来的女人把心思放到了大舅舅和大舅妈身上。不过一开始她并没有在大舅舅和大舅妈身上花功夫，而是天天都找时间跟表弟在一起。她晓得表弟是家里的独苗，笼络到了表弟就可以直达大舅舅和大舅妈的心里。表弟出门的时候，她总是会叮嘱表弟，不要只晓得玩，要记得按时回家来。碰到有一阵子没看到表弟了，她就会问大舅舅大舅妈或者高洁，看到表弟么？怎么一天到晚都没看到他落屋？吃饭的时候，她会提醒表弟多吃两碗饭，说他正是长身体的时候，吃饱了才会长得高。天快黑了表弟得洗澡了，她总是会抢在大舅妈之前打好洗澡水，有时候还会把表弟换下的衣服也洗了。表弟淘气了，大舅妈挽起袖子要打要骂，她就总是拦着不肯，哎呀，他还是个小孩子呢。哪里有不淘气的小孩子嘛。表弟虽然十岁了，但毕竟还是个孩子，哪个对他好，他就自自然然地对哪个好，见了外公带回来的女人就总是二婆二婆这样叫，甚至比高洁还要叫得甜叫得自然。大舅舅是个信奉穷养儿子富养女的人，见到表弟顽皮时还会"打"字当头,却见她如此对待表弟,就只好时不时地提醒她不要惯坏了表弟。大舅妈却跟大舅舅不一样,看到她这么喜欢表弟,自然也就不再把她当外人。

到了这个地步,外公带回来的女人仍没有收手,而是借势上位,看到大舅妈在菜园里摘菜,她就抢着洗菜切菜,看到大舅妈淘米做饭了,她就坐在灶边的矮凳上烧火,时不时地陪大舅妈东家长西家短地聊天。有几次还硬要跟着大舅妈去田里干活,只是她确实不是个干农活的料,在受了不少苦惹了不少笑话后,她才不得不听从大舅舅和大舅妈的劝告,留在家里照顾外公、高洁跟表弟。即使这样她还是歇不住,要么就打扫一下厅屋,要么就把高洁没来得及洗的衣服洗了,弄得高洁经常不好意思。她见状就安慰高洁说,这要什么紧?二婆还做得动,等二婆做不动了,就到你家来吃闲饭好不好?懂事了的高洁当然不会不答应,而是自自然然地顺着她的话说,我就是怕到时候请你,你都不肯来哟。

她就高兴得要命,忍不住夸高洁道,哎呀,我家高洁真有良心。

除了这些,她还时不时地上屠夫家去买两斤肉,或者上捕鱼的人家去买条鱼回来,因为她看到表弟喜欢吃肉,而高洁则喜欢吃鱼,看到表弟和高洁因为吃了用红辣椒炒的鱼和肉,而满头大汗地多吃了两碗饭,就会在桌子上很高兴地问高洁问表弟,好吃吗,好吃吗?

表弟和高洁就会笑起来,老老实实地告诉她,极好吃。

有时候她会给大舅妈钱来补贴家用,大舅妈跟她讲客气不肯接，她就说开门七件事，柴米油盐酱醋茶，哪样不要钱？你尽管收下来就是。她最多的时候拿过两块金砖给大舅妈，结果把大舅妈的眼珠子都差点惊掉了。

她却装着没看见一样，继续悄悄地对鼓着眼睛的大舅妈说，你不要跟你公公说哦，这都是我以前存的私房钱，留着以后养老用的，但看到你们这么好，特别是你这个做媳妇的，不论是对你公公还是对我都这么好，我可是做梦都没有想到，我想就把钱放到你这里，你想怎么用就怎么用吧。

大舅妈虽然心里欣喜，却也不能马上就接下来，当然还要跟她讲讲客气，哎呀，你自己的钱你就留着自己用吧，家里虽然不是很富裕，但饭还是有得吃的，只是如果饭菜不合口味，你莫怪就是。

她就硬要大舅妈把钱接着，我晓得家里不缺钱用，给你的钱虽然少了一点，但这是我的一点心意，你就千万不要嫌弃了。

大舅妈只好很为难地把两块金砖收了下来，那就先放在我这呀，你几时要用了就来拿。

大舅妈收下两块金砖后，一整天都是喜滋滋的，说起话来不但不像往常那样冲，甚至还有点掩饰不住的眉飞色舞，到晚上睡觉时，还像发现了新大陆一样告诉大舅舅说，你爸带回来的这个女人比你妈大方，而且还要懂事得多。

大舅舅觉得大舅妈真是愚蠢，却又不想当面跟大舅妈指出来，不然肯定两个人是要吵架的，就闭上眼睛把背转了过去。谈性正浓的大舅妈见状，就有些生气地打了大舅舅一下，想跟你说点事嘛，你就不理不睬。

大舅舅仍旧懒得把身子转过来，粗着嗓子要大舅妈不要吵，我累了一天，要打瞌睡了。

大舅妈忽然又想跟大舅舅说，外婆这辈子过得很不抵，不但跟外公聚少离多像守活寡，还因为外公明摆着是给了这个女人很多钱，不然她怎么会出手这么大方？但看到大舅舅这个样子，就又把话强行咽了下去。

无论是觉得受了委屈，还是像收到两块金砖那样得了便宜，大舅舅和大舅妈从来没在外婆面前提到过外公带回来的女人。他们都不傻，不会哪壶不开偏提哪壶。高洁和表弟虽然也不傻，却不像成年人那样有心计，特别是表弟，根本就不晓得哪些话可以说，哪些话又不能说，碰到外婆有些好奇地询问，表弟就会告诉外婆这是二婆给的，或者那也是二婆给的。高洁倒是会时不时地提醒自己，不要在外婆面前提及外公带回来的女人，毕竟是满了十六岁，也算是半个大人了，但也由于心地单纯，还没有学会顾左右而言他，碰到高洁哪天抹了胭脂涂了口红，或者穿了旗袍这样新奇的衣服，再或者带了在天河镇没有见到过的东西，外婆就会很好奇地问高洁，这是哪来的，或者那又是哪来的。高洁就只能实话实说了，不过会在实话实说之后，脸上带点难堪的歉意。

外婆虽然晓得外公带回来的女人，正在想方设法接近她的家人，却从来没有在高洁和表弟面前说过这个女人的坏话，或者很生气地提醒高洁和表弟，不要跟这个女人亲近，不要叫这个女人二婆。外婆是个很大气的女人，她晓得大舅妈喜欢东家长西家短的，就总是教育大舅妈，大人是大人小孩是小孩，千万不要用大人间的事，去污染了小孩子纯洁的心灵。外婆虽然觉得这个女人没有资格这样对待她的家人，但也多少了解到了这女人心地不坏，起码是个善良之辈。尽管如此，外婆却从来没有过同这个女人见面的念头，所以当这个女人在一个太阳亮堂的上午出现在水磨房时，外婆竟然还以为是天河镇哪家人来了亲戚，看到她手里端着装了新米的脸盆，就以为她是想把米磨成粉做米古，便笑脸相迎大大方方地上前来帮忙。

实际上为了这次见面，外公带回来的女人在前几天就早早地做起了准备，还扯了布请裁缝做了一身天河镇妇人常穿样式的衣服。在一切都准备妥当之后，外公带回来的女人脱下了从大上海和国外带回来的洋装，换上了特地请裁缝做的粗布衣服，为了避免空着手，还在出门的时候临时拿了一个脸盆，并往脸盆里装了些新米。外公带回来的女人甚至都想好了，一旦言语不合两个人吵了起来，她就说她是来磨米粉的，因为表弟想吃米古了。

外公带回来的女人设想过多种跟外婆相见的场面，却从来没想到外婆会这样大气。外婆也没有想到，这个做过妓女的女人一点也不妖艳，穿着就像天河镇的女人那样普通和平常，不同的是，在举手投足之间透着几分端庄，竟然不输外婆年轻的时候。不过当外婆晓得面前的这个女人，就是外公带回来的女人时，并没有拒之不理，而是仍旧不失热情和大方地告诉外公带回来的女人，给表弟做米古时要多放点红糖，因为表弟喜欢吃甜的东西。又告诉外公带回来的女人，帮高洁打扮时不要太过另类，因为高洁虽然十六岁了，是个小大人了，但心智却还是个孩子，涂脂抹粉虽然好看些，但也掩盖了高洁天生的纯真与美丽，况且这里不是大上海而是天河镇，有很多在大上海看起来很正常的事，在天河镇就会让人家感到奇怪了。甚至还告诉外公带回来的女人如何跟大舅妈相处，大舅妈虽然心眼有些小，但心地并不坏，只有几个女人搞好了关系，家里才会和和睦睦，就不会让族人看不起。

外婆这些交代，外公带回来的女人自然是一一点头，全盘接收。不过就在她开始企盼跟外婆姐妹相称时，却强烈地感受到了外婆内心的高傲。原来她想请外婆回家，让她这个做妹妹的好好侍候外婆这个姐姐，多听听外婆的教诲，但被外婆明确表示拒绝。

外婆说，我不会跟别的女人分享一个男人。

尽管这是外公带回来的女人早就晓得的结果，但她心里还是很失望。最后她告诉外婆她想融入天河镇，于是就向外婆请教，她是不是应该去拜访一下老族长，因为她有些担心外公晓得了会生气，又有些担心老族长会不理睬她而令她白白受辱。

外婆却告诉她，根本没这个必要。

你跟我们不一样。外婆说。

外公带回来的女人有些不理解，她觉得自己跟外婆一样都是女人呀，就问，怎么呢？

外婆说，你不是天河镇的人啊。

外公带回来的女人有些失望地"哦"了一声。

你不像我们是天河镇土生土长的人。外婆见状就解释了起来。从小受的教育就是要爱戴老族长,听老族长的话,你生活在大上海,是个见过大世面的人,你受的教育也跟我们不一样,如果不是来到天河镇,你认识他个鬼哟。

外公带回来的女人这才知道外婆的意思,又觉得外婆说认识他个鬼有些好笑,就忍不住呵呵笑了起来。

所以你完全可以不要理他。外婆说道。

外公带回来的女人觉得外婆说的有道理,就点了点头"嗯"了一声。

更关键的是。外婆接着说道。你的男人可以讲是一辈子跟老族长合不来,一讲起老族长就两个眼睛冒火,老族长一看到你男人也是嘴巴这样撇。

外婆说到嘴巴这样撇,就不自觉地学起了老族长撇嘴的样子,外公带回来的女人见状又被惹得呵呵笑了起来。

所以你根本就不用刻意去巴结老族长。

外婆觉得外公带回来的女人好喜欢笑,而且笑起来还很有味道,就想难怪外公会被她迷住。

外婆接着说道,如果你还刻意去拜访他,只会让你的男人受辱,当然如果偶尔碰到了,你也不要刻意回避,只需正常对待就可以了,我告诉你不卑不亢最好了,我跟你讲,你的男人已经足够强大,并且让人崇敬,我跟了他一辈子,是最有发言权的了。

第五章
卖　枪

· 21 ·

　　大舅舅脚刚迈出门，正想到屋角的杂物间里拿把锄头去田里，就看到镇长像往常那样低着头，满怀着心事地从山边拐弯处拐了过来。虽然知道镇长不太可能是来找自己的，但大舅舅还是停住了脚步，准备等镇长抬起头来，或者等走近了点就主动跟镇长打招呼。从外公回来那天起，特别是最近发生的事情，让大舅舅明显感觉到已经得罪了镇长，硬生生地被镇长他们晾成了一个局外人。尽管心里很不是滋味，但大舅舅却一直没有表现出来，而是像只潜伏在莽莽草丛中的老虎，静静地等待可以改善彼此关系的机会像猎物一样突然出现。

　　没想到镇长突然抬起了头，像以前那样大老远就跟大舅舅招呼道，你这是要去哪里？

　　镇长出人意料的举动打了大舅舅一个措手不及，以致愣在大门口半晌说不出话来。

你这是要去哪里？镇长又问。

大舅舅看到镇长加快了步伐，似乎几步就到了眼前，就赶紧叫了声镇长。

大舅舅本来想告诉镇长自己是要去田里干活，但话到嘴边却变成了"没事，没事"。舅舅忽然很担心自己一旦有事，镇长就会二话不说扭头离开。大舅舅可不会放过这好不容易才出现的机会。大舅舅生怕镇长不相信，就又笑着解释道，真的没事。

镇长说，有事也要放下。

镇长。大舅舅说着，往脸上放了好多笑容。你有事吩咐就是。

马上跟我去一下祠堂。

镇长说着，转身就走。

大舅舅赶紧追上去问，什么事呀？

不晓得。镇长头也没回地说。

大舅舅见状只好不再做声，只是埋着头跟着镇长走。

镇长忽然说，老族长说有事要跟你讲。

大舅舅听到是老族长找，心里就像装了一桶蛤蟆，立刻就咚咚地跳了起来。

老族长找我什么事啊？大舅舅赶紧笑着问镇长道。

但镇长又不说话了，仍然是心事重重地走着。大舅舅只好跟在镇长屁股后面，就在大舅舅以为镇长也不知道时，镇长却突然开口说，到了祠堂你就知道了。

大舅舅见镇长显然不是很想说话，就只是"嗯"了一声，也没有再开口，一边跟着镇长往前赶路，脑子里却没有丝毫停歇，一下一下地闪过很多事，有好事更有坏事，有些许激动更有许多担心，弄得心里是七上八下的。好在高洁外婆家离祠堂也不是很远，两个人又一路紧赶慢赶，不多久也就到了。

祠堂里光线很暗，大舅舅又刚从阳光里进来，竟然一下没能看清楚老族长。大舅舅担心老族长怪罪，赶紧上前跟老族长请了安，却连笑容都忘记往脸上挂了。好在老族长也没有在意，只是交代大舅舅把贺师长送的二十支枪卖掉。不要讲大舅舅，就是镇长对老族长的决定也感觉蛮突然，一时都不好开口说什么。

这二十支枪。老族长开口说道。不管拿着枪搞训练，还是站岗保护祠堂，看上去都蛮风光，但实际效果蛮有限，一些只会拿锄头的乡下人如何耍得了枪哦？我当时也是没有考虑清楚，如今就像是猴子捡到块姜，丢了舍不得，留在手里又烫手。

镇长没想到老族长会这样讲，心里就有些难堪起来。

大舅舅夹在两人中间，自然更是说话不得。

老族长接着说道，我看这些枪如今连保管都是个事，放在哪里都不安全，放在祠堂里也不安全，我现在是每天晚上想到这些枪就困不着，先不要讲就在我们身边的共产党和国军，就是天河镇的老百姓，如果哪天要是起了歹意都不得了，到时候只怕人被打死了，都不晓得是哪个开的枪。

说着，老族长看了看大舅舅。大舅舅不晓得老族长什么意思，就没有做声。

老族长说的国军当然是指贺师长率领的部分58军，而共产党则是指共产党领导的赣西采运处，专门负责从萍乡、长沙，甚至武汉采购被国军禁止的军需物资，比如药品和纱布。赣西采运处在天河镇存在多年，只不过他们平时不太与人来往，加上又刻意隐蔽而不太为人所知。尽管如此，天河镇还是有少数人知晓，比如老族长、镇长他们，更多的时候大家不过是井水不犯河水罢了。

老族长又扭头跟镇长说，所以讲这枪是绝对不能留了。

大舅舅感觉蛮突然，而镇长则是着急起来，问老族长道，那怎么搞呢？

留嘛不能留。老族长说。丢了是个祸害，被人捡了去不得了，砸烂嘛可惜了，要不这样吧，我看就把枪卖给共产党，既可以为天河镇赚点钱，也免得他们打主意来抢。

镇长有点急了，赶紧提醒老族长道，要是贺师长晓得我们把枪给卖了，会不会有意见？

老族长却说，正因为这枪是贺师长送的，就不能再卖给他了，所以只能卖给共产党。

大舅舅觉得老族长说得蛮有道理，就赶紧笑着附和道，老族长讲的是。

但镇长还是觉得把枪卖了有些不妥，就说，有枪在手里胆量就大，不要讲寻常老百姓，就是土匪也不敢来惹事。

都卖掉。老族长仍挥了挥手，很固执地坚持道。一支不留，我讲给你们听，哪怕是只留一支枪，都会有人打主意，再要是坏起事来可不得了，搞不好就要死人。

说着，老族长又特地跟镇长说，你难道不记得了？当时枪走火，你差点就被人打伤了。

老族长说的是镇长和捕鱼的人因为争执导致枪走火的事，镇长当然忘不了，所以看老族长都说到这个份上了，就不敢再说什么了。

于是老族长转身跟大舅舅说，这事就只好麻烦你辛苦一下了。

大舅舅有些不明白，就问老族长，你的意思是？

我看你就辛苦一下。老族长跟大舅舅继续说道。把枪卖给共产党，争取把价钱卖好点。

老族长这样安排，不但把大舅舅说愣住了，就是镇长的脸色也很不好看，因为这些对外的事情，平常都是镇长去办的，老族长如今却交给了大舅舅，明显是对他有些不信任了。镇长虽然没敢说出来，但老族长却晓得他的心思，就说镇长道，你不要不高兴，也不要胡思乱想，尽管你平常很能干，但这事你却做不得。

说着，老族长把手指着大舅舅说，这事还只有他可以做。

镇长赶紧跟老族长声明自己没这个意思，又跟大舅舅说，有你出马自然是马到成功了。

大舅舅本来还想推让一下，因为平时跟没共产党没什么来往，更谈不上有多大交情，但看到老族长对自己如此信任就非常激动，顿时就热泪盈眶起来。要晓得大舅舅要这份信任，要这份理解已经很久了。应该说这份信任和理解以前倒是有的，但从外公回来后就没有了。于是大舅舅从心里到眼睛都笑了起来，又偷偷转了好久眼珠子，才终于把热泪忍了回去。

大舅舅没有多想就赶紧答应了下来。

大舅舅从祠堂匆匆回来，吃了两碗饭后也不歇一下饭气就又急着要走，正在屋檐下拣菜的大舅妈蛮看不惯，就没有好生气地说大舅舅，你这个人的眼睛就是不晓得寻事做，你没看到我正忙不赢吗？你要是闲得无聊，就过来拣一下菜。

大舅妈经常这样无事生非，大舅舅都习惯成自然了，就喊高洁着急要走。

大舅妈心里那股火轰的一下就燃起来了，你耳朵聋了不是？

大舅舅虽然有心把这喜悦说出来，给家人都分享一下，但老族长交代的事情都是秘密，自然不可能跟高洁和大舅妈一一细说，加上也有些烦大舅妈，就也提高声音道，我有事嘛。

你有事不晓得讲哦。大舅妈更火了。

看到大舅妈这样子，跟着大舅舅出门的高洁就犹豫起来，大舅舅，我还是不去算了。

原来大舅舅想到自己去赣西采运处会有些突然，毕竟平时也没有什么来往，迎面碰到也只是点头之交，就想拉着高洁一起去，万一谈不拢也方便找个台阶下，虽然高洁可能不晓得林中雪就是赣西采运处的人，但大舅舅却是早已心知肚明的。以前看到林中雪时不时地来找高洁玩，大舅舅还想提醒高洁不要跟林中雪走近了，毕竟家庭不同，受的教育更不一样，后来之所以一笑了之，是因为看到高洁和林中雪都还是小孩子，而且从小就玩得好，自己想这么多可能是太过敏感。这会儿正好拿高洁做个由头，进可以说跟高洁一起路过，高洁要进来看看林中雪，退可以随时找借口离开。但没想到跟高洁一说，高洁还不想去。

高洁为什么不想去？

因为高洁在生林中雪的气。

那天高洁在林中雪怀里美美地睡了一觉，醒来后看到林中雪正望着自己出神，尽管感觉到了林中雪的眼神有些异样，但高洁也只是有点害羞，并没有赶紧逃离林中雪的怀抱，没想到林中雪突然就吻了上来。高洁刚想推开林中雪，就像天空里突然炸了烟花一般，脑子里全是耀眼的光芒，吓得高洁赶紧闭上了眼睛。直到林中雪放开好一会儿了，高洁都没有恍过神来，仍旧任林中雪抱在怀里没有动弹。吻过高洁后林中雪的胆子似乎也大了许多，竟然直接就把手伸进了高洁的衣服里，吓得高洁"哎哟"了一声。

高洁腾地一下站起身来，二话没说就往山下跑去。高洁边跑还边想，林中雪，你这个坏蛋，我再也不理你了。这样想着想着，高洁忽然就落起泪来，也不知道是因为林中雪怎么可以这么坏，还是自己决定再也不见林中雪了。

因为发生了这样的事，高洁这会儿还只想躲着林中雪，所以高洁说，我不想去哟。

高洁担心大舅舅会知道林中雪做的坏事，就找理由道，太阳这么晒。

大舅舅哪里知道高洁肚子里的小九九，还以为是高洁故意做做样子，不由分说地扯着高洁就往外走。高洁没办法，只好苦笑着跟着出了门。

一路上大舅舅开始还想跟高洁说说话，但高洁却担心会说到林中雪就故意不大搭理，好在大舅舅因为心里有事，跟高洁说话也多是无话找话，慢慢地两个人便没有话可说了，就只剩下一心赶路了。就这样在不知不觉间来到了贺叔叔家，却恰好碰到林中雪背着一个筐走出来。

林中雪突然看到高洁竟吓了一跳，第一个反应是高洁来告状了，吓得脸色都变了。如果高洁把自己受欺负的事说出来，那林中雪是再也没脸活在这世界上了。林中雪还没有来得及说话，大舅舅就很热情地跟林中雪打招呼，你这是要到哪里去？

本来想去把马牵回来。

说着，林中雪有些难堪地笑了笑。

马呢？大舅舅又问。在哪里？

林中雪往山上指了一下，告诉大舅舅说，放到山上吃草了。

大舅舅就恍然大悟般地"哦"了一声。

林中雪早就认识大舅舅，却从来没有跟大舅舅说过这么多话。大舅舅也从来没有对林中雪这么热情过。一个大人本来就对一个小孩子没有这么多热情，再加上大舅舅对贺叔叔他们这些人一直都是抱着警惕的态度。林中雪就感觉大舅舅不像是来告状的，加之他平时经常在萍乡与天河镇之间往来，采购的又都是些违禁商品，随时都要面对突如其来的各种状况，比如国军突然出现要检查，他便本能地强迫自己冷静了下来。

林中雪瞄了高洁一眼。高洁看到林中雪开始还有些忧郁的眼神倏地不见了，脸上涌现出平日里就熟悉了的表情。林中雪赶紧热情地要把大舅舅和高洁迎进屋去，而大舅舅一边跟着林中雪往屋走，一边热情地问林中雪贺叔叔在不在。两个人都似乎忘记了高洁在场，留下高洁一个人有些难堪地站在院子里。就在高洁想着是跟着进屋还是偷偷溜走时，正好迎出来的贺叔叔看到了高洁，就把高洁也叫了进去。

贺叔叔有些夸张地跟高洁说，哎呀呀，你好久没来啦，你是不是怪叔叔招待不周啊？

没有啦。高洁说着，看了林中雪两眼，发现林中雪几天不见好像瘦了不少，就连脸都变得尖了很多，心便莫名其妙地疼了一下。高洁刚在凳子上坐下，手脚麻利的林中雪就泡了两碗热茶端上来。大舅舅马上起身把茶接了过来，高洁还没来得及把茶接下，林中雪就已经把茶碗放到了高洁身边的凳子上，高洁正好由他去，便一直坐着没有动弹，心里却莫名其妙地有些生气，便不自觉地把嘴巴噘了起来。

林中雪却望着高洁说，我正要去把白马牵回来，你去不去？

高洁有些不想跟林中雪去，就坐着没动，也没有说话。

大舅舅哪里晓得高洁的心事，便对高洁说，你们去玩，大舅舅跟你贺叔叔还有事要商量。

是你要喊我来的。高洁却坐着没动。怎么又要赶我走？再说我又不会坏你什么事。

大舅舅听高洁这样说就笑了起来，大人的事你小孩子掺和进来不好。

去吧去吧。贺叔叔见状也笑着说道。

说着，又安置林中雪说，带高洁骑马，我听说高洁喜欢骑马。

林中雪就赶紧"嗯"了一声。

高洁就只好站起身来，跟着林中雪走了出去。高洁有心不跟林中雪走，却又不想让大舅舅和贺叔叔看出自己的心事，便只好跟着林中雪往山上走去。两个人一路都没有说话，只是往白马在的地方走去，走着走着就离白马越来越近了。就在这时，白马也看到了林中雪和高洁，立即朝他们这边跑过来。跑到两个人身边时，白马只是望了望林中雪，却欢快地跑到高洁身边，高洁就情不自禁地笑了起来，伸手去摸了摸白马的身体。

高洁望了林中雪一眼，林中雪就笑着说，你这么久没来，白马都想你了。

高洁便说林中雪道，白马想了，你想了吗？

我也想你呀。林中雪说。

高洁笑了，有白马那么想吗？

比白马还要想了。林中雪很认真地说。

高洁露出不相信的神气说，那想我了为什么不来找我？

　　我去找了你几次啊。林中雪说着，忽然垂下了眼帘。林中雪晓得高洁不想见自己，所以一直躲在外婆家里不出来。

　　林中雪接着说道，我不敢去你外婆家，只是站在远远的地方，看能不能看到你出来。

　　高洁看不得林中雪那么忧郁，心里好痛，眼睛便也变得湿润起来。

　　林中雪仍旧低着头，一边往前走一边接着说，我就怕你回去突然不见了，上次你回到萍乡后，几年都看不到你，我每次到萍乡办事都会想起你来，我还特地跑到你读书的天河学校去过好几次，可一直都看不到你。

　　好啦好啦。高洁见状赶紧很肯定地说道，我已经原谅你了。

　　林中雪抬起头来望着高洁，好像是在看高洁是不是真的原谅了自己。

　　我真的早就原谅你了。

　　说着，高洁看到林中雪的眼眶里湿润了，便有些慌乱起来，只好灵机一动地说，我想骑马了。

　　林中雪赶紧走过来，把高洁抱上了白马。

　　林中雪不再敢跟高洁同骑白马了，便在前面牵着白马往回走。高洁却还不想回去，便指着山上说，我还想去那里玩。

　　好呀。林中雪就把白马调了头，然后牵着白马往山上走去。

　　走着走着，林中雪忽然跟高洁保证说，我以后再也不会欺负你了。

　　高洁没有接林中雪的话。高洁不晓得林中雪怎么突然说这些，心里却感觉好像从来没有受到过林中雪欺负似的。高洁骑着白马走着走着，忽然记起跟女同学说过的话，当时高洁跟两个最要好的女同学躺在床上。她们三个女孩都晓得自己长大后要嫁人，但出嫁后要做些什么，却怎样也想象不到。这会儿高洁却如醍醐灌顶一般，晓得自己出嫁以后，林中雪将会天天像那天那样对待自己。这个发现让高洁心里好乱。高洁觉得自己不应该躲着林中雪，同时又觉得至少现在不能让林中雪乱来。就这样想来想去想不明白，想得自己都觉得自己真是麻烦。

　　哎呀呀，真是麻烦。高洁忽然跟林中雪说。小女子下辈子跟你一样做个男人算了。

　　林中雪没弄明白高洁是什么意思，就问，什么啊？

　　做女人真是太麻烦了。高洁接着说道。

　　高洁的意思是做男人就可以不麻烦了。

　　骑在白马上又走了好一会儿，高洁忽然从马上低下身子来招呼林中雪，林中雪还以为高洁要下马，就赶紧过来扶。但高洁却坐在马上没动，只是突然跟林中雪说，我喜欢做新娘子，不喜欢做旧娘子的。

　　林中雪却没弄懂高洁的意思。

　　但高洁把身体坐直来，又接着说道，你要让我做新娘子。

　　好。

　　林中雪虽然回答好，却以为高洁是想玩新娘子的游戏，心里还有些不敢。

　　高洁也完全没有意识到自己跟林中雪想的不是一回事，还以为林中雪答应了在结婚之前不再乱来，心里便因为自己有这样的决定而有些开心起来。高洁回头想告诉林中雪可以吻自己，但不知怎么又没好意思说出口。

· 22 ·

　　大舅舅在高洁跟林中雪走后不久，就起身离开了贺叔叔家，而高洁跟林中雪早已没了踪影。虽然大舅舅有心带高洁一起回去，但这会儿没看到高洁也就算了。高洁也这么大了，就随她去吧，再说还是跟林中雪在一起，还有什么好担心的呢？大舅舅别的不敢打包票，但还是晓得高洁平时跟林中雪玩得很好。但为什么两个人会这么要好，大舅舅以前没怎么想过，这会儿突然想起来人就猛地怔了一下，随即便停住了脚步。紧跟着出来的贺叔叔见状以为还有戏，就又赔着笑脸要求跟大舅舅再商量一下。

　　你就不要急着走啥。贺叔叔真心想挽留大舅舅。都碰到吃饭了，我看你就吃了饭再走。

　　大舅舅却不想跟贺叔叔啰唆，借口家里还有急事非走不可。

你不要嫌弃，虽然没有你家做得好吃。

大舅舅见贺叔叔瞎样说，也不想真的得罪，就说，还真不是嫌弃，我不骗你，是我出门前老婆就交代了，要我快去快回。

说着，见贺叔叔不相信，就又接着解释道，我跟你们不一样，我每天打开门来就是七件事，柴米油盐酱醋茶，随便哪件都是钱，我要是不发狠，一家人就没得饭吃了。

还不得了了哦。贺叔叔撇了一下嘴巴，很不以为然地说。别人不晓得我还不晓得？你要是没得饭吃了嘛，天下起码要饿死五分之四以上。

大舅舅当然不可能会没饭吃，但他确实是真的不想在贺叔叔这里吃饭。买卖没有做成，哪里还有心思吃饭？俗话讲话不投机半句多。原来大舅舅刚说老族长有意把枪卖了，贺叔叔当场眼睛里放了光，大舅舅又接着讲，如果贺叔叔他们有意买的话他就做个中间人，贺叔叔当场就兴奋得连声叫好，说是件天大的好事。要晓得贺叔叔还真打过这些枪的主意，一个连只鸡都不会丢的地方，要这些枪又有什么用呢？但如果是在他们手里，这些枪就大有用处了，杀日本鬼子，或者杀国民党顽固分子都正好。正因为太有用场了，贺叔叔曾绞尽脑汁地想得到这些枪，甚至还想到了偷或者抢。当然如果贺叔叔真要偷或者抢，那是很容易就可以做到的，只要在一个月黑风高之夜，从永新游击队调来几个人就行了，只是考虑到万一把事情搞砸了，影响了跟老族长他们的关系，最后弄得交通站在天河镇都待不下去了，那后果就太严重了，这才没有下手。当然贺叔叔也想到了贺师长，虽然是国共合作一致抗日了，但贺叔叔对国军还是一直保持着警惕，他可以肯定贺师长是不会答应让这些枪流到共产党手里的。就在这无计可施的时候，大舅舅竟然奉老族长之命特地来卖枪，当然就是件天大的好事了，简直就像是天上掉了馅饼一样。但一谈到价钱，这事就根本谈不下去了，老族长的底线是每支枪两百块大洋，大舅舅为了防止贺叔叔乱砍价，还特地留了一手，出价为每支枪要三百五十块大洋。大舅舅心想砍一半算够狠了吧，可没想到在几次讨价还价之后，贺叔叔仍只出得起七十块大洋。大舅舅心里就有些冒火，觉得贺叔叔没诚意，肯定是想白要，于是大舅舅觉得没必要再谈了，站起身来就要打转回去，但贺叔叔还有心跟大舅舅亲近，就很热情地留大舅舅吃饭。

你就不要搞这么多名堂。贺叔叔跟大舅舅说。你就听我的话，还是吃了饭再走。

大舅舅仍高低要走，贺叔叔自然也不好强留，好嘛，你硬要走，我也不留你，我又不是有饭没人吃。

说着，见大舅舅头也不回地往前走，只好摇着脑袋，苦笑着说大舅舅，你这牛牯脾气呀。

大舅舅低着头一个劲地往家里赶，可路过祠堂时，却又忽然想进去跟老族长汇报一下，跟老族长表明自己对卖枪的事很上紧。虽然这很有必要，但又有些担心时间不对，因为这会儿正是吃午饭的时候，说不定老族长正好在吃午饭，或者吃过不久正打算休息，或者已经上床睡了，这样思来想去就有些犹豫不决。恰在这时，镇长正好从祠堂里出来，见了大舅舅就问，有事么？

大舅舅就赶紧往脸上放了许多笑容，告诉镇长他刚从贺叔叔那里来，路过祠堂时，忽然想起老族长每天都为天河镇劳心费力，就想进去跟老族长汇报一下，可又怕撞到老族长午休了不太好。

不要去了，老族长正要吃午饭。镇长说着，朝大舅舅挥了挥手。

大舅舅就露出很关心的样子，怎么这么晚？我还以为老族长都睡觉了哦。

大舅舅这样说是有道理的，因为老族长天天晚上都要为天河镇操劳，到了白天自然要好好休息了。

老族长是没得停歇。镇长说着，忽然背着双手往家里走。你有事跟我讲就是了。

大舅舅只好紧走几步，以便跟上镇长的步伐，扭过头来望着镇长的脑袋说，我刚刚特地去谈了一下，这事看起来恐怕会有蛮大的难度。

大舅舅这是有意把难度往大里说，这样办得成当然好，万一没办成，老族长也不会怪自己办事不力。

镇长就停下脚步来，有些不相信地望着大舅舅问，难道他不想要这些枪？

他当然想要啊，可以说是想得要命。

大舅舅说着，朝镇长摊了两下双手，可就是出不起钱。

他出得起几多呢？镇长又问。

大舅舅就跟镇长说，老族长交代至少每支枪要两百大洋，可他只出得起五十，几番讨价还价后，他最多也只出得起七十，这生意怎么做得成呢？

他们如何出得起钱哦？镇长忽然就有些恼火。我早就听人讲，他们的钱都是从有钱人那里搞得来，东搞点西搞点，然后凑到一起，这样才能做点大事，如今国军卡得紧，各地豪绅也都自办民团，可以说他们如今是搞不到什么钱了。

大舅舅看到镇长火了，也点头称是。

镇长转身又走了起来，大舅舅当然也赶紧跟了上去。

镇长就边走边有些恼火地接着说道，我们都晓得老族长聪明，可这次我就真的是理解不了，为什么非要把这些枪卖出去？这些枪放在祠堂里又不会坏事，而且就是要卖，可以卖别的人家呀，如今各地都自办民团都要枪，不要说远了，单说莲花永新，就办了不少民团，关键的是他们都出得起好价钱。

大舅舅说什么都不好，便只好什么话也不说，只顾低着头跟着走。

镇长看大舅舅不说话，就想自己好像是说错话了，怎么可以在背后议论老族长呢？就恨不得扇自己一个耳光。不过镇长自然不会当着大舅舅的面这样做，就赶紧把话又说转来，当然也是我们太笨了，比不得老族长可以运筹帷幄决胜千里。

说着，为了表明自己跟大舅舅关系好，镇长还特地扭过身子来跟大舅舅说，有时候我还想，我们还真是抵不得老族长肚里一条蛔虫，你说是不是？

大舅舅当然赶紧点头说是，然后又接着说道，也可能老族长是这样想，从天河镇到莲花到永新，走近路都有百多两百里山路，一路上看不到几个人，要是把枪拿到那里去卖，路上被抢了怎么办？也可能老族长只是想问一问他们，毕竟都在天河镇，每天都是低头不见抬头见，如果他们不要，老族长也许会再卖到莲花永新去也不一定了，你说呢？

镇长望着大舅舅连连点头称是，还是你想得周到。

路上传来女人喊小孩赶紧回家吃饭的声音，也看到有几个小孩正跑着往家里赶。两个人便好像受到了提醒一样，也往前面走了起来。

大舅舅跟镇长说，我看他们还是很想买，要不等几天让他们凑凑钱，如果他们实在是买不起，你再跟老族长讲，是不是卖到莲花永新去。

镇长想了一下，那就等几天了。

两个人在岔路口分手的时候，镇长还有些不放心，就交代大舅舅道，刚才我跟你讲的话可不要跟外人讲，要是传出去就不好了，说实话，我是把你当兄弟，才跟你说说心里话的，兄弟是交心的，说什么都可以，别人是没得办法理解的……

镇长的心思大舅舅自然也是晓得的，当即就频频点头要镇长放心，我晓得，我晓得，我们在一起也不是一天两天了，你还不晓得我是怎样的人吗？

有了镇长的交代，大舅舅就决定安心等两天再说。

这天太阳虽然下了山，但夏天的日子长，天河镇仍旧没有拉上夜幕。天虽然还是白的，但人们都晓得这会儿已是傍晚了，就连那些收工晚的人，也开始收拾好东西，匆匆走上了回家的路。大舅舅一家也开始吃晚饭了。可刚吃不久，贺叔叔就匆匆走进门来，见状就有些大惊小怪地说，怎么还在吃饭呀。

吃了饭吗？大舅妈热情地站起来，要贺叔叔上桌吃饭。

没吃饭就上桌吃饭哦。大舅舅也站起来拉贺叔叔上桌。来来来，吃杯酒。

贺叔叔赶紧声明自己吃了饭，大舅妈就有些不相信地说，哪里有这么早的晚饭哦。

今天没什么事，孩子们就早早地做了饭。贺叔叔说着见高洁在场，就把话题转到了林中雪身上。对了，林中雪也帮忙炒了几个菜，呵，还真是看不出来，这家伙几个菜炒得蛮好，以后是当家理事的好角色。

高洁本来只是看他们让来让去，这会儿听说林中雪会炒菜，顿时就眉开眼笑起来，那我下次可要林中雪炒菜给我吃。

这个容易呀。贺叔叔很干脆地说。你明天来我那里玩，我喊他炒给你吃就是了。

贺叔叔说着，又十分热情地跟大舅舅和大舅妈说，明天都去我那里吃晚饭，昨晚上林中雪他们去打了几只野兔子，下午还有条蛇跑进屋里来了，今晚吃了一半，蛇肉那个鲜呀，就这样说定了，明晚一家人都到我那里去吃饭，我要林中雪他们早早用文火把蛇肉汤熬好，把野兔子用红辣椒炒好。

高洁嘴巴上呵呵笑着没有说话，心里却想，什么时候叫林中雪炒给她一个人吃。

贺叔叔说完，见大家都望着他说话，就自己找了张椅子坐下，你们吃饭哦，不要管我。

大舅舅晓得贺叔叔这时候来是什么事，也不着急，又见他不肯上桌，就自己坐下来吃了起来。大舅妈从厨房里泡了杯热茶端了出来，然后也装了饭坐到离他不远的凳子上，一边跟他东家长西家短的，一边吃了起来。

大舅舅一边往嘴巴里扒饭，一边提起枪的事情来，你到家里来还是买枪的事吧？

贺叔叔也干脆，就说道，还不是那件事，讲实话我确实想要，你走后我又想了蛮久，所以特地来想请你把价讲定一下。

大舅舅笑了笑说，你们是什么人我大概也晓得，我几十岁的人了，没听得老虎叫也听得老虎哼，自然也晓得你们自己手里也有枪，你自己说一下，如今到哪里去搞这么好的枪，而且还这么便宜。

你们站岗的时候我都看到了。贺叔叔十分诚恳地说。枪确实是好枪，也确实是便宜。

大舅舅就没说话，心里却想你晓得就好。

贺叔叔接着说道，我肯定是要买的，而且实话跟你讲我们是蛮需要，可就是碰到我们如今确实是困难时期，一下子凑不齐这么多钱，何况你们也是别人送的，又没有花钱买，我看你就看在我的面子上再便宜些。

没得讲。大舅舅说着，觉得自己这样一边吃饭，一边跟他说话不礼貌，就几口把饭吃了，喊表弟把碗放到桌子上去，可表弟正要去厕所，高洁见了就起身把碗接了过来，然后放到了桌子上。

贺叔叔看大舅舅说得这么绝，就打算拉大舅舅到一边，我跟你讲个事。

大舅舅突然看到贺叔叔神神秘秘起来还有些不习惯，便解释道，我跟你讲，真不是我不肯买给你，关键是老族长已经讲好了价钱，所以没得讲，你也晓得老族长在天河镇是一言九鼎，他讲的事就是圣旨，他要是讲了一句事就没得人敢打一点折扣。

你过来听我讲哦。

贺叔叔说着，硬是要把大舅舅拉到屋门口。大舅舅看贺叔叔这架势是不达目的不罢休，而且肯定硬是有不能让自己家人听到的话要讲，只好笑了一下，有些勉强地跟着贺叔叔来到屋外的樟树下。这时候天已经暗了下来，可以看到有一轮残月挂在天边的一角。

我跟你讲哦。贺叔叔说着，把身子往大舅舅身边凑了过来，很是神秘地接着说，这枪还不是我要买，我真是决定不了，其实这枪是你老弟决定要买的，你老弟现在是我的领导，你老弟讲了，不管怎样都要把枪买到，所以要请你帮这个大忙。

大舅舅突然听到自己弟弟的名字很是震惊，一下呼吸都停住了，半响才叫道，我老弟在哪儿？

嘘。贺叔叔赶紧提醒大舅舅小声点。

大舅舅却很着急，便赶紧压低声音接着问道，我老弟现在哪里？

在永新一个秘密地方。贺叔叔仍是小声说道。

这个家伙。大舅舅有些气愤地说。一去几年都不回来打个转，我们一家都以为他死了。

他命大得很。

贺叔叔说道笑了笑，但见大舅舅这么气愤，就赶紧收起笑容解释道，他肯定是有些不方便，也可能是担心你们家人受牵连，我告诉你以前你老弟是在赣南那边打游击，前些时间才到永新的，我只是告诉你，你不要跟你父母亲讲哦，免得传出去了不好，可能会有危险。

大舅舅心里有很多话要问，但想到要是让人听去了不好，就只好又把话咽进去了。

高洁小舅舅因不满包办婚姻而离家出走，跟着红军转战井冈山和赣南一带，打到了天河镇附近，之所以没回家，确实是战事紧张，还有就是不想牵连到家人。这次来到永新，是跟着领导来整编游击队的，原来国共合作后，要把红军留下来的南方游击队整编成新四军，拉到长江以北去打日本鬼子。

贺叔叔见状就安慰大舅舅，你放心，你老弟蛮好，现在都是师长了。

这家伙起码可以叫你带个话吧？大舅舅虽然压低了声音，但还是忍不住很愤怒。你不晓得他一去几年没得音讯，我老娘是一讲起他就眼泪行行的，还有我那老弟嫂，可怜啊，经常都是偷偷几个哭。

大舅舅说着眼睛都红了，心想如果老弟在家里，老弟嫂肯定不会出这样的丑事。

贺叔叔见状就赶紧声明道，我也是前些天才看到他，不然肯定会跟你们讲。

贺叔叔还真的是没有说谎，在永新开会时他才见着小舅舅，当时贺叔叔讲的是天河镇方言，小舅舅当时就问贺叔叔是不是来自天河镇。会后吃饭时小舅舅还特地坐在贺叔叔一桌，两个人说了很久的话。只是贺叔叔虽然住在天河镇，但出于工作保密的原因，跟天河镇的人来往并不多，所以也只是把自己晓得的事说了说。小舅舅没有说是不是打算回家一下，也没有要贺叔叔带句话回来。这会儿因为买枪的事谈不下来，贺叔叔心里一急就脱口而出，希望大舅舅看在小舅舅的面子上能促成这事。

虽然对小舅舅有百般不满，但毕竟是兄弟连心，大舅舅也就跟贺叔叔实话实说道，你们跟我兄弟是一边的，我也晓得你们做的事蛮危险，在刀尖上讨饭吃不容易呀，所以我实话跟你讲，我心里真的是想帮你们把枪买到，有枪在手里不是坏事，起码可以保护自己，是不是？

贺叔叔想说他们不是为了自己，他们是为了解放穷苦人民，但大舅舅没让他接话，而是接着说道，我跟你讲，老族长的底线是每支枪两百大洋，你出不起这个钱肯定是买不到的，不是我不肯帮忙，我跟你讲，就是我老弟亲自回来也没得用。

所以我是想麻烦你跟老族长讲一声。贺叔叔赶紧跟大舅舅笑道。我们也是碰到了困难时期，不然我肯定会多给你们钱的。

没用的，你肯定也晓得老族长是说一不二的。

大舅舅说着有些忧心起来。由于是自己亲弟弟这边的人要买，大舅舅就很想帮上这个忙。

贺叔叔当然多少也晓得天河镇一些情况，但这会儿哪里会死心，就沉思了一下，然后跟大舅舅商量道，你看除了你，天河镇还有哪个能在老族长面前说得起话？镇长行不行？我跟他还是有些熟悉的。

虽然贺叔叔由于工作的原因在天河镇很是低调，但还是比较注意跟镇长他们搞好关系，万一有个什么事，镇长甚至老族长也可以照应一下，伸个援手，所以以往跟镇长他们也有些交集。

大舅舅连连摇头。

贺叔叔却说，我看镇长平时人模狗样的，说话底气比你还足些，说不定他会肯帮忙。

说着，也不顾大舅舅的表情，自顾自地说道，我去找一下镇长看。

大舅舅忽然就不想管这件事了，跟贺叔叔挥了挥手说，你去哟。

贺叔叔看出大舅舅有些不高兴，就赶紧赔笑着说，我当然是要你陪我去了，你不去我哪里有什么面子？

说着，拉起大舅舅就要走，又说，你不看我的面子也要看你亲老弟的面子吧？

我看你真是不到黄河不死心。

说着，大舅舅只好跟着贺叔叔往镇长家那边走。

这时已是月上树梢，夜幕虽然没有完全拉上，天也是暗了许多。大舅舅家离镇长家不太远，只沿着山间小路拐了几个弯，走了不到半个时辰就到了。就见门前的坪里早就摆好了一张竹床和几张椅子，镇长三个孙子孙女正挤在竹床上面玩，大舅舅上前问镇长在不在家，他们也没怎么搭理。

大舅舅跟贺叔叔也不在意，相互笑了一下就准备往里屋走，还没有上台阶，就迎面碰到镇长左手提着一桶水出来准备洗澡。镇长要大舅舅他们先到坪里坐一下，然后自顾自地把水桶提到屋檐下，可能是感觉到椅子不够，便又大声朝屋里喊老婆拿两张椅子出来。还在厅屋里收拾的老婆，听说来客人了，就拿了两张椅子出来，大舅舅和贺叔叔赶紧上前把椅子接了下来，两个人都讲让我们自己来。镇长老婆也不见外，说了句你们自己先坐就回了屋。也许是要收拾的事多，或者见多了来求镇长的人，竟然连杯冷开水都没有端碗出来。镇长好像也没把大舅舅他们来访太当回事，仍旧打着赤膊，蹲在屋檐下慢慢地擦着身体。镇长的身体白，在皎洁的月光下，只看到白花花的一片。

等久了贺叔叔就有些不耐烦，但因为此时有事要求人家，便也只有在心里忍着不做声。对于镇长这样不近人情，大舅舅觉得也是可以理解的，因为镇长是天河镇的大管家，每天从早到晚都有人找个不停，要镇长对哪个都眉开眼笑热情有加也不太可能，所以就权当没看到贺叔叔的不耐烦，而是有滋有味地逗镇长三个孙子孙女玩。孙女倒是比男孩子要乖巧许多，看到争不赢两个哥哥，就窝在大舅舅怀里缠着大舅舅讲故事，直到镇长干干净净洗了澡，仔仔细细擦干身子，又慢慢穿上衣服，摇着蒲扇过来。

大舅舅和贺叔叔都赶紧站起来，大舅舅就跟镇长介绍贺叔叔说这是贺老板，镇长就伸过左手去跟贺叔叔握了一下手，说早就晓得贺老板，只是平时交道打得少。说着看到大舅舅还抱着自己的孙女，就赶紧把孙女接过来放在竹床上，让两个孙子带着他们的妹妹玩。回头看到大舅舅和贺叔叔两个人还站着，便招呼两个人都坐下，之后自己也从旁边拉了一张椅子过来坐下了。

大舅舅跟镇长说明了来意，贺叔叔也笑着点了点头，表示大舅舅说的没错。

不要讲找老族长。镇长朝贺叔叔摇了摇手说。就是这会儿来找我都没得必要，因为价钱老族长已经定下来了，就不得改了，你是玩枪的人，这价钱方面肯定比我晓得得多，你自己说一下，这价钱怎么样，高不高？

贺叔叔赔笑道，说实话这价钱不低，当然也不是高得离谱，总的来说确实还算是蛮公道的，只是我们现在是困难时期，一下子拿不出这么多钱来，就想拜托镇长去跟老族长说说，看能不能再少些？

我不得去讲。镇长一口回绝道。在整个天河镇，就没一个人敢对老族长的话有异议，我实话跟你讲，当初我就不主张把枪卖给你们，你肯定也晓得，如今各地都在建立民团，枪都抢手得很，都是老族长点名要卖给你们，还有我这位贺兄弟也极力主张卖给你们，信不信我只要把风放出来，不说远了，单单就是莲花永新，不出两天就会有豪绅过来抢。

贺叔叔不能否认这点，只好有些难堪地笑了笑，但他还是坚持试图软化镇长，那当然是卖给我们好了，我们离你们这么近，都在天河镇，万一有个什么事，碰到坏人来了，我们立即就可以过来，如果把枪卖到莲花永新去了，要等他们得到消息再赶过来，那坏人肯定早就跑了。

那按你这样讲的话，那我还是把枪留在自己手里最好。

镇长说着，自顾自地哈哈笑了起来，真是一点面子也不给贺叔叔。

贺叔叔有些下不了台来，望了大舅舅几眼，但大舅舅也不好再帮他说话，他只好有些难堪地站在那里没动。

· 23 ·

高洁妈妈走进外婆家时，外公带回来的女人正趴在隔壁屋里的织布机上织夏布。织夏布是一桩很累的活，还要格外细心，即便是最能干的女人，坐在织布机旁织半天也只织得两三寸，因而特别需要耐得烦，因此不要说外公带回来的女人，就是天河镇操劳惯了的女人都会感到好累好辛苦，一天织下来几乎就没有不腰酸背疼的。

高洁妈妈站在厅屋里没看到人,感觉有些奇怪,就开声喊了一句,有人在家吗?

说着,回头看了高洁爸爸和贺师长一眼,见他俩还站在大门口聊天,就又热情地邀请贺师长进屋里来,进来坐吧,喝杯茶,歇口气。

高洁妈妈进了娘家的门,自然就是大半个主人了。但贺师长却因为小舅妈的事,担心碰到大舅舅会难堪,就推说自己有事得先行告辞一下,并说过些天过来请高洁爸爸妈妈吃饭。贺师长虽然嘴上这么说,却仍然站在门口没走,心里有些盼望大舅舅能出门热情相邀,那样的话贺师长肯定就一脚跨进门来。其实贺师长心里还是想跟大舅舅缓和关系,毕竟高洁外婆家也是天河镇的望族,在天河镇还是很有些影响的。

高洁爸爸哪里晓得贺师长的心思,还以为贺师长是讲客气,就也拦着贺师长不让走,热情相邀道,都到了家门口了,哪有不进去喝口茶的道理?

高洁爸爸一向信奉实业救国,平常跟军政要员没什么来往,觉得中国之所以落后,都是政府腐败官僚无能,所以不太看得起那些官僚和兵痞,但这一路上,贺师长表现出了一个军人的豪气,以及极强的爱国热情,让高洁爸爸觉得他是个可以交往的真汉子。这样一个真心邀请邀不进,一个假意要走却又不走,两个人就只好站在大门口随意说话,比如感叹天河镇就像传说中的桃花源一样,夸夸天河镇山好水好人更好之类。

贺师长是怎么跟高洁的爸爸妈妈在一起的？

原来高洁的爸爸妈妈坐马车路过南坑国军检查站时，正好碰到贺师长要到天河镇来。贺师长虽然没见过高洁的爸爸妈妈，却从他们身上看到了高洁外婆家人的影子，特别是高洁，集中了爸爸妈妈的优点，跟妈妈一样是典型的美人坯子。贺师长就主动上前询问，果然没错，便主动介绍说自己是大舅舅的朋友，又热情邀请他们坐他的汽车前往。高洁妈妈见贺师长说得特别诚恳，又觉得大舅舅在天河镇有贺师长这样的朋友是好事，便把送他们来的马车打发走，然后坐上了贺师长的汽车。自从出了小舅妈这事以后，贺师长就在天河镇住得少了，偶尔在天河镇住上几日，也不再像以前那样东走走西逛逛，看看美女逗逗小孩问候一下老人，更多的是窝在国军驻地不出门。而这次之所以回天河镇，则是因为抗战形势吃紧，前些日子还跟国军第58军军长到长沙开会。当时贺师长就感觉到这是长沙大会战以来最紧张的一次会议，有情报显示，日军将可能进犯萍乡和安源，再从老关经醴陵、株洲包抄长沙。从长沙回来不久，58军就奉命撤出萍乡进驻醴陵，并炸毁安源煤矿。按蒋委员长的命令，除第4军死守长沙，第10军死守衡阳，第44军死守浏阳外，58军必须死守离萍乡不远的醴陵，否则按军法处置。会上贺师长就晓得部队随时都可能被调往前线。就想利用这点空隙时间来小住几日，缓和一下与天河镇上下的紧张关系，即使自己将来战死了，也不要在身后留下千古骂名。贺师长没想到正好碰到高洁的爸爸妈妈回天河镇，于是就想借一下高洁爸爸妈妈的力量来达到自己的目的。

其实,外公带回来的女人听到了高洁妈妈进来的脚步声,以为是大舅妈他们回来了才没在意,这会儿听到有人在厅屋里说话,却分明不是大舅妈他们,就赶紧从织布机上抬起头来,回答道,在这里。

高洁妈妈听到隔壁屋里有人答应,就走过来一看,正好看到外公带回来的女人腰酸背痛地从织布机上支起身体,结果两个人都愣了一下。高洁妈妈以为是大舅舅请的帮工,因为这女人的打扮跟天河镇的普通女人差不多,而且天河镇里有钱的人家,在农忙时也都会请些帮工。虽然请帮工多是割水稻摘棉花之类,但请来织夏布也不是没有可能的。

在天河镇,甚至是整个萍乡,几乎家家户户都有女人起早贪黑地织夏布。一般人家织夏布是自产自销,不然一家大小一年的穿戴,将会是一笔很大的开销,也有人家里女人多,又特别能吃苦,织成的夏布除自家人用外还有多余,就会拿到南坑甚至萍乡去赶集,也有些掮客走村串户上门收购,只是上门收购的价钱,要比自己去卖的便宜许多。在萍乡则有不少商家开布庄,收成品成匹的夏布销售。在与萍乡相邻的上栗,甚至更远一些的浏阳和万载,还有不少从事爆竹销售的爆庄,将爆竹和夏布远销到了北京、上海和广州,以及美国、日本和一些欧洲国家。织成的夏布除了做衣服外,还可以做蚊帐,只是做衣服的夏布,比做蚊帐的要求更细腻光滑。夏布做成的衣服穿在身上,由于通风极好而清凉爽汗,因而很受欢迎。

由于织夏布的收入比较高，因此萍乡周围的农户，除了种些水稻等粮食作物外，几乎家家户户都种苎麻。这是夏布唯一的原料。每年盛夏烈日暴晒之时，就是苎麻收获之日，家家户户男男女女，都会起早贪黑地到田地里，或者山脚边去收苎麻。将收回来的苎麻用开水浸泡多日，待苎麻软滑柔韧后，将它一丝丝地剖开，然后再一根一根地连接起来绩成纱线，之后根据祖传秘方，选用上好的中药确定颜色，染上颜色后再丢进天河里漂洗多日，待用米浆蒸煮后，再卷上纱筒牵梳上机。等这些程序都一一做完做好后，方才开始织夏布。虽然夏布做成衣服穿在身上感觉好舒服，但织夏布却是极其辛苦的工作，如果不是为生活所迫，一般的女人是不敢起这个念头的。

　　高洁妈妈在小时候，曾经被外婆逼着学过织夏布，而且几乎每次都要被外婆骂。高洁妈妈虽然是外婆的独生女儿，家里也是衣食无忧的富裕人家，但外婆仍然逼着她学习织夏布和做女红。每当高洁妈妈不愿意而哭闹时，外婆就会唉声叹气，你这样吃不得苦，以后嫁到别人家里去如何得了？如果高洁妈妈还敢顶嘴，外婆就会提高声音骂，你以为人家只会骂你吧，人家还会骂我们这些做父母的没有教育好你。还好外公对外婆的教育方式嗤之以鼻，高洁妈妈就仗着有外公宠爱，加上又特别会读书，结果不但去到了北京和美国，还嫁了个好老公生了个漂亮女儿。高洁妈妈有时候会跟外婆说笑，你还担心我嫁不出去，现在我不是照样嫁人了？外婆也不得不承认，各人有各人的命，很多事情强求不得。高洁小时候看到妈妈笑话外婆,就会站在妈妈一边,后来慢慢长大了,再碰到妈妈笑话外婆,高洁却不会再站在妈妈一边了,有时候还会帮外婆说话,说如果不是我爸爸不嫌弃你不会织夏布,你就是长得再好再漂亮,也会嫁不出去的。高洁说得有趣,就把外婆逗得好开心。

高洁妈妈把外公带回来的女人当成了帮工,那是因为没想到这女人会织夏布。高洁妈妈觉得自己娘家这么富裕,多一个人也不过是吃饭时多双筷子,即使再不受家人待见,有外公的面子在,也是不用劳神费力,去学织什么夏布的。高洁妈妈根本就没有想到这女人会如此主动地融入家庭,以赢得家人和天河镇对自己的接纳。倒是这女人很快就猜了个八九不离十,因为高洁的相貌不过是高洁妈妈的翻版。

你是高洁她妈妈吧?

说着,这女人像个主人似的热情地迎了上来,准备把高洁妈妈他们让到厅屋里坐。

又接着说道,还是到厅屋里坐吧,厅屋里要凉快些。

高洁妈妈见状也就恍然大悟,意识到眼前这个热情的女人,就是自己父亲从外面带回来的。按道理高洁妈妈还应该管她叫一声二妈的,但由于没叫惯,也因为有些突然,高洁妈妈虽然嘴巴里啊了半天,却终于还是没能叫出口。这女人也不见怪,仍旧热情地把高洁妈妈往厅屋里迎。高洁妈妈为了缓解自己的失礼和难堪,便主动问起外公和大舅舅、大舅妈哪里去了。

高洁妈妈说,怎么没有看到一个人在屋里?

高洁妈妈没有说到外公带回来的女人，也故意没有问及外婆，以免哪壶不开提哪壶，这女人也没见怪，装着很随意地没提外婆，而只是告诉高洁妈妈外公在楼上，大舅舅和大舅妈则到田里干活去了。

高洁呢？高洁妈妈一边点头表示晓得了，一边又无话找话地问道，好像一没话说了就会难堪起来。

这女人想高洁可能是出去玩了，却又不说出来，反而说可能跟着大舅舅他们到田里干活去了，并说，你就放心吧，高洁很快就会回来了。

高洁妈妈听说高洁竟然去田里干活，还有些不相信地问，高洁真是去田里干活了？平常在家里可是蛇钻进屁眼都懒得扯。

高洁真是经常去田里帮着干活的。这女人很认真地夸奖道。我还从来没见过像高洁这么懂事的女孩子，不但人长得好还很勤快，不信等她回来，叫她给你炒几个菜哟。

高洁妈妈听说高洁竟然还会炒菜了，真是士别三日当刮目相看啊，便觉得自己的教育方法很对，就是要让高洁到乡下来锻炼锻炼，吃了苦之后就晓得甜来之不易了。为了拉近两个人的感情，高洁妈妈又热情地跟这女人聊起了夏布，你这是在织夏布吗？

织得不好。这女人就有些不好意思地笑了，又解释道，我才学不久。

高洁妈妈就有些吃惊地说，你怎么会织夏布呢，你娘家那边也有夏布吗？

我娘家那边没有夏布的。这女人见高洁妈妈不相信，就又笑了起来。这是我才学着织的。

高洁妈妈从织布机上拿起织好的夏布看了起来，就见绩成的纱线一根一根很细，定好的颜色也很白，拿在手里能感觉到质地的细腻柔韧和光滑，一点也看不出来是才学不久的人织的，就有些情不自禁地赞叹起来，织得真是不错。

这女人见高洁妈妈真心喜欢，就临时起意地笑着跟高洁妈妈解释，我也不晓得织得好不好，只是乱织一气了，刚才我都还在想，如果织得还过得去，我就要给高洁织个蚊帐，等高洁出嫁的时候给高洁做嫁妆。

高洁妈妈听了不禁有点哑然失笑，因为她作为母亲，都还从来没想过高洁出嫁结婚之类的事，在她心里高洁虽然满了十六岁，但还是像一条虫一样，什么也不懂，即使要出嫁，那也是到美国读完书之后的事了。所以听到她要给高洁办嫁妆，就忍不住地叫了起来，这就不得了，高洁还这么小，哪里就要麻烦你做嫁妆？最少也要等到她美国读书回来再讲了。

这女人最会察言观色了，见高洁妈妈有些不快，立刻就把话题又转了过来，赔笑道，那就让高洁带到美国去读书嘛，在美国读书也是需要蚊帐的，记得我跟你父亲在美国住过两个夏天，也跟我们这边一般热，蚊子咬起人来也厉害得很。

高洁妈妈嘴巴上没什么表示，心里却为外婆感到委屈，因为外公带着这个女人世界各地到处跑到处玩，而外婆却一辈子只待在家里，天天为这个家操劳，这辈子最远也只是到过萍乡，那还是高洁妈妈到安源煤矿工作后接她去的。外公虽然是高洁妈妈的父亲，但在这一点上，她仍然觉得外公真不是个好东西。

男人都不是个好东西。高洁妈妈这样想着，就回头朝那两个还站在大门口聊天的男人望去，却正好看到他们俩像鬼打了一样，忽然就大声叫了起来，紧接着只见贺师长有些狼狈地闪到了一旁。

原来贺师长正聊得起劲的时候，忽然感觉头上方有水掉下来，起初还以为是天下雨了，就一边伸出手来试探，一边抬头望了望天空，却觉得不像是要下雨的样子，因为天空中一点乌云都没有亮堂得很。紧接着就感觉这从天而降的水温温的，还夹杂着一丝尿臊味。贺师长再抬头看时就大吃一惊，因为他看到外公正站在门口上方的窗台上拉尿。外公此时的表情似乎极为舒坦，拉的尿也时急时缓，因而射得也就时远时近，却又点点滴滴正好射在贺师长周围不远的地方，稀里哗啦地砸得地上灰尘直跳。尽管贺师长反应快躲得急，但头上脸上还是被尿湿了不少。高洁爸爸虽然站得靠门里面一点，但身上也还是沾到了几滴。

高洁爸爸见贺师长被尿淋得这么狼狈，就赶紧从门里跑出来，想看看到底是哪个小孩这么顽皮，却正好看到已经尿完了的外公，没事一样地站在窗台上系裤子。高洁爸爸虽然见外公见得不多，却还是晓得这位站在窗台拉尿的老人就是自己的老丈人，不由得惊得一时连话都说不出来。

爸爸，你站在窗台上做什么？高洁爸爸反应过来后急忙喊道。赶紧下来，真是太危险了。

高洁爸爸实在是摸不着一点头脑，搞不懂外公这是唱的哪出戏。

贺师长见是外公不好发火，只得强忍着满肚子的火气，把脸憋得通红。

高洁妈妈和女人见状就赶紧跑了出来。

怎么回事？高洁妈妈看到贺师长那狼狈的样子，赶紧问道。

高洁爸爸就小声地告诉她，刚刚是外公在上面拉尿了。

不可能啊。高洁妈妈明知高洁爸爸不可能胡说，却仍旧不相信地抬头往窗台上看。这时外公已经拉完躲到房间里去了。跟在高洁妈妈身后的女人也叫了起来，我跟你父亲讲了几多次，叫他不要在窗台上拉尿，不小心摔下来了怎么办？拉到别人身上了怎么办？可他就是不听。

高洁妈妈这才确定是外公拉的尿，便赶紧跟贺师长道起歉来，哎呀呀，真是对不起。

这女人也跟贺师长赔不是，快些到屋里去洗一下，换一下衣服。

贺师长却以为外公肯定还在为小舅妈的事记恨自己，哪里还敢留下来自讨没趣？便赶紧一边说没关系，一边告辞要走。高洁爸爸他们在难堪之余也不敢再留，只得满怀着歉意送他走了。

高洁妈妈见贺师长气恼着走了，就转身进屋直接往楼上走去。她实在想不通外公跟贺师长会有什么过节，但不管有什么过节，外公站在窗台上拉尿都是让人不能接受的。听那女人讲外公这是多次在窗台上拉尿了,她就很奇怪外婆怎么会允许这种事情发生。外公带回来的女人见她气呼呼的,顿时觉得事情有些不妙,便赶紧有些内疚地跟上楼来。

高洁爸爸送走贺师长,没有跟着高洁妈妈她们上楼,而是独自跑到厨房里,用清水洗了一把脸。他想等到这场风波过后再上楼去拜见老丈人,不然贸然跟上去肯定会有些难堪,女婿虽然算是老丈人家里的半个儿子,但毕竟跟女儿还是有差别的。他晓得高洁妈妈肯定是要跟外公吵架的,别看高洁妈妈离开家这么多年,但由于会读书有出息,在外婆家里说话一向很有分量,加上仍然是在家里做女儿时的脾气,因而不要说大舅舅、大舅妈他们,就是外公外婆那也是要让她三分的。

正因为这个原因,高洁妈妈马不停蹄地上了二楼,门也不敲,就直接进了外公的房间。外公这会儿刚坐下来准备烧书,见有人进来就抬起头来看,本来还想兴师问罪的高洁妈妈,一见到外公却吓得半天说不出话来。

原来在高洁妈妈记忆当中,外公慈祥风趣又爽朗,而这会儿出现在眼前的,却是一个白发披肩和胡子拉碴的陌生老人。高洁妈妈赶紧回头望着跟进来的女人,意思是不是搞错了。那女人没看到高洁妈妈的表情,而是赶紧从她身边经过,直接来到了外公身边,然后把外公手里的洋火和书拿了过去。

你怎么又站在窗台上去拉尿呀?我不是跟你讲了很多次,不要站到窗台上去吗?你怎么总不听呢?你说你万一不小心掉下去了,摔伤了怎么办嘛?

女人的话里虽然有些许埋怨,但声音却十分轻巧,神情也很是耐烦。

外公没怎么搭理身边的女人,却用手指着高洁妈妈半晌没说出话来,看神情好像是记忆里有些熟悉,却又一下子想不起来是谁了。

爸,你是怎么了?高洁妈妈看到外公的手指颤抖得厉害,就吓得哭了起来,然后一边走过去,一边又求救似的望着女人问,我爸爸这是怎么了?

你还认得她吧?女人就指着高洁妈妈问外公道。

这时外公忽然叫了一声高洁妈妈的小名,然后又露出很熟悉的神情笑了起来。

女人就有些喜出望外,赶紧跟高洁妈妈说,他还记得你呢。

说着,又回头跟外公讲,你大女儿来看你来了。

外公就一边点头,一边说好好好。

女人又跟高洁妈妈说,你爸爸前些天还跟我讲到你,说你在安源煤矿做事,极有本事。

高洁妈妈听了不但没有高兴起来,反而哭得更厉害了。

外公见状,就过来牵高洁妈妈的手,我一回来没看到你,就问他们你哪里去了,可他们都讲你丢了,都讲不晓得丢到哪里去了。

我这么大个人了,怎么还会丢了嘛?

高洁妈妈说着,差点又要哭起来,倒是外公带回来的女人劝道,不要哭了,你这样子会影响你父亲的,还是陪你父亲聊聊天吧,你不晓得你父亲经常跟我提到你,每次提到你就高兴得不得了。

高洁妈妈想想也是，就赶紧停住了哭泣，装着很轻松地笑了笑，心里却紧张起来，感觉外公的精神可能有些麻烦。虽然心情沉重，但表面上还是装着没事一样，把外公让到椅子上坐了下来，然后任外公拉着自己的手不放。

就是呀。外公也笑了起来。你都到美国去读了几年书啊，到美国都没把自己丢了，反而在安源煤矿把自己丢了？不可能嘛。

高洁妈妈开始还以为外公是疯了，这会儿见他还记得自己曾经到美国读书的事就放下一点心来，赶紧问道，你身体还好吧？

外公却没有接高洁妈妈的话，而是让站在旁边的女人把洋火和书拿过来。女人自然是有些不肯，外公就突然发起火来，女人只好把洋火和书又递给了外公。外公拿出一根洋火划了一下，洋火哗的一下烧了起来，外公要高洁妈妈帮着烧书。

高洁妈妈怕惹外公生气，就赶紧撕了几页书烧了起来。高洁妈妈很奇怪为什么要烧书，就说，这些书这么新烧了多可惜呀。

外公叹了一口气，这些书都没得什么用。

这是你写的吧？高洁妈妈一边问，一边随手翻了几页书，看到确是外公写的，就提高声音说，怎么会没有用呢？我看这些书真是有用得很啊，说理很透彻，又很严谨。

外公忽然有些激动起来，拉着高洁妈妈的手有些不相信地问，你讲这些书有用？

当然有用了，我看还有不少真知灼见呢。这下高洁妈妈就晓得一点外公迷糊的原因了。

外公还有些不放心地问，这可是禁书啊，不会被人接受的。

高洁妈妈不以为然地说，禁书里面也有好书呀，我在美国读书时就读了不少禁书呢。

外公像碰到了知音一样笑了起来，那我就写下去。

说着，又指着女人跟高洁妈妈说，她们都讲我写的书没得用。

她们都不晓得。高洁妈妈就像哄小孩一样哄外公说。

高洁担心外公带回来的女人会见怪，就朝她使了一个眼色，外公带回来的女人见了自然是心领神会。最近一段时间以来，外公的精神时好时坏，好时读书写字，坏时点火烧书上窗台拉尿，弄得她天天都担惊受怕。这会儿见高洁妈妈一来，高洁外公就神志清醒，便祈祷男人能恢复原来模样，自己的下半辈子才会有好的依靠。

24

高洁的爸爸妈妈在天河镇只住了三天。三天里高洁妈妈哪儿也没去，只在外婆家和水磨房两边走。本来高洁妈妈除了想抽时间多陪陪高洁，还计划见一下儿时的伙伴，拜访一下族里的长辈，然而计划总是赶不上变化，一到天河镇后，这些计划就全都泡了汤。高洁妈妈每天的午饭，是在外婆家二楼陪外公吃，晚饭则是带着去水磨房里陪外婆吃的，到了夜里就跟外婆一起睡一张床上。外婆的床倒是有足够大，两个大人睡在上面一点也不拥挤，只是水磨房的吃住条件不好，不但蚊子多，还有老鼠时时在运动，就好像它们在开一场你追我赶的运动会。每天晚上高洁妈妈都是睡得迷迷糊糊的，还被咬得一身红包。尽管高洁妈妈愁眉苦脸叫苦连天，却也只能放在心里，丝毫不敢公开抱怨，生怕自己一抱怨外婆就会乱想。高洁妈妈平常对外婆家里都是牵肠挂肚的，这时可不敢再节外生枝了。外婆虽然生了三个孩子，却只有高洁妈妈一个女儿，加上又是三个孩子中的老大，凡事外婆就喜欢跟她商量。随着外婆年纪越来越大，高洁妈妈又渐渐地成了外婆的主心骨，碰到什么大事，就会让大舅舅到安源煤矿来找她。高洁经常听到外婆自言自语，或者情不自禁地跟高洁说，要是你妈妈在就好了。那种依恋有时候就像高洁想妈妈。为了让外婆回家，高洁妈妈骂过外婆怎么这么蠢，这是你自己的家啊，要搬出来也是那个女人搬出来啊，怎么你可以让另一个女人占你的房子呢？但外婆只是要高洁妈妈放宽心，还说她为这个家操劳了大半辈子，如今儿女们都长大出息了，她就只想过过清静日子。而为了让外公改变吃住在楼上，生死都不下楼的想法，高洁妈妈把大舅舅拉到外公面前，当场把大舅舅骂了个狗血淋头，半天都不敢作声。

我还在安源煤矿时左眼皮就一直跳个不停，我就晓得会有事出，可我还是没想到这个家烂成了这个样子，你看看现在这个家，哪里还有家的样子？妈妈年纪这么大了，竟然住在破烂不堪四面透风的水磨房里，你怎么可以心安理得呢？这要是到了冬天如何得了嘛？好，就算妈妈搬出去是她自己的主意，可是你把爸爸气得不肯下楼，连屎尿都在楼上吧？你自己看看爸爸如今是什么样子？哦，你的面子就这样重要？爸爸年纪这么大了，可在你心目中还比不得别人几句闲话？

　　高洁妈妈指着大舅舅的鼻子骂，直骂得大舅舅灰头灰脸，除了苦笑着求外公下楼外，其他话一句都不敢回。连平日里在家里极为强势，就是在外婆面前无理也要争几句的大舅妈，也借口要做饭，赶紧躲进了厨房不再出来。大舅妈对这个大姑子历来就不敢得罪，何况现在她又正在气头上呢，自然是赶紧一走了之。其实就是大舅妈不走，高洁妈妈心里也还是会有分寸的，一般不会轻易把火烧到她的头上来。在高洁妈妈心里，大舅妈只是自己的弟媳妇，是从别人家嫁到这里来的，自己常年不在家，小弟弟又离家出走多年，家里的大大小小，老老少少都得靠她照应，即使她有些地方做得不够好，但只要不是太过分，高洁妈妈也只会骂大舅舅，最多再背着她叫大舅舅管好自己的老婆，并不会当面跟她直接发生冲突。

　　高洁妈妈骂着骂着，忽然看到高洁没事一样正跟爸爸说笑，就忍不住顺带也骂起高洁来了，骂高洁都十六七岁了还不懂事，只晓得自己出去玩，没能劝外婆不要搬出去，也没有经常上楼陪外公，以致外公弄成了这个样子。

这怎么能怪我？高洁感到十分委屈，就忍不住哭了起来。

不过高洁还没来得及反唇相讥，就被爸爸及时拉住了手，爸爸让高洁不要说话。

于是高洁妈妈又大骂起高洁爸爸来，那天都怪你，我才没有及时赶回来，不然爸爸肯定就不会弄成这样，妈妈也不会气得搬出去。

高洁妈妈骂着骂着，忽然就忍不住在高洁爸爸面前撒起泼来，现在好了吧，你看到我娘家这样的丑事了，就可以更瞧不起我的娘家了。

高洁爸爸也让高洁妈妈骂得恼火起来，但他心里还是明白，高洁妈妈作为女儿，见到娘家里这种状况心里急，加上当着这么多亲戚的面也不好发作，就没有跟妈妈计较，而是站起来走出门去。

高洁见爸爸站起来走了，也站起来赶紧跟了出去。

高洁爸爸对天河镇不是很熟，出了门有些不知往哪里走才好，正在犹豫的时候，高洁赶了上来。爸爸见高洁眼睛里都还是湿的，就要高洁不要跟妈妈计较，又说，你妈是看到外婆外公这样子，心里有些着急上火。

高洁却觉得妈妈无论如何都不能拿她撒气，便说道，我才不会跟她一样没素质呢。

高洁话虽这样说，但爸爸晓得如果是在家里，那肯定是要跟妈妈大声争辩的。

爸爸就决定不再提这事，高洁，你带爸爸到处走走，爸爸好久没来天河镇了。

高洁从小就跟爸爸亲,在家里的时候,那是要经常拉着爸爸一起出去散步的,这会儿听爸爸说要到处走走,自然是赶紧答应,可是刚走到祠堂门口的大坪里时,爸爸却不想走了,眯缝着眼睛望了望天上,然后跟高洁说,太阳太大了,晒得人头晕。

高洁就笑话爸爸,你老了哦,这点太阳就受不了。

说着,高洁指着祠堂的大樟树说,那就到大樟树下去躲躲荫吧。

爸爸晓得高洁平常就有些男孩子性格,从小就喜欢像男孩子那样打打闹闹,像爬树什么的那是经常玩的,所以爸爸也没感觉奇怪,只是说了一声好。高洁有些兴奋起来,指着大樟树分杈的地方告诉爸爸,我最喜欢爬到樟树那分杈的地方了,有风吹过来时好凉快的。

那地方能站人吗?爸爸有些疑问。

高洁见状,就像只小鸟一样叽叽喳喳地跟爸爸介绍了起来,当然了,那上面好宽的,最少可以站三四个人,我还一个人在那里睡过午觉呢。

说到得意处,高洁就嘿嘿笑了起来。

不会掉下来吗?爸爸被高洁的兴奋感染了。

高洁笑了一下说,当然不会。

大樟树枝繁叶茂高耸入云,跟周围几十棵大大小小的樟树一起形成了一片樟树林,还不时有各种鸟儿鸣叫着飞进飞出。高洁兴致勃勃地带着爸爸来到大樟树下,指着离头顶三四米高的树杈说,我经常爬到那儿去玩。

高洁要爸爸在樟树下等她,她自己则爬上去玩一下。爸爸看到高洁往树上爬,然后也跟在高洁后面爬了上来。高洁原来还以为爸爸对爬树没兴趣了,却没想到他兴致还会这么高,爸爸却很是得意地告诉高洁,爸爸小时候也是顽皮得很呢。

高洁看爸爸爬树还很在行,就呵呵笑了起来,刚才跟妈妈那点不快,自然早就飞到爪哇国去了。高洁跟爸爸爬到树杈上,一边任凉风吹拂,一边朝四周远眺。大樟树在这里分成三枝分别向三处长,因而这里正好可以坐上几个人一起聊天。

高洁指着远处跟爸爸说,风景真美。

爸爸看上去有些呼吸急促,但还是兴奋地一连说了两声是呀是呀表示赞同。欣赏完了风景,爸爸就坐下来休息,高洁就也跟着坐在了爸爸对面,一时不知说什么好,便无话找话地问,爸爸你怎么来了呢,你不是不喜欢来天河镇吗?

从高洁记事起,爸爸就不怎么愿意到天河镇,而妈妈却老是想着要回外婆家,只要有一段时间没回去,妈妈就会情不自禁地念叨,爸爸有时候听不得就会说妈妈道,高洁都这么大了,你却还是这样想自己的娘家,我跟你讲,你这样的人当初就应该不要结婚。

高洁妈妈当然也有她的理由,就是她很小就出来读书了,除了最早发蒙是在天河镇外,然后在萍乡读中学,到北京读大学,后来还到美国留学,回国后又在北京、天津等工作多年,就连自己结婚生下高洁,都没有告诉过外婆一家人,如今回到安源煤矿工作了，离家近了，也方便了许多，因为从萍乡到南坑修了一条公路，虽然简易了些，但总比没有好得多，而且坐马车甚至可以到天河镇入口，不像以前那样要一天走到黑才能走到天河镇。头两年高洁爸爸倒还是很愿意到天河镇的，一年三节和外婆过生日的时候，总会有那么两三次。此后却忽然变得不想去了，从一年两三次到几年都去不了一次，也难怪高洁妈妈会经常为这事跟他生气闹别扭。为了哄高洁爸爸能够跟着自己回娘家，高洁妈妈可是费了好多心思，也想了许多办法，比如提前几天就跟高洁爸爸说好话，做他喜欢吃的菜，尽量不招惹他生气，后来又让高洁出面，要他送她们母女俩去外婆家。高洁小时候经常会在妈妈的教唆下，搂着爸爸的脖子撒娇。可是没过两年，就是高洁自己也不愿意去外婆家了。妈妈一气之下就会骂高洁是忘眼狗，说外婆和大舅舅他们对高洁怎么怎么好，弄了什么什么好吃的给高洁吃，还会骂高洁爸爸这样子是瞧不起她的娘家。高洁觉得妈妈最难听的一句骂爸爸的话就是，难道是我娘家人搞了屎给你吃？当然高洁和爸爸也并不是完全不到天河镇，几年间还是会偶尔去上一两次的。比如高洁与林中雪，就是高洁十二岁那年在天河镇认识的。那正是国共两党争斗最激烈的几年，林中雪的妈妈就是那年被国军杀害的，这一切都给幼小的高洁留下了极为深刻的印象。

听到高洁问，爸爸并没有马上回答，而是反问高洁道，你觉得天河镇怎么样？

高洁想也没想就笑着告诉爸爸，天河镇很好玩啊。

你不是不喜欢来天河镇吗？爸爸有些奇怪地说。

是啊。高洁有些不好意思地笑了。不过那是以前，我这次觉得天河镇越来越好玩了。

怎么会呢？爸爸有些好奇地问道。

高洁望着爸爸说，我在天河镇每天都过得很充实呢，天天除去看书和练习书法，就是去山里采野花，对了，我发现我天生是个当厨师的料哦，爸爸你不知道，我可是无师自通哦，我第一次炒的菜，外婆他们都说我炒得特好，还有哇，我也会去骑白马洗冷水澡，爸爸你不知道，骑白马真是太好玩了，就是有时候会颠得屁股好痛。

说完，高洁得意地哈哈大笑起来。笑着笑着，忽然就想起了林中雪，心里就有些乱了。

爸爸哪里晓得高洁的心思，只是看到高洁说起来眉飞色舞的，就松了一口气，你喜欢天河镇就好。

高洁还没去想爸爸这样说是什么意思，爸爸却忽然说起了他这次突然来天河镇的原因——

原来国民政府为了保护安源煤矿，曾先后派遣国军第27军、36军、58军进驻萍乡各地，这是因为安源煤矿是当时江南最大的煤矿，年产量几乎接近全国煤产量的一半，如果给日本鬼子占去了，无疑将会使日本鬼子如虎添翼。高洁在萍乡的大街上，几乎每天都可以看到荷枪实弹的国军士兵，以及装有弹药的军车驶过。长沙大会战开始不久，高洁就时不时地可以听到警报拉响，每当刺耳的警报声响过不久，就可以看到日本鬼子的飞机，歪歪斜斜地从远方飞来。有时候飞机是一飞而过，有时候却会丢下几颗鸟屎一样的炸弹。有时候把山地炸了几个窟窿，有时候竟炸塌了几处房子，有时候还炸死了几个老人，或者小孩。不时有小道消息传来，说日本鬼子将要进犯，于是萍乡的百姓开始走日本反了。

"走日本反"是一个有特定含义的词，盛行于抗日战争时期的萍乡，意思是说一向为中国人不齿的日本矮子，竟然开始造中国人的反，还要打到萍乡来杀人放火，老百姓手里没有枪，打是肯定打不赢的，于是只有走为上策了。在平民百姓都开始走日本反时，那些大户人家则早就把女眷和孩子，以及一些贵重的金银财宝，开始往山区的亲戚或者关系好的佃户家里送了。高洁家没有走日本反，是因为高洁的爸爸妈妈一直相信国民政府，觉得日本鬼子不可能打到萍乡来。但时局变化实在是太快，如今战争就像黑云压城一样越来越近了，一开始还是驻扎在萍乡的第27军、36军、58军军部同时撤出了萍乡，分别在各条通往萍乡的要道上布防，以便将日本鬼子消灭在萍乡的外围。后来安源煤矿也开始奉命遣散矿工，大部分矿工拿了遣散费无路可走，只得回自己的老家乡下暂避。另有一部分青壮年在一个下午突然消失得无影无踪，只有少数人晓得这些人已经奉命撤到了永新。矿工还没有走完，58军就奉第九战区薛岳司令的命令接管了安源煤矿，并组织人力日夜加班拆下安源煤矿的机器，然后统统装上火车运往内陆地区，等机器全部运走后，国军就会炸毁安源煤矿。

爸爸告诉高洁，爸爸妈妈已经接到了命令，不久后将跟其他专家一起撤往重庆，因此赶紧利用这几天空隙，来天河镇跟外公和外婆他们告辞。

高洁听到这里脸都白了，那我呢？

是啊。爸爸看着高洁说。爸爸妈妈最不放心的就是你，带你去嘛，重庆山高路远，很多地方没通火车，修了公路的地方又经常被日本鬼子的飞机炸毁，交通很不好，估计要走很多的路，你年纪小，又是个女孩子，身体肯定会吃不消的。可是把你留在天河镇嘛，却又放心不下，因为我们一家人从来没这样分开过，但爸爸妈妈又都觉得，在天河镇总比去重庆要好得多，因为有外婆一家照顾，吃穿都不用愁。

高洁嘴巴噘了起来，那你们要去重庆多久嘛？

爸爸又哪里晓得这仗要打到什么时候？但为了给高洁一点信心，就信口说道，应该不要好久的，我估计等长沙大会战取得胜利后就会回来。

高洁不晓得说什么才好，便没有再说话，眼睛却不知不觉地湿润了起来。

爸爸虽然心里也很不好受，却又装着没看到高洁的表情，一边站起来要从树上下去，一边安慰高洁，你别急，爸爸妈妈会在天河镇待两三天，你想好了再告诉爸爸你的决定吧。

如果我想跟你们一起去重庆呢？高洁问道。

爸爸说，那也行呀。

高洁就没有再说什么，心里却忽然想到了林中雪，虽然有心要跟林中雪说一下，但一连几天都没看到林中雪的影子，也不知道林中雪这家伙干什么去了。高洁虽然心里隐隐有些郁闷，但由于有爸爸妈妈在身边，年纪尚小的她倒也没有多想。

　　高洁爸爸妈妈除了说些家里的事，还说到当下的时局，比如安源煤矿被炸毁了，昔日热闹的有"小莫斯科"之称的安源很快就没了人烟，为了阻断日本鬼子快速进攻长沙的步伐，从南昌经萍乡到长沙的铁路被拆了，又说到高洁是留在天河镇还是跟他们去重庆，留在天河镇的好处和重庆的难处，总之很是纠结。外婆和大舅舅大舅妈，甚至还有外公带回来的女人，都希望高洁爸爸妈妈不要去重庆了，如果是非去不可，则完全可以放心地把高洁放在天河镇。然后他们又说到了小舅舅，虽然小舅舅一去几年没消息，对不起家人，特别是对不起小舅妈，但小舅舅毕竟还活着，而且还当了红军的师长，还是让一家人开心了半天。大舅舅还说到小舅舅需要买枪，高洁爸爸妈妈虽然不太关心政治，但毕竟是在安源工作，见过的世面毕竟不是大舅舅他们在天河镇可以想象得到的，由于见过共产党领导的工人运动，高洁爸爸妈妈都对共产党有些亲近，加上看在小舅舅的面上，倒是极力主张要把枪卖给共产党。看到大舅舅很是为难，高洁爸爸妈妈仍是建议大舅舅要尽力帮忙。

　　时间过得真是快，由于高洁爸爸妈妈再过一天就要离开天河镇了，大舅舅特地让大舅妈弄了一桌子好菜，高洁很开心地表现了一下，自己动手在厨房里炒了两个菜，表示自己已经长大了。本来大家都是开开心心的，但由于吃饭时外公外婆没有到场，放心不下的高洁妈妈又说起了外公外婆，要大舅舅一定要把外公接下楼来吃饭，一定要把外婆接回家里来住。大舅舅也是有苦说不出，但没有接高洁妈妈的话，倒是大舅妈忍不住解释了几句，当然说是解释，其实也是心里有气的，高洁妈妈自然也是看得出来的，但高洁妈妈觉得虽然话不中听，却还是要说的，只是看在大舅妈的面子上请她多费点心，毕竟父母年纪大了需要家人照顾，但说起大舅舅来却是毫不客气，不但如此，高洁妈妈还顺便说了外公带回来的女人两句，似乎外婆不回家外公不下楼都是她的责任。弄得一家人脸都挂不住。大舅舅还好说点，毕竟是自己的姐姐，高洁妈妈想说就让她说几句，大舅妈却越来越有些不耐烦。

你要是嫌我们照顾不好。大舅妈忽然有些气鼓鼓地说道。你把父母带到重庆去嘛。

大舅妈看似两句随口而来的话，却一下就把高洁妈妈冲撞到了墙上，半天说不出话来。

大舅妈见状不但没停下来，反而接着说道，是真的，我们也是能力有限。

高洁爸爸见状就打断大舅妈的话，提醒高洁妈妈少说两句，高洁妈妈心里有一肚子火没地方发泄，就全部对着高洁爸爸而来，爸爸又不好当着外婆一家人的面跟她吵，只好呆坐在一边苦着脸不说话。本来不想说话的高洁，实在是看不下去了，忽然大声朝妈妈嚷了起来，你怎么就这么让人讨厌啊？

高洁这么一嚷，竟然把妈妈弄得半天说不出话来。但高洁这会儿已经不管这么多了，只管朝妈妈嚷了起来，你就晓得所有人都错了，全世界就你一个人是对的，什么人都得听你一个人的，外公外婆难道就没有权利，选择他们自己的生活方式吗？外婆早就说了，她觉得住在家里不自在，想一个人住在水磨房里，为什么就不行，就非得听你的？

高洁妈妈让高洁这么一嚷，也忽然觉得这几天真是白费了口舌，但当着这么多人的面认输又下不了台，就也厉声朝高洁嚷了起来，我这么大了还要你教训不是？

高洁却继续大声说道，你都这么大岁数了，这里又不是你的家，你怎么可以像个管家婆一样管天管地？你没看出来大家都烦你吗？怎么就不晓得一点见眼色行事呢？

我是为了外婆外公好，为什么不能说？

说着，高洁妈妈又接着厉声说道，你要是还这样没大没小，看我不一巴掌扇死你。

高洁眼泪哗的一下就淌了下来，好，我就等你来一巴掌劈死我，反正你们也要到重庆去了，把我劈死了你们也正好可以省事，就可以放心地一走了之。

大舅舅见高洁母女两个吵成这样了，就赶紧插话说道，都不要说了，高洁你少说两句。

看到高洁哭了起来，高洁妈妈才想起来，便也有些怪自己，怎么就把这么重要的事给忘记了呢，赶紧放低一点声音，跟高洁解释，妈妈并不是要把你丢在这里，是想等处理完这些事就会跟你商量的，你想跟我们一起去重庆也是可以的。

高洁却觉得妈妈这时候是假心假意，就站起身来往外走，仍旧哭着说道，你的事情哪里会有个完？你要是心里有我，就不会把我丢到一边。

　　大舅舅有些担心，就想跟出去把高洁叫住，爸爸伸手把大舅舅拦住了，随她去。

　　爸爸的意思是让高洁独自去想一想，但高洁却没弄懂爸爸的意思，反而以为爸爸也在生她的气，就更加伤心地哭了起来。高洁跑到一条小溪边细细地洗了一把脸，站起来后虽然没再哭了，却又忽然发现自己不好去哪里。在天河镇，高洁待的地方，除了外婆家就是水磨房，虽然有时候会跟着林中雪去山里骑马，或者跟着表弟去砍柴火什么的，但也只是去去就会回来的。不晓得为什么，高洁一想到了林中雪心里就满满的，甚至觉得就是妈妈不要自己了，她也不会觉得害怕，因为自己长大了，不可能在爸爸妈妈的翅膀下面生活一辈子，就是一只小鸟，都迟早会离开它们的父母独自飞翔的。高洁这样想着，脚下往贺叔叔家那边走去。但林中雪前两天跟着贺叔叔去永新了，也不晓得回来了没有。尽管这样，高洁还是往林中雪住的地方走去。

　　林中雪说不定已经回来了呢，只是还没有时间过来跟自己说一声。高洁心想。高洁又觉得应该跟林中雪说一声，自己有可能跟着爸爸妈妈去重庆。不过这个念头一出来，高洁忽然感觉心里有些痛。高洁就记起林中雪说过，曾经几次到过学堂里来找自己，就好像看到林中雪正站在大门等着自己出现似的。如果自己跟着爸爸妈妈去了重庆，林中雪还会来重庆找自己吗？虽然高洁是想林中雪来找自己的，但高洁又很清楚林中雪是不会来的，因为重庆离天河镇实在太远了，路也太难走了。高洁一边往前走，眼睛又湿润了起来。如果自己去重庆，那跟林中雪就可能是生离死别，这辈子也许再也见不到了。

走着走着，高洁心里好乱，就躲在路旁的草地里哭了起来。

· 25 ·

高洁的爸爸妈妈离开天河镇那天上午，天下了些小雨，高洁和大舅舅把他们送到了出天河镇的路口。高洁妈妈仿佛到这会儿才从做女儿做姐姐回到做母亲的身份上来，一路上拉着高洁的手，一边流着眼泪一边嘱咐高洁，要听外公外婆大舅舅大舅妈的话，不要一个人进深山里去玩，也不要去骑马去河里洗冷水澡，说得高洁都有些不耐烦了，忍不住凶她道，你要是不放心就把我带到重庆去。说完还丢下她，跑到爸爸身边去。高洁妈妈知道高洁从小就跟爸爸亲，倒也没怎么在意，便又回头嘱咐大舅舅起来。送君千里，终有一别，直到要分别了，高洁才抱着妈妈哭了起来，哭得高洁爸爸和大舅舅眼睛都红了。好不容易控制不哭了，等回到外婆家，平时粗心的高洁竟然也细心地觉察到家里少了很多热闹的气氛，真的是寂寥了很多很多，不用暗示什么，高洁的眼睛便又红了，眼泪在眼眶里直打转。大舅舅见了也不好跟高洁说什么。其实不要说高洁，就是整个外婆家都沉浸在离别的气氛之中，直到傍晚时分贺叔叔突然又出现在高洁他们面前。

贺叔叔这回是直接骑着马来的，风尘仆仆的样子一看就知道是跑了很远的路，一问果然是刚从永新那回来，连家门都没有进，直接就打马奔高洁外婆家这边过来了，不料想又碰到大舅舅一家正准备吃晚饭。

贺叔叔看到大舅舅一家正准备吃饭，就赶紧跟大舅舅解释道，我这是怕夜长梦多。

正准备吃饭的大舅舅听了就呵呵笑道，吃了饭吗？如果没吃饭就上桌吃杯酒。

来得早不如来得巧。

贺叔叔一点都不见外，一边说着一边不讲客气地上了桌。

大舅舅给贺叔叔倒了一碗谷酒，但贺叔叔说，我得先吃碗饭，肚子早就饿得咕咕叫了。

高洁就起身去给贺叔叔装饭，但他从高洁手里接过碗说，还是我自己来吧。

说完，自己去装了碗饭回来，二话没说就趴在桌子上吃了起来，那狼吞虎咽的样子把高洁和表弟都惹笑了。贺叔叔看到他们笑，就笑着解释道，我已经一天都没有吃饭了，真的是肠子都饿得打结了。

贺叔叔吃了碗饭垫了底，就端起碗跟大舅舅敬酒，又说，几时到我那里去吃餐饭？一家人都去，高洁，你也一定要去。

我一定去的。高洁笑着答应道。想到可以见到林中雪，高洁心里就有点美滋滋。

我说到做到吧？贺叔叔又笑着跟大舅舅说。我讲两天回来就不会迟一个时辰。

原来那天晚上从镇长家出来时，贺叔叔请求大舅舅宽限两天时间，让他去请示上级，看能不能再弄些钱来。大舅舅什么话也没说，只是一个劲地笑着敬酒。大舅舅知道贺叔叔有话要讲自然会开口，用不着自己来提示。没想到贺叔叔也心有灵犀似的什么事也不提，只是全心全意地陪着大舅舅喝酒吃饭。两个人吃饱喝足后，这才由大舅舅找了间里屋说话，可话题刚开始，大舅舅就发火了。

原来贺叔叔没有弄得钱来，只是给大舅舅带来了小舅舅的一封信，并告诉大舅舅，小舅舅如今是共产党留在永新这支部队的领导，可能不久后就会带着队伍去长江以北打日本鬼子。小舅舅在信中说部队急需这些枪，要大舅舅无论如何一定要帮忙买到，至于钱不够就请大舅舅先行垫上，到时候一定加倍奉还，实在不行就用他那份应得的家产来支付。为了表明所写信属实，小舅舅还在信上按了两个红色的手印。

你这家伙真不是个人。大舅舅忍不住朝贺叔叔骂道。你把我弟弟扯进来干什么？

你弟弟是我领导啊，你说我不找他找哪个？贺叔叔很是委屈地说。

你找哪个我不管。大舅舅就发火道。就是不能找我老弟，你找我老弟我就要×你的娘。

说着，大舅舅又忍不住当着贺叔叔的面骂起小舅舅来，我老弟也是个畜生，这么多年没回来了，如今到了永新都不回来打个转，最多也只是一天的路程，这么近啊，我这个做兄弟的不见可以啊，可是屋里还有父母亲啊，就算是这个家不要了，可一开口就要分家产，好意思吗？就算是有家产，可父母都还在世，开得了口吗？

　　大舅舅是越讲越气大，贺叔叔没想到大舅舅会发这么大的火，顿时就难堪起来。

　　大舅舅继续说道，那些枪你们买得起就买，买不起就拉倒吧，没有哪个人强迫你们买吧？你自己讲一下，天下哪里有这样的道理呀，我把东西卖给你，还要先帮你垫钱进去？

　　贺叔叔也晓得这是强人所难，但还是想做通大舅舅的工作，因为这些枪对他来说实在是太重要了，所以也还是要迎难而上，就继续说道，老兄，你不要生气，听我讲一句，我也只是转达你老弟的意见，你弟弟说家产也有他一半，如果你不肯垫钱的话，他就把他那份家产全都给你，只是要你先把钱垫上。

　　大舅舅听了这话更是火冒三丈，下逐客令道，我不想跟你讲了。

　　我也晓得这样有些过分，但你老弟人品绝对是好的，出此下策也是真的没办法可想了。

　　贺叔叔话都没说完，大舅舅就起身往外面走，贺叔叔见一时说不通，也只好站起来告辞，好吧，先就讲到这里吧，我先回去洗个澡，跑了一天的路，一身臭得不得了，当然也请你也不要生这么大的气，好好想一想你弟弟的话，要不就算我们跟你借，到时候由我负责还给你，不还我就把命给你。

你这是怎么了？

大舅妈听到大舅舅跟贺叔叔吵架了，但为什么吵架，吵了些什么，却又没有听明白，因为当时她正在厨房里忙上忙下。第二天一起来，看到大舅舅还拉长着脸就有些莫名其妙。大舅舅却不想跟她讲这些事，因为一时半会儿也讲不清楚，而且大舅妈要是晓得小舅舅要分家产来买枪肯定会大闹天宫的，就有些爱理不理地随便回了一句，没有什么事。

说着，就起身出去了。

虽然大舅舅讲没得事，但大舅妈还是感觉他有事躲着自己，有心问个明明白白，可手里还拿着洗好的菜，就还是进了厨房。大舅妈是个勤快的女人，一忙就暂时忘记了这件事。大舅妈可以暂时忘记，但大舅舅却永远忘不了，不但忘不了，反而随着时间的消逝日益加重，最后就成了一块大石头，压在他心里喘不过气来。如果老族长晓得自己这么无能会怎么想？可是要出这么一大笔钱，大舅舅心里又很不甘，要晓得这都是自己的血汗钱啊，真的是一分一厘都来之不易。此外大舅舅还有更大的担心，就是如果贺师长晓得是自己出钱，资助共产党买枪怎么办？别看老族长说得那么肯定，但真要是惹出了事端，可以肯定老族长是不会承担责任的。到时候老族长完全可以说，我只是安排你卖枪，又没有让你出钱资助。再说这责任太大了，要在前几年这可是要掉脑袋的重罪，林中雪的妈妈前几年之所以会被国军枪杀，就因为她是共产党啊，此事曾轰动天河镇，血腥味似乎到如今都没有消散完全。说实话,大舅舅可不想为了别人的事给自己给家里惹来杀身之祸。大舅舅思前想后,觉得还是跟外公商量一下的好。以前遇事都是大舅舅拿主意,但那是外公不在家呀,现如今外公回来了,自己再自作主张就不好了。再说外公在外面闯荡几十年,什么风雨没见过?说到运筹帷幄,肯定要老到得多。这样想着,大舅舅就背着手踱上了楼。

大舅舅记得这是外公不再下楼后他第三次上楼,第一次是上楼劝说外公要经常下下楼,见见阳光听听风雨,吸收一下新鲜空气,天天待在楼上对身体不好,第二次是高洁妈妈回来他陪他们上去。想到外公当时对自己爱理不理的态度,大舅舅心里就有些犹豫,却又没停下脚步,仍然走进了外公房间。

外公带回来的女人没想到大舅舅会上楼来,就有些慌乱地站起来让座,还急忙提醒了正在伏案写作的外公。外公就停下笔,转过身来看着大舅舅,那神情就像看着陌生人一样。不过大舅舅却觉得外公除了披头散发外,其他都还好,不像是发疯的人,就放了点心。大舅舅没坐到椅子上,而是笑着走到了外公面前,你这样发狠,是在写什么?

外公有些不耐烦地挥了挥手道,几句话跟你讲不清,而且跟你讲了你也不懂。

大舅舅感觉就像迎面被外公撞了一下,当时就愣住了,但他很快反应过来,便把事情的开头说了出来。但外公很显然没耐心听完大舅舅的讲话,你少跟我讲什么老族长的事,实话跟你讲,你那位什么老族长,在你面前就跟老祖宗一样,可在我面前连条狗都不如。

大舅舅虽然觉得要听老族长的话，但也多少晓得外公跟老族长有些势不两立，所以尽管觉得外公的话有些大逆不道，但还是赶紧好好好地表示不再讲老族长，而是继续说事情的来龙去脉。尽管如此，外公仍然不耐烦地打断他的话，你拣重要的讲，我没得时间听你东扯葫芦西扯叶。

大舅舅心里就来了气。

外公带回来的女人见状就说外公，你就让人家把话说完撒，你这样子太不礼貌了。

俗话说一物降一物，别看外公哪个都不鸟，却偏偏信服这个女人，于是外公指了指大舅舅说，好好好，你快点讲。

大舅舅觉得有些好笑，便抓住这个机会把担心说了出来，没想到外公根本没有兴趣听，而是立即送客道，你不要跟我来说这些小事，我还有更大的事情要做。

外公说着，转过身去又伏案写了起来。

外公带回来的女人觉得这是父子和好的机会，可看到外公就这样放弃便有些生气，你跟我说一下，你这样写了烧烧了又写，是什么大事？

大舅舅忽然意识到自己这样纯属多此一举，便赶紧制止外公带回来的女人再说下去。大舅舅对外公是完全失望了，外公只要不来招惹家里人，就阿弥陀佛万事大吉了。

大舅舅进厨房时，高洁正在跟大舅妈学炒菜。高洁平时在家是不用自己炒菜做饭的，在外婆家最多也是帮着烧一下火，这会儿不知怎么却突然来了兴趣。想到以后可以炒几个菜给林中雪一个惊喜，兴致高涨的高洁就越炒越来劲，见了大舅舅进来，就一边在锅里翻炒，一边嚷着让他试一下盐味。灶里的柴火烧得旺旺的，时不时地从铁锅的边沿挤出来，把高洁充满喜气的脸照得红红的。

大舅舅觉得高洁有些手忙脚乱，就问，怎么让你炒菜？

说着，又埋怨大舅妈，你这是怎么了？高洁是来做客的，怎么能让她炒菜呢？

大舅妈见状就分辩道，是高洁自己讲要跟我学炒菜的。

不怪大舅妈。高洁也跟大舅舅声明。是我自己要炒的。

大舅舅看高洁炒得很兴奋，并且又没有烧到哪里就放了心。

大舅妈却教育起高洁来，你爸爸妈妈就是看你看得重，什么事也不要你做，我觉得人是要看重些，但你是个女孩子，长这么大了，炒菜做饭还是要学一些，不然以后出嫁了，却连饭也不会做。

高洁听到出嫁什么的，就有些不好意思起来。

不要怕丑。大舅妈就笑话高洁。你小舅妈在你这年纪就结婚了。

高洁今后会出息得很。大舅舅也笑了起来。哪像你这个乡下女人，只晓得做家务。

大舅妈见大舅舅这样贬低她，心里有点不舒服，就告诉高洁说，别人做的硬是没有自己会做好，你就是有钱请了佣人，但有些佣人脾气大得很，不但讲不得她一句，还时不时会拉长着脸，好像借了她的米还了她糠一样。

高洁估计大舅妈再说下去恐怕又要生气了,就赶紧拿了双筷子给大舅舅,大舅舅你试一下盐味哟,看我炒得好不好吃。

大舅舅接过筷子,把摆在灶上的几个菜都试了一下,都是你炒的吗?

除了鱼是大舅妈剖的,其他都是我炒的。高洁说着,很期待地看着大舅舅的表情。

炒得蛮好呀。大舅舅试过后接连"咦"了几声,说着又都试了一遍。盐味都很合适。

大舅妈就说,高洁是炒得很好的,我开始也没有想到。

得到了大舅舅和大舅妈的肯定,高洁就有些放心了,忍不住得意地笑了起来,我也觉得自己是一个炒菜的天才。

大舅妈却出人意料地接着说,以后也不晓得哪个男人有福气,能讨到我们高洁做老婆,既能读书有出息,还可以炒得一手好菜。

高洁听了就又有些扭捏起来,心里却想,下次一定要问问林中雪,看他有没有这福气。

大舅妈看菜炒得差不多了,就站起来拍了拍手,又把手放在围巾上擦了两下,端起碗来要装饭。大舅舅晓得这是给外婆装的,就要大舅妈多装一碗,也多下一些菜,我送过去跟妈一起吃。

高洁就拦着大舅舅说,待会儿我去给外婆送饭。

你去送饭?

大舅妈有些吃惊,还以为大舅舅是不想让高洁送,便接着说道，叫儿子去送就是了。

还是我去吧。大舅舅解释道。我有事要跟妈妈商量。

大舅妈没再说什么，心里却有些狐疑。大舅舅会有什么事要去跟外婆商量？

哎呀。高洁听到大舅舅有事要找外婆，就忽然说道。我也想起一件事了，大舅舅，林中雪要我跟你说一声，一定要麻烦你帮一下他们的忙。

大舅舅没接高洁的话，心里却想贺叔叔他们真是多事，就连高洁都要利用上。

高洁看到大舅舅没说话，以为大舅舅不想帮忙，就赶紧央求大舅舅道，你就看在我的面子上，帮帮这个忙好不好？就算我求你了。

大舅妈看到高洁说得这么重就问，帮什么忙？

高洁望着大舅妈想也没想就开口说，林中雪他们想买天河镇的枪。

大舅舅就有些怪高洁不懂事，不晓得哪些话能说，哪些话不能说。这会儿见大舅妈问到，又想到大舅妈迟早会晓得，就干脆把事情跟大舅妈摊开来讲了，免得以后大舅妈怪罪。当大舅妈听说要出这么多钱时，立刻就叫了起来，天下哪有这样的事呀？除了傻瓜哪个还会去做这个中间人？不但要两头跑两头受累，还要自己倒贴这么多钱。

大舅舅就想跟大舅妈解释，但大舅妈已经不想听了，还指着大舅舅威胁道，我跟你讲，千万不要去做这种傻事。

说着，看大舅舅好像没有听进去，就又指着大舅舅威胁道，我告诉你，家是我们两个人的，你有一份，我也有一份，你要是不要这个家，干脆就打烂算了。

哪个不要这个家？大舅舅见大舅妈信口胡说，也有些恼火起来。钱都是我一分一厘赚来的，我还会不晓得这钱来之不易？可现在是老弟托人带来一封信，说他们急需这些枪，无论如何都要把这枪买到，但他们这会儿少了些钱，就要我先帮他们垫上，还说如果不相信，就把他那份家产拿出来。

大舅妈已经晓得小舅舅在永新，当时大舅妈就骂小舅舅不是人，离家这么近，老婆不要就算了，兄嫂不要也算了，但是还有父母在家里呀，却几年都不回来看望一下，这会儿听小舅舅提到要分家产就更是火燥。

真是讲得出口。大舅妈一上火，说起话来就有些划手划脚。还好意思讲分家产，他有几多家产？你老头子一年四季不落屋，赚了几分家产？还有他自己，这么小就出去了，还没帮家里赚一分钱，就讲要分家产？你去跟他讲清楚，这个家都是我的，他没得一分。

高洁虽然很想帮上林中雪这个忙，却也知道这个时候自己不能多嘴，不然大舅妈会更火大。

大舅舅也不想跟大舅妈多说，低着头把装好的饭菜提着出了门，大舅妈还跟在大舅舅屁股后面喋喋不休，你跟你妈讲，就讲我不同意，不然这个家就不要了，我跟你讲，你自己要把握，天底下哪里有这样的事哟。

大舅舅提着饭菜直接到了水磨房，路上碰到好几个熟人也只是应付了一下，其中有个人想跟大舅舅说件事，大舅舅也借口给外婆送饭要他以后再讲。外婆见大舅舅进来，就先是用抹布把方桌擦了一下，然后才让大舅舅把饭菜放在方桌上。趁外婆在方桌上摆饭菜时，大舅舅把两张凳子挪到了方桌旁。待外婆坐下后，大舅舅才把凳子放到外婆对面坐下。

今天你怎么来了？高洁呢？外婆一边吃饭，一边随意跟大舅舅打讲。

大舅舅就跟外婆笑了笑，本来高洁要来送饭，是我不要她来的。

高洁是好懂事。外婆平常就看高洁看得重，高洁有一点好外婆都会很欣慰。小孩子大几岁就是不一样，你看你那宝贝儿子哟，却还是只虫一样。

大舅舅点点头说，他就是只野猫脚，只晓得耍，一天到晚不落屋。

外婆看到大舅舅讲表弟不好，就又把话说转来，不一样的，男孩子就是要到外面去闯，不能像女孩一样老待在家里，你看高洁，有时候也有点男孩子性格，但是在家里也坐得住，看书写字都可以一上午不动身。

大舅舅就告诉外婆，这些菜是高洁炒的，别看高洁平时不进厨房，可炒的菜还是蛮好。

外婆听说是高洁炒的菜也喜欢得很，又特地夹了些菜送进嘴巴里，津津有味地吃了起来，一边吃还一边笑着说道，我看高洁就像你姐姐，简直就是一个模子里出来的，就跟她妈妈一样，喜欢读书也会读书，做饭炒菜不要学，一炒就像模像样，依我看呀，这菜炒得比我没得差。

大舅舅觉得外婆有点像个小孩子，说到自家人的好，就眉开眼笑赞不绝口。

你今天来我这儿，是不是还有事？外婆忽然问道。

外婆通晓世事，看到大舅舅突然登门，自然就晓得大舅舅不是来看看她这么简单。

是这么回事。大舅舅在外婆面前也不隐瞒，就把困惑在心里的事一一说了出来。

外婆听了就说大舅舅道，你这人平时稳是稳重，什么事情都考虑得还算周全，但有时候也太小心翼翼，太瞻前顾后了，所以什么事情要是过了头，就会弄得自己很困惑，不晓得如何是好了。

大舅舅也觉得自己有时候是考虑太多，就一边吃饭一边点点头，表示外婆说得很对。

其实这事你就不应该接下来。外婆接着说道。这明显是挖个坑让你跳啊。

现在想想也是。大舅舅就告诉外婆说。一开始我也没想这么多，心想是老族长交代的，哪里还会有错不是？而且我当时还真是高兴得不得了，因为自从我父亲回来后，老族长对我对我们这个家就冷淡了蛮多，我觉得这是个契机，如果办好了，老族长就会高看我们几眼。

你就是心肠太好了。外婆觉得大舅舅这么大年纪，还这么天真就叹了口气说。这事也不能怪你，但你也要晓得，由于你父亲的原因啊，老族长对我们这个家一直是有些另眼相待的。

说着,外婆又怕大舅舅领会错了,便又把话试着说回来一点,当然,我不是说对老族长不要尊敬,因为我们生活在天河镇,每天抬头不见低头见,不像你姐姐走得远远的,碰到老族长可以不鸟他,也可以装着没看见。

大舅舅想到高洁妈妈每次回娘家来,确实如外婆说的那样就笑了一下。

外婆接着说,但我们不可能这样做,你留心想一下,这几年我们做的善事,放在全族不是最多,也最少是前几名吧,可老族长对我们的态度怎么样?所以对老族长交代的事,一定要多留个心眼,不要什么事都以为是对我们好。

大舅舅望着外婆"嗯"了一声,我以后会注意的。

外婆接着说道,就拿你父亲回家这事来讲,你不要以为是我们多出了些钱,实际上如果不是你我坚持,不是你父亲不顾生死,坚决要回来,不管我们出多少钱,老族长也不会让你父亲回来的。

大舅舅就有些恍然大悟地"哦"了一声,当时我确实也没有想这么多,只想早点把枪卖了,最好还能卖一个好价钱,没想到他们没点卵用,想要枪却出不起钱,现在老弟又来信说,无论如何要把这些枪买到,还讲什么实在没得钱就把家产先分了,用他那份来抵,真的是要气死人。

外婆就很同情地看着大舅舅,又吵了架吧?

这不是。大舅舅实话实说道。我是吵了架,才到你这里来的。

外婆就说,大媳妇什么都好,就是太小气,太看重钱了,当然我不是讲钱不重要,我长了这几十岁,哪里会不晓得钱难赚?但也要分个轻重,要看看是什么事,有些钱是一定要花的,就像这次,如果不花钱,你父亲如何进得了家门?所以卖枪这事,如果是没得办法,这钱就一定出,何况你老弟都开了口?你是男人,就不要像你老婆那样,说实话,女人多数都有些头发长见识短,你要晓得你老弟是你亲老弟呀。

我不是怕老婆。大舅舅本来想笑一下,却又没能笑出来。也不是舍不得花钱,关键如今我老弟是共产党,而这枪是贺师长送的,你也晓得,这国共两党总是时不时地打打杀杀,当我们以为他们是敌人时,他们却握手言和了,当我们以为他们成了朋友时,他们却又杀红眼了,所以我最担心的,还是怕贺师长要是晓得了是我把这些枪卖给了共产党怎么办?

外婆却说,我倒是觉得把枪卖给共产党好。

怎么呢?大舅舅有些不明白,就问道。

外婆问,你还记得你姐姐讲的话吗?

记得呀。大舅舅望着外婆道。姐姐倒是讲了可以把枪卖给共产党。

外婆就说,我就记得你姐讲的话,她在安源见得多了,她讲这样发展下去,以后可能共产党会掌权,如今我们把枪卖给共产党,就算是做了一件好事呀,何况你老弟,还在共产党当了大官。

大舅舅还有些担心地说,我还是蛮担心,贺师长要是晓得了,追查起来怎么办?

大舅舅还有句话没有说出来,那就是杀头。大舅舅觉得不吉利才没有说出来。

到时候你就讲是老族长要你卖的呀。

外婆有些不以为然，反而觉得大舅舅有些婆婆妈妈，做什么事一点也不果断。

大舅舅说，我当然也想到了这点，但老族长要是反咬一口怎么办？

大舅舅心想，老族长可是什么都做得出的。

你怕他个鸟哦。外婆就火了。不是我讲你，这点上你真是不如你爸爸，甚至连你老弟都不如，一个大男人做点事怎么就这样瞻前顾后哦，到时候就跟老族长他们讲道理，我还是相信有理走遍天下，无理寸步难行，退一万步讲，如果硬是没得道理讲，我就把你老弟喊回来，要他带枪带人回来，把这帮乌龟王八蛋都给我杀了。

大舅舅从来没看到过外婆如此说话，竟然一下子呆在当场。

我告诉你。外婆仍然很愤怒地说。恶狗都怕粗蛮，大不了老娘不要命了。

第六章
远　方

· 26 ·

虽然因为爸爸妈妈的离开而伤心难过，但让高洁真正感觉到生离死别的，却是林中雪突然奉命前往永新。当然说突然只是相对于高洁说的，确切消息林中雪在高洁爸爸妈妈来的那天就知道了，是贺叔叔告诉林中雪的，并且还带着林中雪等人开始着手安排各种事情，而高洁却因为一直缠在爸爸妈妈身边而蒙在鼓里。确切的消息是上级已经决定，把受长沙大会战影响而从天河煤矿撤出来的矿工和坚守在苏区打游击的部分队伍组织起来，开赴到长江以北加入新四军打日本鬼子。尽管林中雪跟高洁保证，半年最多一年就会回来，但不知道为什么高洁就是无法相信，就是觉得林中雪这次会一去不复返。

我没跟爸爸妈妈去重庆是因为还有你。

高洁说这话的时候，本来口气还很轻松，没想到话一说出口，她就哭了起来。

我没想到你也要离开我。

话还没有说完，高洁竟然哭得有些上不来气。

尽管林中雪也有些不舍，却根本没去想这是一次生离死别，反而有些兴致勃勃和跃跃欲试，因为马上就可以去打日本鬼子了，而且只要自己打日本鬼子时能够机智勇敢点，是完全可以因此当上将军的。当将军是林中雪从小的愿望，而如今林中雪心里隐隐觉得只有当上了将军才能和高洁在一起。高洁爸爸妈妈这次突然来天河镇，林中雪虽然没有见到，却无师自通地意识到自己和高洁家里有条难以越过的鸿沟，也许只有自己当上了将军才不会被高洁爸爸妈妈嫌弃。

不要说林中雪，就是高洁自己都不知道，高洁在林中雪走后的那天晚上就病了。

高洁这次生病不仅来得急还生得重，一连几天都卧床不起高烧不断，还伴有上吐下泻和抽搐，真是把外婆一家人吓得半死。以往在家里高洁如果生病了，都是自己吃药自己上床睡觉，可这次重得就连高洁自己都模模糊糊地以为非病死不可了。大舅舅甚至想高洁要是有个三长两短，还真的是无法跟高洁爸爸妈妈交代。为了治好高洁的病，外婆他们把能想到的办法都做了个遍，像请郎中看病、吃各种草药、用湿毛巾降温、去傩神庙求傩神老爷、半夜三更出门叫魂，最后也不晓得是哪种方法起了作用，反正高洁渐渐地好了起来，只是脸色还有些苍白，身体也还有些虚弱。

大舅舅见状就暗暗松了口气，想着傩神老爷在心里念了声阿弥陀佛。

高洁几乎天天夜里做噩梦，有时候才被一个噩梦惊醒，刚闭上眼睛就又接着做噩梦，不是梦到被张着大嘴巴的老虎死死追赶，就是有个疯子莫名其妙地非要推门进来，幸好在关键的时候，高洁都能捂着胸口吓醒过来。不过有三次高洁都是在半夜哭着醒过来的，因为高洁梦到林中雪从飞奔的白马上摔了下来。高洁心想肯定是林中雪发生了什么事，不然怎么会一连三天都托梦给她？有天早晨大舅妈过来，看到高洁哭得眼睛红肿，还以为是高洁想她爸爸妈妈了。

你爸爸妈妈在重庆呢，又不是不回来了。

说着，大舅妈又笑话高洁道，你都这么大了，以后还要嫁人呢。

高洁就弱弱地告诉大舅妈，不晓得是怎么了，我天天晚上都做噩梦。

嗨，做梦怕什么。

大舅妈就高声叫了起来，还往外挥着手，好像这样就能把高洁的噩梦赶走似的。

高洁继续跟大舅妈说道，吓得我不得了，后来就哭起来了。

没事的。大舅妈这样说道。

身子骨还有些虚弱的高洁哪里也不能去，按大舅妈的说法好像连书也不能看，因为看书很伤神。无所事事的高洁就会在没有风的时候到阁楼上去晒太阳，竟然每次不是听到白马飞奔而来的马蹄声，就是能看到林中雪骑着白马来接她。

有时候高洁会生林中雪的气,林中雪你再不回来,我就要死啦。高洁好像觉得,如果自己真的要死了,林中雪肯定就会放下手里所有的事,包括那个该死的将军梦想,赶紧回天河镇来看她的。不过有时候高洁又会责怪自己不懂事,让林中雪在外面打日本鬼子时也不安生。高洁觉得自己长大了,就应该多为林中雪着想,而不是还要像个小女孩那样缠着林中雪不放。高洁记得妈妈和外婆还有大舅妈都说过,一个总是围着女人转的男人是没有出息的,林中雪想当将军,想去打日本鬼子,自己就应该鼓励他去做想做的事。高洁想好了,只有自己快点好起来,只有自己过得好好的,林中雪在外面才能放心。也许是调整好了心态吧,高洁再梦到林中雪时,不是梦到跟林中雪骑在白马上飞奔,就是梦到被林中雪抱在草地上亲热,有一次竟然梦到林中雪不久就要当将军了。虽然这只是梦,但还是让高洁喜笑颜开了好几天,觉得林中雪用不了多久,就真的会骑着白马回来娶她当老婆了。

　　林中雪走后,时间过得快了许多,好像在不经意间,把夏天也悄悄地带走了。夏天走了秋天自然也就来了,虽然秋天走来的时候脚步很轻很轻,以致让好多人都不晓得秋天已经来到了。在天河镇有夏天过去还有二十四只秋老虎的说法,说的就是秋天虽然已经来临,但太阳却还是会像夏天那样暴烈,秋收时还是得在烈日下辛苦地劳作,辛劳的人们仍然会累得像狗一样伸出舌头吐长气。不过那多指的是白天,时令既然到了秋天,还是会有些变化的,比如天亮就晚了点,而天黑又早了些,比如秋风吹过来,不但把树叶吹得沙沙响,还比酷暑里凉快了许多。到了晚上便是纳凉的好时候，除了那些还有家务活没干完的妇人，劳累了一天的男人在吃足喝饱之后，便三三两两坐在一起聊天，而孩子们则在玩那些永远不会腻的游戏，玩累了被各自母亲喊回家，却不会马上进房间睡觉，而是还要缠着老人讲故事，或者赖在竹床上凉快一下。这时候如果还闷在房间里，就会显得有些不合时宜，但身体才刚刚好的高洁，因为不能当风，却只能待在房间里。由于被天上朗朗的月光吸引，高洁好几个晚上都跑到阁楼上去，想欣赏一下月亮在树叶上轻盈地舞蹈，但不是被大舅妈警告，就是被外公带回来的女人提醒，高洁你才好不能吹风的。

  高洁想到自己生病时受的苦，只好赶紧缩回房间里。但有时候高洁忽然会莫名其妙地就想去吹风，而且是吹越凉的风越好，生病了怎么样嘛？就是病死了又怎么样呢？高洁这样想着，就会觉得还是生病好，生病了起码有人照顾，病得快要死了林中雪也肯定会赶回天河镇来见自己最后一面。不过高洁还是没有由着自己的性子来，因为这不是在自己家里，也不是在林中雪面前，如果还像个小女孩那样不讲道理会讨人嫌的。闷在房间里的高洁又没办法看书，因为即使用洋油灯也只能简单地照明，何况在天河镇还没有哪家人的孩子在洋油灯下看书的。高洁曾经因为晚上无所事事而点起洋油灯看书，大舅妈看到后立刻大惊小怪地叫了起来，因为洋油不好买，而且很贵，所以天河镇大多数人家用的还是松树根制成的松明灯。大舅舅倒没有大舅妈那么小气，却仍然提醒过高洁，在洋油灯下看书会把眼睛搞坏的。高洁便只好躺到床上去。高洁觉得即使是睡不着，躺在床上也要比坐在椅子上发呆好，有时候躺着躺着就睡着了。

　　那天晚上高洁躺在床上发呆，忽然就看到外公坐在高洁平时坐的椅子上。高洁不晓得外公是什么时候进来的。高洁没有作声，外公也没有说话。按理来说，高洁应该会因为外公的突然来临而吓一跳的，就算不吓一跳，起码也应该会有些惊奇，因为高洁清楚地记得，外公很久没再下过楼了，每天都在自己住的楼上写他的书稿，怎么就突然来到了高洁的房间里呢？高洁觉得自己应该站起来迎接一下，后来又觉得自己应该问一下外公，书稿是不是写完了？或者问外公这么晚来是不是有什么事？但实际上高洁却什么反应也没有，好像外公就应该是坐在那里一样。高洁又想了一下，却连自己也不晓得怎么会这样。外公是背对着窗户而坐的，高洁很清楚地看到，有皎洁的月光从窗口斜斜地照进来，照到外公的头上形成了一团朦胧的光晕，似乎有些像画上的菩萨那样头顶上有佛光。不过高洁却没能看清外公的脸和表情，所以不晓得外公此时的喜怒哀乐。

　　我要走了。

　　外公突然说道，而且一说完就腾地一下站了起来，转身往窗户外面走。

　　外公你要去哪里？但高洁的话还没有说出口，外公就从窗户外掉下去，不见了。高洁想叫却不知怎叫不出来，想跑到窗口去看却不知怎地无法动弹。高洁受到这么一吓就醒了过来，这才晓得自己是做了一个噩梦。高洁只是吓得拍了拍胸脯，却并没有起床，不过好像还是瞄了一眼窗口，感觉窗外还是漆黑一片，天亮还早得很呢。高洁这样想着就只是翻了一下身，之后便又眯起了眼睛，却又忽然觉得好久没看到外公了。肯定是这个原因让自己梦到了外公。高洁于是便想，天亮起床后一定要去看一下外公。

天刚蒙蒙亮，高洁就被窗外嘈杂的声音吵醒了，不过高洁并没有立刻从床上起来，而是继续赖在床上。由于清晨湿气重风又很凉，加上曾多次被长辈告之，不要这么早就到阁楼上去当风。高洁想再眯上一会儿，便在床上转了一个身，却听到了外公带回来的女人的哭声，间或还听到大舅妈尖叫，哎呀，这就不得了了。高洁忽然意识到可能是出了什么事，就赶紧从床上爬起来，跑到窗口伸出头去看，还没有看清楚是怎么回事，就被正好看到的大舅妈大声叫住，高洁，快下来，你外公摔死了。

高洁吓得腿都软了，好一会儿才回过神来，到床头胡乱地往身上套了件裙子，转身后才往阁楼下跑去。刚跑到楼下就看到外公还躺在地上，紧接着又看到外公身边有一摊暗红色的血，好像是从头上某个地方流出来的。高洁就吓得脸色苍白，站在外公带回来的女人身边不敢动了。大舅舅正要出门去请人来帮忙，看到高洁站在一边没事做，就小声吩咐高洁，快些去告诉你外婆。

高洁赶紧点点头，就头也不回地往水磨房跑去。不得了啦。高洁一边跌跌撞撞地跑，一边胡思乱想，却又好像没想到什么名堂。高洁也不晓得跑了多久,才气喘吁吁地跑到水磨房,还没见到外婆,就忍不住失声叫了一声"外婆"!

正在水磨房里收拾的外婆,见高洁这么慌张也吓了一跳,赶紧问高洁,出什么事了?

高洁捂着胸口,使劲平静了一下,然后才又叫道,外婆,不得了啦,不得了啦。

高洁,不要着急。外婆说。你慢慢讲。

高洁这才失声哭了起来,拉着外婆边哭边说道,外公从窗户上摔下来摔死了。

外婆好像也吓着了一样,半天都没作声,然后又拿起扫把扫起水磨房来。

高洁觉得水磨房已经够干净了,根本就没必要再扫了。

死了好。外婆忽然说道。死了就干净了。

高洁有些惊恐地望着外婆,不晓得外婆这样说是什么意思,却又看到外婆的眼角有两行眼泪流了出来。高洁不知怎么才能安慰外婆,就跟外婆说起了昨晚的梦,外公只跟我说了一声我走了,就站起身来从窗口跳了下去。

说着,高洁又忍不住大哭起来,我还以为是梦啊,哪里晓得外公是真的跳了呢。

高洁觉自己当时拉住了外公就好了。

外婆见高洁哭得这么伤心,就安慰道,这也怪不得你。

外婆一边扫地,一边又跟高洁说些外公的往事,高洁也早就听妈妈说过,自然也就多少晓得一些,祖孙两个就东一句西一句地说了很多话,先是说了不少外公的事,后来说着说着，就说到了高洁妈妈小时候的事。说着说着时间就过去了，一直说到大舅舅过来找外婆商量如何办丧事才停止。

她怎么说？外婆问大舅舅。

大舅舅也晓得外婆指的是外公带回来的女人。

外婆又叮嘱大舅舅道，主要还是要听听她的意思，你千万不要自作主张，晓得么？免得到时候怪我们没做好，一家人都欺负她这个外来的人。

大舅舅就告诉外婆，我问了她，她讲听我们的。

讲是这样讲。外婆却说道。但还是要多跟她商量，我们的礼数一定要到，一定要做好。

我晓得怎么做的。大舅舅点点头说。而且她也确实讲了，一切都让我做主，她不会有任何意见的。

外婆觉得这女人还是蛮懂礼数的，就点了点头说，那就好。

外婆说着想了想，就又接着叮嘱大舅舅道，你弟弟嘛几年不打一个照面，这都要怪我，非要他结婚，我也想通了，怪不得你老弟，你姐姐姐夫嘛又远在重庆，也不可能赶得回来，既然是这样，我看你做主就是。

我哪里做得了主？大舅舅就说。当然还得听你的。

外婆想了想说，我看你还是去跟老族长说一声，虽然他们两个人一辈子都不来往，但我们的礼数还是要到位，不要到时候让老族长有话讲。

好哟。大舅舅就点头称是。我等会儿就去讲。

外婆又说，尽管你爸爸一辈子不晓得做了些什么，对你们也确实关心不够。

大舅舅听外婆这样说，就想插话否定，外婆见状就拦住大舅舅道，你听我讲，我心里有数，不是讲你父亲的怪话，他是真有些对不起你们，但他毕竟是你们的父亲，又辛辛苦苦做了一辈子人，真的是很不容易，这丧事还是要办得像个样子，千万不能让人家看我们家的笑话，说你们这些做后人的没有用。

大舅舅本来还想问外婆是不是回去看看，这会儿见外婆这么说，就晓得外婆是什么心思了。

我晓得怎么做了，你就放心好了。

说着，又回头交代高洁，你就在这里陪一下外婆。

高洁刚点完头，却又突然觉得有些不妥，可说出来又担心外婆会不高兴，就有些难堪地看了看大舅舅和外婆，外婆，我还是去陪一下外公吧，你们都晓得外公对我妈妈特别好，现在我爸爸妈妈又不在这里，我就想替他们在外公面前尽一下孝。

大舅舅看了外婆一眼后，跟高洁说，你到那边也做不了什么事。

外婆却觉得高洁非常懂事，就朝大舅舅挥了挥手道，你们都回去，高洁也回去，这会儿最要紧的，就是把丧事处理好。

高洁就跟着大舅舅出了水磨房。

我要是不替爸爸妈妈尽一下孝。高洁跟大舅舅解释说。我妈妈肯定会骂死我去。

大舅舅虽然不喜欢外公的做派，但作为一个儿子，他觉得自己有责任把外公的丧事办得风风光光。按外婆的说法，就是不能让别人瞧不起看笑话。于是大舅舅从水磨房一回来，就跟主动前来帮忙的提调商量，要选用上等的楠木，请最好的木匠做棺材，再请最好的漆匠，用上等的土漆漆好，最后用最好的桐油，把棺材漆得油光锃亮。还要请两班锣鼓，吹吹打打七天七夜，请萍乡最有名的三角班，唱七天七夜的花鼓戏也是不能少的。最后一餐要摆上三百桌，宴请天河镇所有的乡邻。虽然因为是白喜事不好上门请客，天河镇的风俗是人死饭甑开，不请自己来，但凭大舅舅平时的为人和乐善好施，那就是做三百桌酒都可能不太够的，所以大舅舅还特别安置提调，要多准备二三十桌酒菜，不能让人来了没有位置坐，更不能没有饭吃。

　　然而非常可惜的是，大舅舅心愿都没能实现，因为镇长建议大舅舅低调一些。

　　依我看没必要这样浪费吧。镇长说。

　　一开始，大舅舅心里很不高兴，我用的是自己的钱，还不能自己做主吗？可听到镇长讲这是老族长的意思就哑了嗓。不敢轻举妄动的大舅舅，只得赶紧跑到水磨房去跟外婆商量，为慎重起见还把外公带回来的女人也叫了过去。三个人商量来商量去，却一直拿不定主意，因为不按老族长的意思办，肯定以后会有很多意想不到的麻烦，可按老族长的意思办，又觉得很对不起外公。外公带回来的女人倒很通情达理，觉得还是按老族长的意思办好，因为一家人以后还要在天河镇生活，每天不是抬头见面就是低头见面。

外公带回来的女人说，人都死了，还是不要堵了活人的路。

这个道理不但外婆和大舅舅懂，就是死去的外公也会懂的，但凭老族长传一句话就必须照办，让外婆和大舅舅心里很不爽。来水磨房陪伴外婆的高洁实在是看不下去了，就嚷了起来，关那个老头子什么事啊，干吗非得听他的？

大舅舅赶紧让高洁不要乱说，但外婆却觉得高洁讲得很有道理，又想到外公这辈子一直跟老族长斗，就深深叹了一口气，告诉大舅舅说，你父亲长年在外奔波，吃了很多苦，现在他死了，我就不想让他再受委屈了。

大舅舅也觉得死者为大，老族长这样做有些过分，于是就决定不理老族长那套。然而出乎三个人意料的是，先是请不到做棺材的木匠漆匠师傅，说好了的两班锣鼓和唱花鼓戏的三角班，也据说因为没时间来而取消，最后连主动来帮忙的提调也借口有事不再登门了。大舅舅和外婆没得办法可想，只得主动去告诉镇长丧事还是从简。为了不让镇长觉得是因为他的阻拦而不好意思，大舅舅还往脸上堆满了笑容，哎呀，想来想去，还是丧事从简好。

镇长很高兴外婆一家终于想通了，在连连说了几声好之后，却因为大舅舅提出要把外公埋进贺氏家族祖坟，镇长大声告诉大舅舅，这可是大事啊，我讲都没得用，你晓得这事只有老族长说了才算。

大舅舅只好又好言好语，一定要麻烦镇长在老族长面前美言几句，然后又心情忐忑地等待消息。消息很快就来了，老族长觉得把外公埋进祖坟不合适。大舅舅听了当时就痛哭了起来，到水磨房跟外婆一讲，外婆当即也哭了。跟外公带回来的女人一商量，三个人决定还是都去跟老族长当面请求一下，却又没能见到。于是一起又找到镇长，想麻烦他在老族长面前帮忙美言几句。镇长先是叹气，表示没得办法，后来又表示看到外公不能入土为安很是同情。大舅舅看出好像有点戏，就继续开口求镇长道，我是没得办法了，还是想请你在老族长面前求一下。

没得用哦。镇长摇了摇头，就是不接这个茬。

外婆想起外公回来时用了钱，就说，要不我们捐些钱给族里，你看好不好？

随便多少钱都可以。大舅舅也赶紧说道。

外公带回来的女人就有些感激地看着外婆和大舅舅。

但镇长却说道，你们是搞不清楚，这不是几个钱的事哟。

说着，镇长有些犹豫起来，我倒是有一个想法，就是不晓得该讲还是不该讲。

外婆和大舅舅听镇长这样说就来了兴趣，都说，讲哦。

我有些不敢讲。镇长却说。讲了又怕你们会生气。

大舅舅就赶紧表示道，你是为我们着想，怎么还会生你的气嘛？

镇长还是露出犹豫的表情说，我听出老族长有点这样的意思，如果你们同意火化尸体，估计就可以埋进祖坟里去。

镇长这句话说得外婆和大舅舅面面相觑，特别是大舅舅，真是吓得脸色都变了，就差没有跪下来。因为那个时候还没有火化的观念，自古以来就讲究要厚葬死者的，否则就是极大的不孝，无论如何大舅舅是担不起这不孝的罪名的。

高洁觉得老族长真是欺人太甚了，就大声跟外婆和大舅舅说，那祖坟有什么好啊？

大舅舅担心高洁胡乱说话就想阻拦，但心直口快的高洁已经忍不住了，天下之大哪个地方不能埋人呢？再说外公本来就是贺氏家族的叛徒，肯定早就对什么祖坟不屑一顾了，可你们非要把他埋进那死人堆里去，你们考虑过外公的感受吗？

镇长突然让高洁这么一说，顿时就有些难堪起来。

我也是胡乱猜的。镇长赶紧推脱责任说。你们就当我没说好了。

看着镇长难堪地走了，大舅舅心乱如麻，就忍不住说高洁道，以后大人说话，你一个小孩不要插嘴。

高洁没跟大舅舅吵，但却把嘴唇噘了起来。

外婆见状就插话道，事情到了这种地步，再说什么都没有意思了。

又跟大舅舅和外公带回来的女人说，我看高洁说得对，她外公根本就对祖坟不感兴趣。

那埋在哪里好呢？大舅舅问外婆和外公带回来的女人。

外婆没说话，只是望着外公带回来的女人。女人见外婆和大舅舅都看着自己就说，要不就埋在入口处不远的风雨亭边上吧，当初回来时我们在那里住了几天，我看那里风水很好,当时他还跟我说,如果实在回不了天河镇,就在那里砌间房子养老,因为离天河镇和亲人都不是很远。

说定了就干,请不到木匠打棺材,外婆就把为自己准备的棺木拿了出来,然后大舅舅亲自用牛车把外公送到了风雨亭安葬。外公入土为安后,大舅舅就想把外婆接回家来享福,大舅舅觉得外婆一个人住在水磨房里太苦了,而要想外婆回家,就得妥善安置好外公带回来的女人。大舅舅的意思是,这个女人只是外公半路上的一个伴,既没有明媒正娶,又出身低贱,大舅妈也觉得如果再把她留在家里,会影响他们的名声。

大舅舅最后跟外婆说,你看是不是给她一笔钱,让她离开天河镇算了。

外婆听了很生气,当着高洁的面,指着大舅舅的鼻子骂,你真是白白做了一回人啊,枉你还读了这么多书,书里是怎么说你都忘记了吗?我跟你讲,这个女人是你父亲的女人,理所当然就是你的庶母,你怎么样对我,就一定要怎么样对待她,否则是要遭天打雷劈的。

27

林中雪是在黎明时分回到天河镇的,正好碰到镇长带着族里几个人正在活埋贺师长。这几个人平日跟镇长来往最密切，办事又是在相对偏远的水塘边，加上天刚蒙蒙亮，连镇长在内都以为神不知鬼不觉，根本就没有想到这个时候还会有人来。经过一个晚上不间断地劳作，水塘里的水已经抽干，水塘里的坑已经挖好，就等几个人吃点东西歇口气之后，把贺师长丢进坑里埋了就算完事。

此时四周已披上了一层薄雾，潮湿的空气落在早已汗湿的身上有些冷，那几个正在吃东西的人都感觉到有些发抖，但镇长丝毫没有感觉到冷，还沉浸在莫名的恐惧当中。昨天上午当日本鬼子突然摸进来的时候，虽然已经很久很久没有往天上放过冲天炮，但捕鱼的人还是坚持给天河镇人发出了预警，随着冲天炮在空中发出三声巨响，捕鱼的人被日本鬼子乱枪打死在河水里。结果与正计划离开天河镇的贺师长迎面遭遇，尽管人员和武器都处于劣势，但贺师长还是带着一小队士兵勇敢地冲了上去。

有人给镇长递过来一个红薯，好心地建议填点肚子，有人建议放心地回去睡个觉，因为这里的事马上就可以完，还有更多的事情等着做，但镇长都是爱理不理。其实不是镇长不想搭理，而是心事太多太重，以致反应有些迟钝，即使是世上最温暖的关心，这个时候都很难一下子撞开他的心灵。此刻镇长铁青着脸，微驼着背，整个人都是一副忧心忡忡的模样。

当镇长这么多年，处理的事情多是些邻里纠纷，最大也最难办的事就是如何照老族长的意思做事做好事，只要老族长满意了就万事大吉。可如今突然闯进来一队日本鬼子，穷凶极恶地烧杀抢掠，把整个天河镇变成了人间地狱，这就有些超乎他的想象了，就像被人当面打了一闷棍。但镇长也是天河镇一个难得的人才，是个见过大世面的人，人聪明机灵反应又快，在长沙大会战的这几年里，他每个月都会去萍乡开战时会议，晓得日本鬼子离萍乡越来越近了，尽管觉得日本鬼子不可能打到天河镇来，但当他听到捕鱼人的报警后，第一个反应却还是日本鬼子打进天河镇了，紧接着听到一排枪响，他就更加确定无疑了，便当即牵起老婆孩子，甚至还顺手带上了一些用来临时充饥的红薯。当整个天河镇乱成一团后，他们一家就已经差不多跑进了深山老林里。虽然一家人还有些惴惴不安，但他心里却晓得已经基本安全了。这种感觉直到高洁大舅舅背着老族长也逃了进来。

大舅舅是在路过祠堂时看到老族长的。当时天河镇像倒了一桶蛤蟆，乱成了一锅粥，逃难的老百姓拖儿带女，拼命地往枪声相反方向的深山里跑。老族长站在祠堂面前喊人家带他走，但每个人都是自顾不暇，都恨爹娘少生了两条腿，哪里还有心思带上老族长呢？当时大舅舅正带着一家老小往深山里逃，看到老族长形单影孤非常可怜，就特地把他背到了身上。还好一家人中除了外公带回来的女人，其他人都是风里雨里行惯了的，都可以自己照顾自己，这样跑一段路又走一段，几个人相互扶持着跑到了山林深处，但还是把大舅舅累得"哇哇"吐了两口血，倒在枯树叶上半天爬不起来。

尽管镇长立刻跑上前扶住了老族长，但他还是明确感觉到了老族长好像在离他远去，渐渐地他开始束手无策和无计可施起来。尽管有句老话说得好，夫妻本是同林鸟，大难临头各自飞，而且他也确实有无数的理由可以替自己开脱，但现实的结果是，把老族长背出火坑的不是他。救老族长的事应该他这个做镇长的来做才是最合适的呀。他这会儿真是把肠子都要悔青了，甚至他真的当着老族长的面狠狠地打了自己几个耳光。但他并不觉得自己的觉悟比大舅舅还要差，所谓龙生龙凤生凤，有外公这样的老子在，大舅舅的觉悟就肯定高不到哪儿去。他以为他差的只是上天没有把这个机会给他，如果当时是他路过祠堂，恰好又是他看到老族长在呼救，他肯定也是会背上老族长的，不要说吐几口血，就是吐血而亡也是在所不惜的。他甚至觉得背老族长是个很轻易就能完成的任务，只要稍微背一下啊，又不要花什么力气。他于是又觉得大舅舅不是没用，而是很会演戏，只是背了老族长一下，就躺到地上不起来。

镇长觉得归根结底这一切都是贺师长作的孽。天河镇几千年与战争无缘，如果不是贺师长来天河镇认祖归宗，就不可能把日本鬼子招惹到天河镇来，天河镇也就没有这灭顶之灾的发生。虽然镇长三番五次指着苍天咒贺师长不得好死，但他也晓得贺师长就是他自己招惹过来的，大错在他答应贺师长认祖归宗时就已造成。他觉得吃多少后悔药，说什么好话都没有用了，这会儿只有自己呕心沥血，才有可能亡羊补牢了。所以他除了痛骂贺师长无耻和痛骂国军无能外，就是不吃饭不喝水不睡觉，甚至几次路过家门都不回，本来这么些小事哪里还需要他来亲力亲为？他这会儿要么不讲事，要么开口就是讲,我想想就难过死了,哪里还吃得下饭啊?就是水都不想喝一口哦,或者讲我哪里困得着觉啊,一闭上眼睛就是这么惨的样子。镇长人瘦了,头发乱了,一嘴巴火泡,眼睛里布满了血丝。如今他只想把老族长安顿好了,他是这样想的,也确实是这样做的。只有这样,他觉得自己才有机会继续被老族长看重,才能继续当他的镇长。

往肚子里填了些东西,劳累了一个通宵的人们又觉得力气回来了不少,于是镇长决定赶紧把贺师长一埋了事,四个人立马扯起贺师长的手脚,就高一脚低一脚地要下水塘。就在这时林中雪出现了。

你们这是在干吗?

林中雪真是好生奇怪。开始还以为是扛塘抓鱼,看这样子却一点也不像啊。

在场的人都没有想到这个时候会有人来,都吓了一跳,正抬着贺师长手脚的四人当中有两个吓得松开了手,本来贺师长已经进入了半昏迷状态,却由于突然跌下来而引起了全身阵痛,于是又呻吟了起来。

这个人怎么了?林中雪有点吃惊地说。

镇长忽然说,这人跟日本鬼子打仗打死了。

众人也都赶紧附和起来,那两个还扯着贺师长手脚的人趁机把贺师长放了下来。

林中雪不是跟着贺叔叔去永新了吗,怎么又回来了呢?

其实林中雪是在一气之下突然决定返回天河镇的。临走之前林中雪还去找了一下高洁的小舅舅,希望小舅舅能够让他上前线去打日本鬼子。虽然林中雪并不晓得这位有些严肃的首长就是高洁的小舅舅，但小舅舅却晓得林中雪是高洁的意中人，那是贺叔叔跟他讲高洁外婆家的情况时顺口说出来的。小舅舅想不通高洁怎么会喜欢上林中雪，因为高洁家是书香门第，两个人应该没什么共同语言和来往才是。小舅舅自然不晓得早在几年前，高洁来外婆家过暑假时就跟林中雪成了好朋友。在小舅舅眼里，林中雪虽然非常机灵，也很讨人喜欢，但基本上还是个没长大的孩子，身子骨明显有些单薄。如果没有高洁夹在中间，小舅舅说不定还是会喜欢林中雪的，甚至起过留林中雪在身边当勤务员的念头。小舅舅曾特意找到林中雪聊天，当远远地问到高洁时，才晓得两个人的关系可能要比想象中亲密得多，因为林中雪说到高洁时两眼放光，不但表情有些羞涩和不自然，还能使人感受到一种发自内心的幸福与甜蜜。林中雪甚至告诉小舅舅，等打完了日本鬼子就回天河镇娶高洁做老婆。小舅舅听林中雪这样说心里好恼火，还有点高洁被欺负了的感觉，伸手就朝林中雪头上拍了一巴掌。不过林中雪那幸福的样子，还是让小舅舅想到了如今不知所终的小舅妈，于是当即就决定不带林中雪走，而是要把他留在高洁身边，否则林中雪要是有个三长两短，高洁一个人留在世界上就会很苦。在这种情况下，林中雪去找小舅舅当然不会如愿，小舅舅骗林中雪说，等你和高洁都长大了，他保证来接你们俩去打日本鬼子。林中雪见小舅舅高低不肯答应，就有些孩子气地想要带回白马，因为那白马是他从小养大的，不过林中雪没好意思说高洁很喜欢，但小舅舅仍然没有答应，这是因为部队要走很远的路，而用来驮物资的马匹又很少。

想到高洁再也没白马骑了，林中雪就忍不住哭了起来，不让带白马，我就不回天河镇。

你这混蛋小子。小舅舅就大怒起来。是白马重要，还是高洁重要？

看到小舅舅扬起手来要打人，林中雪忽然感到有些理亏，就赶紧抹着眼泪跑了出来。

离开小舅舅后，林中雪当即决定回天河镇，闻讯赶过来的贺叔叔劝林中雪第二天再走，因为这时候太阳都已经到了西山顶上，眼看天就要黑了，晚上赶路会很不方便。但林中雪正在气头上，看到有人劝就更是高低要走。

林中雪愤愤不平地说，我是一下也不想再待了，我看到这鬼地方就要生气。

你怎么这么傻，没看到天都要黑了吗？贺叔叔还想坚持。

我又不是没摸黑走过。林中雪不屑地说。既然不要我，我还待在这里干什么？

贺叔叔见实在劝不住，就只好让林中雪等一下，然后匆匆跑回去给林中雪拿了些干粮，因为饿着肚子是肯定无法走夜路的，又顺手替林中雪找了一根碗口粗的木棍，万一碰到了野兽和强盗也可以防一下身。最后贺叔叔又托林中雪照顾一下他的女儿，在离开天河镇之前，他把自家姑娘放在了一个远亲家里。林中雪这时候回去，正好可以跟她做个伴，也好互相有个照应，因为两个人在一起生活了多年，虽然不是亲姐弟，却早就亲如姐弟了。

跟贺叔叔分手后，林中雪并没有急着往天河镇赶，而是躲在大石头后面看着贺叔叔往回走，之后又坐在石头上吃起了干粮，反正这会儿快要到吃晚饭的时候了。林中雪吃完了干粮，又到溪水边捧了把水喝，这才站起来往天河镇的方向走去。然而走了还不到十里路，林中雪就有些后悔了，觉得自己不应该这么冲动，至少应该听贺叔叔的话，再在营地睡一个晚上。有一个晚上的时间，叫贺叔叔出面帮自己争取一下，说不定小舅舅会同意自己留下来。想到这里，林中雪就打了转身，不过只走了几步，却马上又转回来，继续往天河镇走去。即使不能让小舅舅改变主意，但至少还可以好好睡上一觉，吃饱睡足之后，再慢慢地动身也不迟的。虽然这样想，但林中雪却没有停下来的意思，而是加大了脚步，继续往天河镇一气猛走，很有一番此处不留爷自有留爷处的味道。

天就是在不经意间突然暗下来的，幸好同时有月亮在天边出现。虽然月光如清凉的溪水在山间流淌，但又不足以照亮林中雪回家的路。好在林中雪也是个走惯了夜路的人，走的路不说成千上百次，几十次总还是有的，所以林中雪并不害怕，而是一门心思地继续往天河镇赶。也许是晓得后悔没用了，再回到营地去更不可能，高洁就开始出现在林中雪的心里，就像天上的月亮一样越来越明亮，好像没用多久的时间，就占满了林中雪越来越空荡荡的心。到了这个时候，林中雪又忽然觉得自己回来最好，有高洁在一起，远比那虚无缥缈的将军梦要有意义得多。于是林中雪又回想起离开天河镇之前的那天下午。

尽管高洁在林中雪坚持要离开天河镇时哭了，还斩钉截铁地发誓说再也不见林中雪了，但林中雪想到第二天就要离开天河镇了，却还是骑上了白马往高洁外婆家这边而来。林中雪觉得如果不看高洁一眼就是死也不会瞑目的，就是远远地看一眼也是好的。没想到在半路上看到了高洁。原来高洁也是因为林中雪第二天就要离开天河镇了，而把发过的誓言丢到脑后了。和林中雪单纯地只是想看一眼不同，高洁似乎感觉到有一件大事将要发生，虽然高洁不知道将要发生什么大事，但高洁可以肯定这件事跟自己和林中雪有关，所以高洁不顾一切地急着要见到林中雪。

林中雪和高洁相拥着骑在白马背上，并没有明确的目的地，只是由着白马沿着山间小路一路小跑，倒是白马好像知道高洁的心事一般把他俩带到了湖边。那湖是林中雪经常带高洁去的地方。只见湖水倒映着蓝天白云，湖的对岸则是远山如黛，伴随着湖面扬起的细小波浪不时地有一阵阵风吹来，吹得高洁的长发迎风乱舞。这里好似个结婚的天堂。高洁忽然有了一个惊奇的发现，便回头跟林中雪笑道。等你回来后就带我到这里结婚吧，我发现我好喜欢这个地方。两个人下马后本来是想到处走走，没想到两个人都抱紧了对方不想松手，高洁还主动地抱着林中雪的头吻了下来。吻着吻着高洁的身体莫名其妙地就软了下来，真是没有了一点力气。林中雪就趁势把高洁放倒在草地上。草地上满是厚厚的青草，高洁摊开四肢仰面躺在软软的草地上，望着天上慢慢移动的蓝天白云，觉得很是舒服。白马似乎知道将要发生什么似的，便一边装着低头吃草一边往不远的地方走去。

高洁忽然把身上的林中雪推开，坐起来脱去了身上的衣服，最后又把短裤也脱了。高洁赤裸着身体，看了林中雪一眼便红了脸，就走到不远的草丛里摘了几朵野花过来。高洁挨着林中雪坐了下来，一边把花插在头上一边望着林中雪笑，你看我像不像新娘子？

像啊。林中雪说着，也望着高洁笑。好看极了。

高洁的心就让林中雪笑乱了，好像是要不让看出自己的心事，高洁就往后一仰就躺倒在草地上。林中雪也挨着高洁的身边躺了下来。高洁不知道接下去应该怎么办才好，幸亏一会儿林中雪把手轻轻地放到了高洁小小的乳房上。为了掩饰自己内心的慌乱，高洁干脆把眼睛闭上了，由着林中雪冰凉的手在自己的身体上轻轻地抚摸……

想到这里，林中雪忽然就知道了高洁的用心，想到临走时高洁抱着自己哭着不放手，林中雪眼睛都红了，觉得自己离开高洁是多么残忍，于是赶紧加快了步伐，有段路还是一路小跑，好像稍微晚一步，高洁就会消失不见了一样。林中雪这时候什么也不想了，只想早一点赶到天河镇赶到高洁身边，一把将高洁抱在怀里再也不松开了。我再也不会离开你了，高洁。

林中雪赶到天河镇的时候天已经亮了。林中雪一路上设想了许多跟高洁见面的场景，却一点也没有想到会恰好碰到镇长带着人活埋贺师长。贺师长虽然还没有死，但此时跌在泥塘里没有一点动静，林中雪就以为刚才是自己看花了眼。林中雪走了一个通宵的夜路，早已是疲惫不堪了，如果不是想早点见到高洁，这会儿就是站着也可以睡着。林中雪以往跟镇长他们就没有什么来往，见了面不是绕着走就是装着没看到，加上素来就不喜欢掺和大人的事，因而一边想着人死得赶紧埋掉不然会臭掉，一边又迈步往高洁外婆家赶去。

下山来到群山环抱的盆地中间，林中雪忽然就感觉有些不对劲了，便停下来站在路边去看道路两旁的稻田，竟然发现稻田里一片狼藉，或倒或断，就好像有好多人在稻田里肆意践踏和抽打过似的。

要死呀。林中雪忍不住叫了起来。

要晓得这可是不久就要收割的水稻呀，林中雪记得离开天河镇的时候，这儿的水稻就呈现出了一片丰收的景象了，当时贺叔叔还有些兴奋地说又是一个丰收年。林中雪怎么也没有想到，才离开天河镇这么些天，这里就变成了这么惨的一番景象。在天河镇如此毁坏稻田是要遭天打雷劈的。虽然感觉有些吃惊，但林中雪并没有在田边站太久，而是继续往高洁外婆家走去，但越走心里越发沉重，因为林中雪发现高洁外婆家的水稻损失最重，不但成片成片地倒伏，田里还有几处被大火烧过的痕迹。在天河镇基本上是靠天吃饭，如今一年的收成没有了，那好多人就会没有饭吃。

这是哪个作的孽啊。由于涉及高洁的亲人，林中雪就开始恼火起来，不但眼睛开始充血，就是拳头也握紧了。如果施坏的人在面前，那不由分说，林中雪肯定会冲上前去暴打一顿的，不说要了这人的命吧，但至少也打得他几天起不了床。

当林中雪走出盆地，开始要上山的时候，有一股恶臭突然袭来。林中雪捂住鼻子，闭住气，顺着恶臭来袭的方向定眼一看，才看清是两头早已死去多时的猪，一头被开膛剖肚，另一头则连脑袋都被硬生生地砍了下来，让人感觉惊讶的是，还有猪的四条腿被砍下不见了。林中雪就隐隐地觉得有些大事不妙。要晓得在天河镇，除了老族长和傩神老爷过生日，一般人都只会在年下杀猪，除了留下一些自己吃外，能卖的会尽量卖一点，更多的会腌起来用柴火熏好做成腊肉，而腊肉一般是要吃到来年的三伏天的。像这样开膛剖肚弃之野外，那可是前所未闻的事情。

在拐过一个弯之后，林中雪看到有人家的房子被烧了，接着又看到两头牛被杀死在路中央，同样让人不解的是牛大腿不见了。要晓得一条牛就跟家里的亲人一样啊，如果没有刻骨的仇恨，或者丧心病狂，天河镇人是没有人会去杀别人家的牛的。林中雪有些蒙了，想不到是什么导致了这样的事情发生，脚下就不由自主地加快了步伐，然而越往人住的地方走，林中雪就越来越恐惧，就像走进了人间地狱一般。好不容易碰到一个路人，一问这才晓得，就在前天日本鬼子打进了天河镇，而那些猪腿牛腿则都被日本鬼子砍下带走了。

这些猪×的，只吃猪腿不吃肉。那人气愤然而又不理解地说。

路过祠堂门口，祠堂倒是还没有被毁坏多少，却看到寡妇的女儿正披麻戴孝，眼睛湿湿地蹲在地上烧纸钱，有风吹过来时，烧过的纸钱就到处乱飞。而寡妇女儿旁边有两个被床单覆盖着的东西，看上去好像两具尸体。有两个木匠则在坪里打棺材，林中雪就拢上前去，见一长者在一旁要木匠动作快点，因为还有几家有死去的人要等着棺材睡。

两个木匠虽然动作是快了点，但其中一个说，再快也要一步一步来的。

另一个木匠也发牢骚说，我屋都烧完了，一家人都没地方住起，可我还在这里打棺材。

长者就说，这是做好事呢，没有他报警，还不晓得会死几多人。

林中雪这才晓得床单盖着的是寡妇和捕鱼的人，他们都是被日本鬼子杀害的。夫妻两个都死得很惨，捕鱼的人被日本鬼子一排密集的子弹打死在天河边，而寡妇则是没跑赢，被几个日本鬼子按在草丛里轮奸了，之后还像头猪一样被开膛剖肚。让人可怜的是，据说她还有了两个月的身孕。

林中雪没有多待，而是赶紧往高洁外婆家走去。可刚一转过弯来，他就看到高洁外婆家房子已经烧塌，顿时吓得脸色苍白，半天挪不动脚步，半响后才看到高洁外婆和外公带回来的女人在烧塌的房屋间里捡拾东西，林中雪这才忽然大声喊了一声，高洁。

林中雪觉得高洁肯定在，只是在生他的气，故意躲了起来。

于是林中雪又喊了两声，高洁，高洁。

高洁的外婆看到一辈子的家当被烧毁殆尽，还沉浸在悲伤当中说不出话来，倒是外公带回来的女人听到有人喊高洁，就抬起头来朝林中雪这边看,认出是高洁经常一块玩的朋友,就主动说,你是来寻高洁的吧?

是啊。林中雪点了点头。我一路过来都没看到她。

高洁走了。外公带回来的女人挥着手,告诉林中雪道。说是去重庆找她爸爸妈妈了。

· 28 ·

高洁从原始森林里出来,还没有到风雨亭就看到了外公的墓地。高洁还在外婆家的时候就想好了要去祭拜一下外公,这会儿就想也没想直接往墓地而去,没想到墓地上忽然有只狐狸像是受了惊吓似的窜了出来,敏捷地爬到了不远处的大樟树上。高洁开始还以为是只普通的狐狸,深山老林里有狐狸出没应该是件很普通的事情,直到高洁哭着离开墓地再回看时,才突然意识到这只狐狸可能就是消失多日的小舅妈。

小舅妈。高洁望着墓地那只狐狸叫了一声。

远远就见那只狐狸顺着声音往高洁这边望了过来,高洁就赶紧朝墓地奔了过来。但高洁还没有靠得很近,就见那只狐狸猛地跳了几步,又嗖的一下窜上了旁边那棵大樟树,躲在树叶缝里看着高洁。高洁又忍不住哭了起来,觉得狐狸见到自己就应该要变回小舅妈的,因为小舅妈在外婆家的时候就特别照顾高洁,而高洁也自然是跟小舅妈感情很亲密。高洁就想小舅妈在被打回原形之后,已经习惯了以狐狸的形象在森林里自由自在地出没,根本就不再想像人那样过着无聊的日子。小舅妈心里唯一还记得的人类,就是从原始森林里把幼小的她抱回家的外公。高洁边走边想着小舅妈,忽然就产生了一个好奇怪的想法,想跟小舅妈一样变成一只小狐狸,每天生活在外公的墓地旁,自由自在地生活在原始森林里。

当然这是不可能的。

高洁觉得自己已经不是小孩子了。高洁是突然意识到自己已经是个大人了。在受父母之命来天河镇之前,高洁一直都是懵懵懂懂的,做的事多是跟着感觉走,直到外公突然跳楼自杀。高洁在长大成人后经常往回想,终于似乎洞察了许多人世间的秘密,晓得了外公为什么会长年在外流浪,为什么会坚持要妈妈到外面读书,晓得了爸爸为什么不喜欢天河镇,晓得了林中雪为什么一定要去当将军,当然也晓得了外婆和大舅舅他们,为什么能够在天河镇生活下去。高洁忽然就想要自己把握自己的命运,她发现自己还有好多事情要做,她要马上就离开天河镇,像林中雪那样走着离开,而且是离开得越远越好。至于跟林中雪能不能相见,能不能在一起,高洁并不是很担心。尽管时间正像水一样在永不停息地流逝,但他们有一生的时间来等待相见。如果林中雪没有离开高洁,或者提前几天回来,那高洁就可能拉着林中雪一起走。要么高洁跟着林中雪,去参加新四军打日本鬼子,要么林中雪跟着高洁,去重庆找爸爸妈妈,然后再到外地去读书,反正高洁就是生死要离开天河镇。但命运就像月亮那样有圆有缺，它不可能时时都照亮一个人，即便是长得精灵似的高洁也不能。

为了能光明正大地离开，也为了离开后不让外婆他们担心，高洁把自己要离开天河镇的事告诉外婆他们。外婆家简直就像是炸开了锅。外婆是哭着骂高洁，你一个女孩子，怎么可以在这兵荒马乱的时候乱走。就连大舅妈都非常小心地劝高洁说，你让我们以后跟你爸爸妈妈如何交代。大舅舅在好话说尽之后，只好把高洁锁在楼上不让下来。

站在高洁一边给高洁说话的，只有外公带回来的女人。外公带回来的女人劝外婆说，按道理这事轮不到我插嘴，我也很感谢你让我跟你一起住在天河镇，但我跟着高洁她外公去了很多地方，见识过很多跟天河镇不一样的世界，虽然吃过很多苦，但高洁她外公一直都是很开心的，因为高洁她外公生来就不是能在天河镇生活下去的人。

外公带回来的女人最后说道，这一点上，高洁跟她外公很像。

外婆也因此知道高洁生来就不会是天河镇的人。

2014年12月24日平安夜　第一稿
2015年2月19日大年初一　第二稿
2015年三八节　第三稿
2019年2月16日　第四稿
2021年10月　第五稿